圖解日文法

日本語言的規矩

連小學生都看得懂

世界唯一用漫畫學日文

尾崎 多 著
楊德輝 譯

鴻儒堂出版社

前言

當我被人問：「要培養閱讀能力，該如何做較好？」時，我想我會回答說：「首先，你必須學會文法」。因爲不懂文法，就想要看懂作品的世界，就好像不知道藥的效用和服用方法，就冒然吞下藥一樣。不但沒有效果，有時候還會發生危險。

因此，要加強閱讀能力或寫作能力，必須了解文法。

這本書，正如同它的書名，是以小學生爲對象，希望能讓他們學習並掌握到有關文法的廣博且深入的知識爲目的，所編寫的一本書。因此，表達方式雖然已盡可能做到淺顯易懂，但內容設計是採高水準的精神（大人也會感興趣）。

當你在看這本書的時候，要特別留意以下幾點：

一、各項目都是以問句的形式開頭，設法做到能以興趣的心情來學習。

二、每一個項目，都是按照「概要提示→詳細說明」的這種順序，設法做到一個人也能自修。

三、大量穿插和內容相關，且有意義的插圖，設法做到看圖也能學習。

四、內容加廣、加深，設法能照顧到所有層面的文法學習需求。

五、容易誤解、容易出錯的地方，特別摘列出來，另外列出項目強調，設法做到嚴密正確的學習。

六、文法雖然有各種學說雜陳，我們則以學校文法爲中心，其他各派學說，只在必要之處才採用。

七、對學習者而言，感到過度艱澀的專門用語，即使已是最適切的，我們也予以排除。（例如本書中把「入子型構造」來觀察句子構造的觀念，改成比較通俗易懂的「單字主義」）

文法是一種愈懂就會讓人愈快樂的東西，如果透過這本書能夠讓更多的孩子們了解日語的優美，並且漸漸開始能快樂地學日語，將會讓我們感到非常榮幸。

著者　謹記

譯者序文

學習日文對生長在台灣的人是很自然的一件事。孩童時代，因為家庭背景，父親既受日本教育，留學日本，又加入抗日戰爭的台灣義勇隊，印象中從小耳邊總是國、台、日、福州四種話混著聽。甚至連被街坊鄰居稱為大陸婆的家母，雖然不會半句閩南話，整天也聽她把「障子（しょうじ）」、「押し入れ（おいれ）」掛嘴邊，因為住在日式宿舍，這兩樣東西是絕對少不了的，到了學日文好久以後，才驚覺這些聲音原來不是台語，而是字典上查得到的日語。

正式開始學日語，是在中鋼工作中接觸到的日本住友工程師，每次用英語無線電對講機通話完畢，他們都會習慣講一句「了解（りょうかい）」，當時我還以為他們是在說台語，後來他們也知道台語、日語的發音極相近，乾脆就講純台語發音的「了解」。但有時候他又講比較正式（不是在對講機，而是面對面時）的「了解しました（りょうかい）」。這時候，我終於下決心到高雄火車站附近的補習班去學搞不懂來龍去脈的「しました」這種日語了。

學著學著，從民國66年至今，算算也28年了。28年來我到底學了什麼？翻譯完這本「圖解日文文法」後，發現自己這28年來再怎麼學也無法超越這本書的範圍。

比起其他日文文法書的枯燥乏味，充滿學術氣息，這本書因為是以日本小學生為對象，所以增添許多生動活潑、有助理解的插圖，在譯者二十多年來收集滿牆的日文文法書中，找不出可以相提並論的類似書。也因此抱著分享好書的心理，建議您利用這本書做為第一本入門書，保證可以打下紮實的基礎，卻又不費太多力氣。

接下去再朝更細微的差異比較（如「は／が」「はず／わけ」「こと／の／もの」「ないで／ずに／なくて」）去深入，或是朝會話句型、複雜的句子結構、或表現意圖方向去發展，必定會有事半功倍之效。「好的開始是成功的一半」用來形容這本書，絕對適合。

譯者　楊德輝　謹記

目次

一、何謂句子？

所謂句子，就是文章的作者或說話者，用他認為最能夠使讀者或聽者瞭解的固定形式，將他所見或所思，表達出來的作品。

1 普通的句子

下面①・②・③三例，可以稱得上是句子嗎？

①ぼたん雪が（大雪）
②海は、この沙漠よりも（海比沙漠）
③フランス語の最後（法文的最後）

這三個句子都不完整。①只提出「大雪」這個主詞，却忘記交待大雪「怎麼啦」？②只提到「海比沙漠」，却沒說出海比沙漠「怎麼樣」？③句也不知是法文的最後「什麼」？像這種句子只說一半，根本不能表達完整的意思。內容只能說是一群單字放在一起，不夠資格稱做句子。

古池やカワズがいるなあ（有古池和青蛙啊！）
お師匠さま それでは文になっていません（老師，這樣的話就不成句子呀！）

如果能將①・②・③修改成①′・②′・③′，意思就一清二楚了。

①′ぼたん雪が、静かに降っている（大雪正在靜靜地下著）
②′海は、この沙漠よりもずっと大きいんだ（海當然遠比這個沙漠大）
③′今日は、フランス語の最後の授業です

（今天是法文課最後一次上課）

但這樣子還不能算是完整的句子。因爲在句子的最後面漏掉最重要的句號「。」了。

カワズとびこむ
（青蛙跳下水）
ばしゃん（噗通）
キャッ水の音！
（哎喲水的聲音！）
あっそれいい！
（有了！這算句子了）

日本人的「俳句」用五・七・五共十七個音節來表現歌頌大自然。「古池や　カワズとびこむ　水の音」是日本古代很有名的詩人芭蕉所做的俳句。若將「カワズとびこむ」改爲「カワズがいるなあ」，就不符合七個音節的規定。而且古文可以不加句號。

古文有古文的文法，現代語有現代語的文法，不符規則就不成句子。

2 只要能溝通思想就算句子

下面三個例句，看起來和前面三個例句不大相同，但却都是合法的句子。

①いらっしゃい。（歡迎光臨）
②春だ。（春天到了）
③菜の花や　月は東に　日は西に
（油菜花盛開在春天白晝較長的季節，太陽還在西邊未下山，就可看到月亮從東方出來）

學文法的人，總以爲句子一定要有主語和述語，却忽略了，語言最重要的目的是在表達思想，只要對方不致誤解，縱使欠缺「主語」或「述語」，仍然夠資格稱做句子。

あ……春じゃなあ
（啊……春天到了）
（註：日本老人可用「じゃ」代替「だ」）
主述語がなくともりっぱな文！さすがだ！
（眞不愧是大師！即使不必用到主語述語也能做出佳句）

猫頭鷹博士說：「讓我們來做更進一步的研究吧」——用什麼單字可以把句子做個結束——

これが大切（たいせつ）なのだ
（述語是非常重要的）
ピッピッ
（嗶！嗶！）

①日文的述語一向都在句子後面收尾

一個句子的結尾如果少了表達「做什麼（どうする）」，「怎麼樣（どんなだ）」，「是什麼（なんだ）」的單字，則該句子就不像日文。因此請切記日文的「述語擺在句尾」這個特色，與中、英文的述語擺在句中間，有截然的差異。例如，彼が新聞（しんぶん）を読（よ）む→他看報紙→He reads newspaper

日文的單字當中能夠充當述語的，不外乎「動詞」・「形容詞」・「形容動詞」・「體言＋だ」四種情況，再加上可接於其後的「助動詞」「補助動詞」「終助詞」。

Ⓐ以「動詞」做爲句子的結尾，表示「做什麼」

風が［　　］（吹く／とまる）

（風吹）（風停）

Ⓑ以「形容詞」或「形容動詞」做句子的結尾，表示「怎麼樣」

海はとても［　　］（広い／綺麗だ）

（海很大）（海很美麗）

Ⓒ以「體言＋だ」做句子的結尾，表示「是什麼」

父は［　　］（大工だ／運転手だ）

（父親是木匠）（父親是司機）

②**哪些單字可以當述語**

Ⓐ**「用言」**可以當述語。

びた！（啪嗟！）
きまった！（成功了！）
満点!!（滿分!!）
日文句子就像體操選手一樣，只有用雙脚（動詞・形容詞・形容動詞…）着地才算完整。

「用言」是日文文法中特有的術語，意謂「語尾會產生活用變化的語言」，具體而言，指「**動詞**・**形容詞**，**形容動詞**」三種品詞。

同樣是用言，動詞的語尾顯得多變而複雜，反之，形容詞和形容動詞就單純多了，不是「い」就是「だ」。

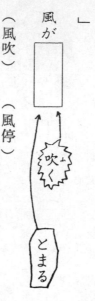

用言

- ・動詞
  走る、書く、見る
  鳴る、歌う、食べる
- ・形容詞
  美しい、広い、高い
- ・形容動詞
  静かだ、正確だ

一般的句子，通常都是用這些單字的「終止形」來收尾，或是在這些單字後面再連接「助動詞」，用最後那個助動詞的終止形收尾，結束一個句子。

(1)**用動詞**（表示動作的單字）**收尾的句子**

かみなりがごろごろ鳴る。（雷隆隆地響）

粉雪が降る。（下小雪）

(2)**用形容詞・形容動詞**（表示性質的單字）**收尾的句子**

世界は広い。（世界很大）

この問題とても簡単だ。（這個問題很簡單）

Ⓑ除了上述的「用言」可以當「述語」外，另外，若在「名詞」（表示事物名稱的單字）的後面連接肯定助動詞「**だ**」・「**です**」的終止形，構成「**名詞＋だ**」，「**名詞＋です**」這種緊密結合為一體的語組（文節），亦可充當述語。

(1)**用「だ」收尾的句子**

あの人は泥棒だ。（他是小偷）

水素は気体だ。（氫是氣體）

(2)**用「です」收尾的句子**

林さんは先生です。（林先生是老師）

君の考えは、間違いです。（你的想法是錯誤的）

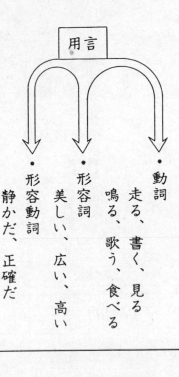

結束一個句子，一定要採用「動詞・形容詞・形容動詞」或「體言＋だ」的終止形。或是後面再接「助動詞」「補助動詞」的終止形，或是用「終助詞」結尾。就像拳賽巨拳一揮，比賽即告結束一樣。どかん（砰地一聲）

（補充說明）

名詞（體言）的細節請參看第121頁。

助動詞的細節請參看第204頁。

二、句子由哪些元素所構成？

——句子的成份

要造一個日文句子需要用到那些材料（元素）。關於這點歸納起來有三種不同的說法，每種理論都有其存在價值，不可偏廢。

[1] 造日文句子的最基本元素是「語組」

有一派文法學者特別強調語組（文節）是構成句子的基本單位。任何一個句子可以拆成好幾個語組，詳細數目依句子長短而不同。反過來說，將這些語組一個一個依固定順序連接起來，就可形成一個句子。（有關「語組」的定義，詳情請看[4]的說明）。

上（うえ）から順序（じゅんじょ）よく食べよう！

（從上面開始依順序好好地吃吧！）

句子就像竹子的節一樣，有一定的排列順序。

「語組」又叫「文節」，因為它把句子想像成竹子，由一節一節的「文節」所構成。例如：

主語	連体修飾語	連用修飾語	述語
父親は、	かきの	木を	見上げた。
（父親）	（柿子的）	（樹）	（抬頭看）

（父親抬頭看柿子樹）

（補充說明）

有關什麼是「主語・述語・連體修飾語・連用修飾語」等定義問題，留待㉒、㉔、㉖、㉘頁討論。

2 日文句子是由「主語・述語・修飾語」所構成

這種句子結構觀念，是人人皆知的一般常識。句子所要敍述的主角（主題）稱爲「主語」。而用來說明主語有關的事情之單字，稱爲「述語」。另外，擺在主語和述語上面的單字皆屬「修飾語」。

主語 〔父親は〕、 修飾語 〔かきの木を〕 述語 〔見上げた〕。

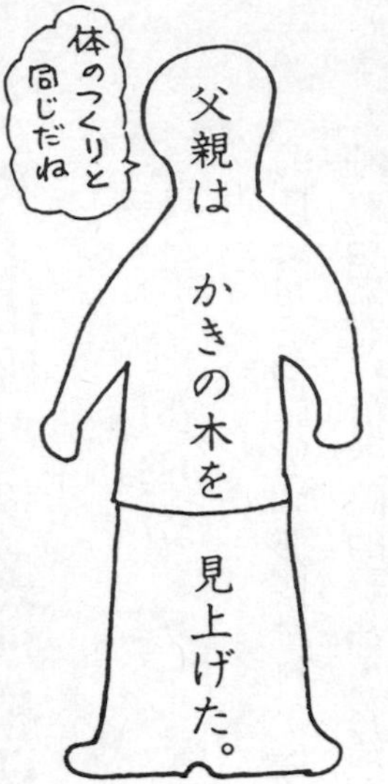

体（からだ）の作（つく）りと同（おな）じだね（就像身體的結構一樣嘛）

3 構成句子的基本單位乃「單字」也

這種觀念，是把句子按照下例□和○兩種不同性質的單字，順序排列連接下來。換言之，一連串的□和○即可構成日文句子。

〔父親〕―(は)、〔かき〕―(の)―〔木〕―(を)―〔見上げ〕―(た)。

□是自立語，○是附屬語。「名詞・連體詞・副詞・感嘆詞・接續詞・動詞・形容詞・形容動詞」皆爲自立語（可單獨做文節的單字）。「助詞・助動詞」爲附屬語（單獨存在不具意義，不可單獨做文節，必須接在自立語後面才能產生意義）。

4 句子構成的要素——語組

句子是由語組所構成，語組就是日本人習稱的「文節」，對日本人而言，是指利用最自然的發音，在不破壞文字意義的原則下，將長句區分成數個段落，分到最簡短，且意義和發音皆不會不自然的境界，這時，每個段落即爲一個文節。

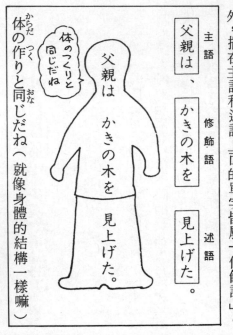

例如將下面二例句，依文節來分：

ぼたん雪(ゆき)が静(しず)かに降(ふ)っている。
（大雪正靜靜地下著）
ノリオの新(あたら)しいクリの下駄(げた)が、ぽっかりと水(みず)に浮(う)いた。
（乘雄的新的栗木屐突然叭啦地浮出水面）

可得到下面結果，

[ぼたん雪が] [静かに] [降っている。]（三個語組）

[ノリオの] [新しい] [クリの] [げたが] [ぽっかりと] [水に] [ういた。]（七個語組）

為了讓初學者掌握切斷文節的時機要領，日本人利用適當地呼吸，喘口氣停頓一下，或插入「ね」、「な」、「さ」等聲音，幫助切音順暢。不過這種方法，中國人不易體會。還不如利用「助詞」和「助動詞」這兩個「附屬語」，和上接的「自立語」構成「自立語＋附屬語」一個文節，另外「用言」的「連用形、連體形」亦可單獨成立一個文節，有些自立語（如副詞、感嘆詞、接續詞）可單獨構成一個文節……這些原則來判斷。

語組（文節）是構成句子的基本元素，一般而言，這種分段法和以「主語、述語、修飾語」來分的結果，大致相同。

細(こま)かく切(き)った方(ほう)がやりやすいのだ
（切得細一點比較好處理呀！）

5 句子和語組之間有何關係？

語組（文節）是把句子做細部分解所得到的句子成分，相反地，只要把語組直接拼組裝配起來，就可得到一個句子。語組若是汽車的零組件，而句子就是汽車。故任何一個句子一定是由一個或二個以上的語組所組成。例句：

喧嘩(けんか)の　後(あと)で　仲直(なかなお)りの　握手(あくしゅ)を　するのも　手(て)の　仕事(しごと)です。

（連吵架之後言歸於好的握手也是手的工作之一）

這個句子因爲係由七個語組所構成，故稱之爲「**由七個文節（語組）所構成的句子**」。

想要學造日文的句子，最根本之道，就是學習如何將文節和文節連接起來的方法。

由二個以上文節所構成的句子，只要把這些文節連接成爲一個整體，就成爲句子。例如：

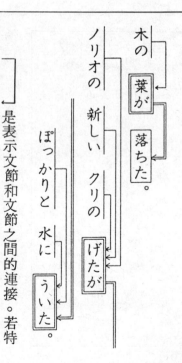

木の　葉が　落ちた。

ノリオの　新しい　クリの　げたが　ぽっかりと　水に　ういた。

「　」是表示文節和文節之間的連接。若特別用「⇐」表示，則除了文節之間的關係外，又多一層主語和述語的關係。

上面的文節連接下面的文節時，我們稱之爲上面的文節「加在」下面的文節「之上」，或上面文節「連接」下面文節。反之，稱爲下面的文節「上接」上面的文節。

例如「木の　葉が　落ちた。」這一句話中，「木の」這個文節是加在「葉が」這個文節之上，或「木の」連接「葉が」。換個角度而言，「葉が」這個文節上接「木の」這個文節。

「連接」的觀念，對爬山人士而言，對學習日文的人而言，都是極爲重要的，凡是連接必有前後之分。

6 句圖是什麼？

文節和文節的連接若只在同一直線上表現，只能對「串聯關係」有幫助，但對「並聯關係」還是不夠明朗。因此，若能將這種連接關係加以平面化，將有助於分析句子結構更清朗化。這種幫助學習者分析句子的工具，稱爲「句圖」。例如：

木の葉が落ちた。

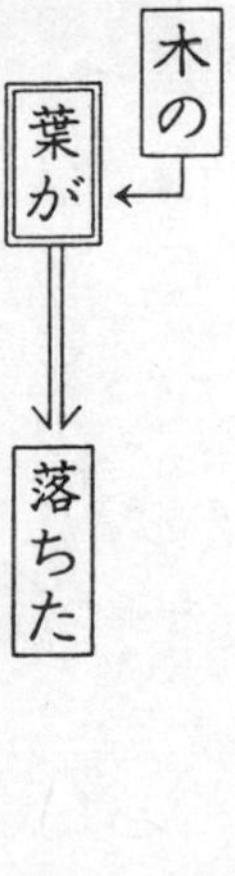

ノリオの新しいクリのげたが、ぽっかりと水にういた。

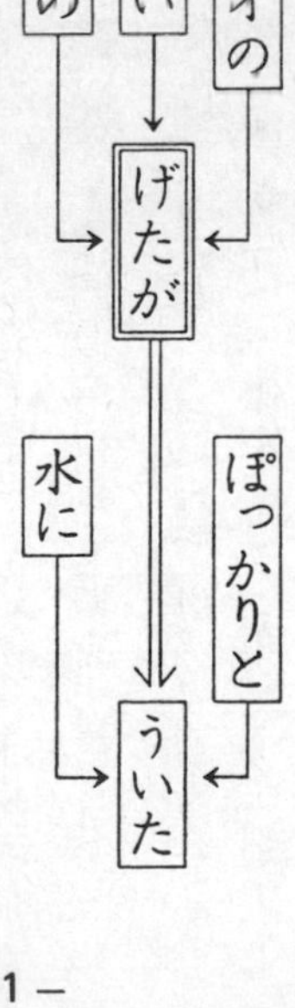

句圖內，主語和述語的結合關係用⇓表示。

例如第二句中，句子的眞正骨幹是「げたが浮いた（木屐浮出）」，「ノリオの新しいクリの」其實是分別獨立爲「ノリオの」「新しい」「クリの」來連接修飾「げたが」，而「ぽっかりと」和「水に」則分別獨立來連接修飾「ういた」。

若沒有句圖的協助分析。保證大多數的人都會誤以爲「ノリオの」連接「新しい」，「新しい」

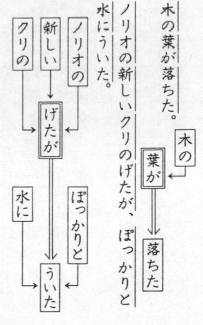

連接「クリの」，「クリの」再連接「げたが」，把並聯的關係搞錯爲串聯關係，就大錯特錯了。

文節和文節的連接，對我們在「看、講、聽、寫」日文句子，甚至文章時，極爲方便。然而，用「文節」來分析句子的連接，有時候也很難嚴密周全。例如：

木(き)の葉(は)が落(お)ちた。（樹葉掉落了）

這個句子是由三個文節組成，以文節的連接觀念而言，「木の」應該是接在「葉が」上面才對。但也有人說，這樣不對，嚴格些說，「木の」所接的不是「葉が」這個文節，而應該只有「葉」這個單字才對。

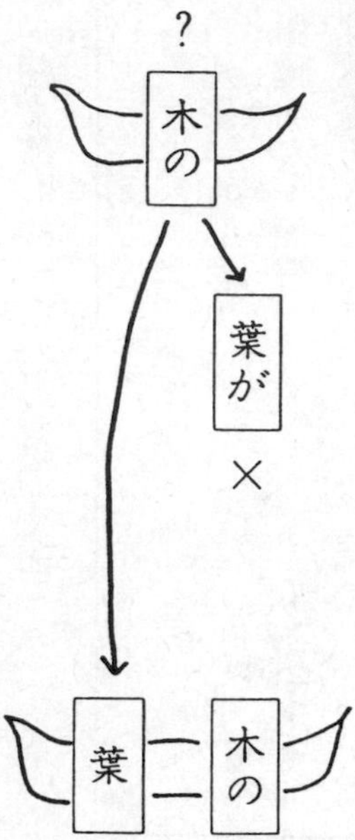

不過，這只是文法學者的門閥派別之見，只要稍加留意即可。

7 文節和單字之間有何關係

(1) 何謂「單字」

前面我們已經說過，文節是把句子細部分解所能得到的最小單位。換言之，句子切到這種地步，已經無法再做更進一步的切割了。

但，除了像「葉が　落ちる。」這個句子中的「葉が」文節以外，我們還可找到「葉を　拾(ひろ)う（撿起樹葉）」，「これは　葉です（這是樹葉）」等例句，可見「葉が」，「葉を」，「葉です」這三個文節中，「葉」是共用部份，而「が」、「を」、「です」可以視爲另外一個部份。

像這樣，把「文節」再細分爲更小的單位，我們稱之爲「單字」。「葉」、「が」、「を」、「です」、「落ちる」、「拾う」都是**單字**。

(2)單字可以分爲兩大類

①自立語—自己本身不必依靠其他單字，就可以構成一個「文節」的單字。例如：

美しい声（好聽的聲音）

楽しい学校（快樂的學校）

さらさら流れる（潺潺地流動）

山と山の間は、すばらしい草原だ

（山和山之間是極優美的草原）

ボク一人でも大丈夫です！（即使我自己一個人，也不用擔心）……自立語個性獨立

いっしょでなきゃイヤだい！（不陪我一起去的話不行呀）……附屬語個性依賴

②附屬語—只有跟在其他單字（自立語）後面，才能構成文節的單字，自己本身無法單獨構成文節者。

可見，單字有時候可以是文節，有時必須兩個單字才能合併爲一文節，因此，「文章→句子→文節→單字」，單字是文章或句子的最小單位。

（自我挑戰）

1 下面①～⑤當中，何者有資格稱做「句子」？

①風が、そよそよと吹いてくる。（風徐徐地吹來）

②時計の針が、止まり、（時鐘的針停，）

③おはようございます。（早安）

④詩人は、石に生命を見い出しているのだ。（詩人在石頭中都可以發現生命）

⑤雨だ！（下雨了！）

2 請將下列句子分解爲文節。

①ぼくは友達に悪戯された。

（我被朋友玩弄了）

②君が貸してくれた本は、とても面白かった。

（你所借給我的書、眞有趣）

③メアリの体は、傷や痣だらけでした。

（瑪麗的身體全都是傷和痣）

④山と山の間は、すばらしい草原だった。

（山和山之間眞是片極優美的草原）

⑤たいへんだ！（眞不簡單）

3 旁邊劃有‖的文節，後面應該接那個文節。

①‖夜の　草原は　まるで　黒い　海だった。

（夜裏的草原簡直像是漆黑的一片大海）

②人の　気持ちを　表し分ける　‖言葉は　ずいぶん　ある。

（要區別表示人類心情的語言相當多）

③‖けっして　嘘を　ついては　いけません。

（絕對不許說謊）

④石は　ただ　‖もくもくと　そこに　生きている。

（石頭只是靜靜地生活在那裏）

三、句子是如何拼湊起來的？

句子就像一輛汽車，汽車是由成千上萬的零件裝配而成，句子則是由前述句子的組成元素（基本單位）排列而成。根據文法學者對句子成份認定的標準不同，其裝配方法（造句法）也有很大差異。

文の単位は文節なのだ
（句子的單位當然是文節囉）
文節でアリマス！
（我認爲是文節才對！）
単語にきまってるじゃない
（不是規定要用單字嗎？）
主・述・修飾語よ！
（主語、述語、修飾語才對吧！）

1 贊成文節主義者的看法

例句：

父親はかきの木を見あげた。

①這個句子如果依「文節」來分段，應該是，

父親は、｜かきの｜木を｜見上げた。

②把每一個文節和其他有關的文節連接起來。

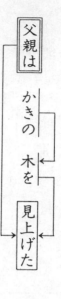

父親は　かきの　木を　見上げた

③在每一個文節旁邊，根據該文節扮演的角色（功能）或它下面連接什麼單字（體言或用言），分別冠以名稱。

主語	連体修飾語	連用修飾語	述語
父親は	かきの	木を	見上げた

※特別強調

連體修飾語和連用修飾語是學習日文過程中，非常重要的兩個專門術語，今後還會不斷出現。目前姑且就定義它們為：

連體修飾語：凡是加在名詞（體言）前面的單字，用來修飾（形容）後面的體言，皆屬之，相當於「形容詞」，但範圍更廣。

連用修飾語：凡是加在動詞、形容詞、形容動詞（用言）前面的單字，用來修飾後面的用言，皆屬之，相當於「副詞」，但範圍更廣。

④根據各個文節彼此之間黏着力強弱的不同，有時候可以把兩個以上，在「意思和作用」上，關係緊密的文節結合在一起，成為「連文節」。

父親は　かきの　木を　見上げた

父親は　かきの木を（連文節）　見上げた

父親は　かきの木を見上げた（連文節（述部））（述部）

這種連文節的觀念，具有簡化句子的作用，可使一個句子的文節數目減少。例如：「かき（柿子）の（的）」＋「木（樹）」可以變成「かきの木（

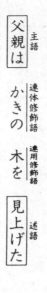

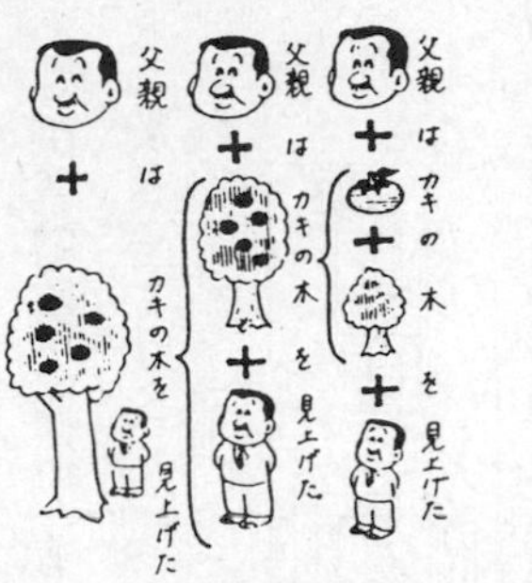

父親 は カキの木 を 見上げた
父親 は カキの木を 見上げた
父親 は カキの木を 見上げた

日本的「文」即中文的「句子」
だんだん大きなかたまりになっていくのだ（漸漸形成一個大的整體句子了）

だんだん大きなかたまりになっていくのだ
父親は
カキの
木を
見上げた
父親は
（連文節）カキの木を（連用修飾部）
見上げた
父親は
カキの木を見上げた（述部）
父親はカキの木を見上げた（文）

柿樹）」一個較大的觀念。若更進一步，將「かきの木」＋「を」＋「見上げた」連成「かきの木を見上げた（抬頭看柿樹）」，則可造成更大的連文節，最後全部加起來，就變成一個句子。

全日本每一所中小學的造句教學法，一律採用文節主義，講解句子的裝配組合方法。

2 贊成單字主義者的看法

父親はかきの木を見上げた。

①這個句子如果依「單字」來分段，應該是，

父親 は かき の 木 を 見上げ た

—代表自立語　＝代表附屬語

②自立語和附屬語相依爲命的情況極多，地位上，自立語爲主，附屬語爲輔，兩者結合爲；

かき の

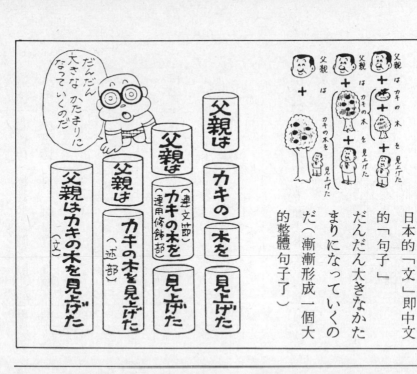

③這樣一個組合（相當於一個文節）的下面；再把關係密切的另一個自立語也涵蓋進來。

［かき｜の｜木］

④再進一步把下一個附屬語也包括進來。

［かき｜の｜木］｜を

⑤在這個較大的組合上面，再把 父親は 接於其上。

［父親｜は｜［かき｜の｜木］｜を］

⑥就這樣一步一步，把單字納入這個單字的組合體中，構成一個完整的句子。

［父親｜は｜［かき｜の｜木］｜を］見上げ｜た。

---

3 如何連接單字，使它們變成一個句子？

父親｜は｜かき｜の｜木｜を｜見上げ｜た

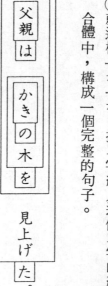

さあ単語を集めよう
（來吧，把單字集合起來）
まず「カキ」と「の」だ
（首先是「かき」和「の」）
次に「木」と「を」だね
（其次是「木」和「を」吧）

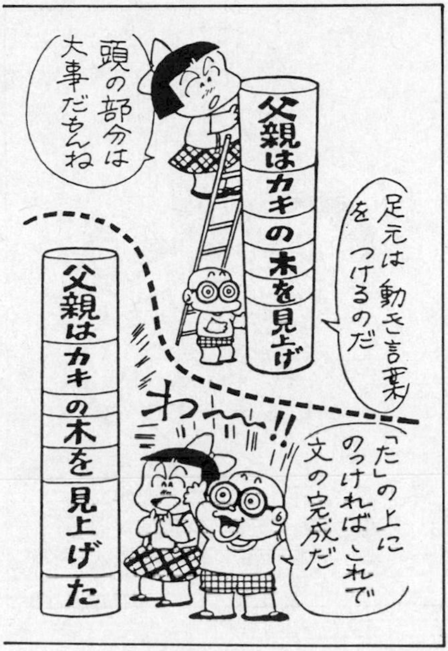

足元は動き言葉をつけるのだ
（底部接上表示動作的單字）
頭の部分は大事だもんね
（頭部當然是很重要的喲）
「た」の上にのっければこれで文の完成だ
（再把整個句子疊在「た」的上面，句子就完成了）
わ……！（哇！太棒了）

4 文節主義和單字主義孰優孰劣？

沒有絕對好，也沒有絕對不好，各有千秋。文節主義對外國人而言，稍感困難，但要掌握日文的精髓，也不便廢棄。兩種都學最理想。

どちらも大切(たいせつ)なのデアル！（不要爭，兩個都很重要）

① **文節主義的好處**

能夠利用句圖掌握到細膩的不同表達方式。

小雨が　しとしと　町に　ふる

（小雨如絲地，靜靜在街上下著）

しとしと　町に　小雨が　ふる

（街上細細地下著小雨）

② **單字主義的好處**

能夠正確無誤地掌握到所修飾的單字。

美(うつく)しい　花(はな)が　咲(さ)いて　いる

（美麗的花正開著）

照「文節主義」的觀念，認爲「美しい」是來修飾「花が」這個文節。但若採用「單字主義」，則認爲「美しい」只修飾「花」這個單字而已。事實上，以中、英文法習慣，這種修飾觀念，較能爲人所接受，較符合人類的語言習慣。

美しい　花　が

以國人而言，也比較能接受「單字主義」的論點，畢竟中文裏頭根本沒有助詞「が」的觀念。

5 目前學校所教的文法，對於句子的構造，採取何種分析法？

(1) 句子是由主部。述部所構成。

學校文法目前盛行的教法，認爲句子是由表示事物或事件的部份（**主部**），和敍述主部怎麼樣，說明主部是怎麼一回事的（**述部**）所形成。

① 黒い目が┆きらきら光った。

（黑色的眼睛：閃閃發光）

主部 黒い目が ↖ ↙ 述部 きらきら光った。

（人物的影像：不斷地膨脹愈變愈大）

② 人物のすがたが┆どんどんふくらんでいくのです。

主部 人物のすがたが ↖ ↙ 述部 どんどんふくらんでいくのです。

雖然有些主部只含主語一個文節，但大多數都有一些修飾語位於主語之上，使主語更具體化，故主部通常都由連文節構成。

文法上，雖然規定句子一定要有主部和述部，然而眞正的句子，往往在不致產生誤會的原則下，把主部省略掉，而只剩下述部。

① **裸體的主部**（主部中只有主語單一文節，未加任何修飾）

犬が（主部）｜とぶように走る。（述部）

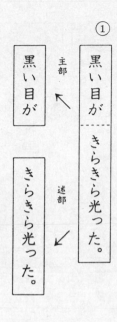

①犬がとぶように走る（狗像飛似地跑）
どんな犬かはわからないけど走っているのだ（不知道是什麼狗，反正在跑就是了）

②白くて大きな犬がとぶように走る（又白又大的狗飛也似地跑）
ふうんこんな犬だったのか（嗯！原來是這種狗）

③走る！（跑）
とにかく走るのだ（不知道是什麼東西，反正在跑就對了）
すごいのだ（速度眞驚人呀！）

---

② **經過修飾的主部**（主語的上面還有修飾語，構成連文節）

ポプラの葉も（主部）　色を変えた。（述部）（白楊樹的葉子都變顏色了。）

在主語「葉」的上面有「ポプラの」這個連體修飾語在修飾。

③ **省略的主部**（主部不見了）

海だ！（述部）　（你看！海）

(2) **句子是由主語、述語、修飾語三者所構成。**

有些句子只有主語和述語，但大多數的句子除了主語、述語之外，還有修飾語，以便使句子更加生動。

① **何謂主語？**

花(はな)が咲(さ)く。（花開）

○月が出ました。（月亮出來了）
○ぼくは小学生だ。（我是小學生）
○空は青い（天很藍）

う…む
月が主語だ
！
（嗯，月亮
是主詞）
……が出た
よーっ
（……出來
了喲）

前面四個例句中，旁邊畫有｜的部份，就是主語。主詞「通常」都是以**名詞**＋「**が**」或**名詞**＋「**は**」的姿態出現。之所以說「通常」而不說「一律」，那是因爲有時候雖然名詞的後面並不是接「が」或「は」，但仍是如假包換的主語。例如：

○雨さえ降ってきた。
（甚至連雨都下起來了）
○風まで吹いてきた。
（甚至連風也刮起來了）

換言之，名詞的後面即使不接「が」、「は」，而接「さえ」、「まで」等副助詞，仍然可當主語。

究竟是否爲主語？可以藉著把「さえ」、「まで」用「が」取代，重新看句子的意思是否仍解釋得通，可以用「が」取代者，就是主語。

○雨さえ降ってきた。⇓雨が降ってきた。
（是主語）
（甚至連雨都下起來了）⇓（雨開始下起來了）
○風まで吹いてきた。⇓風が吹いてきた。
（是主語）

（甚至連風也刮起來了）⇓（風開始吹起來了）

○夕方まで待った。⇓夕方が待った。

（等到傍晚爲止）⇓（傍晚等了）

（傍晚不可能做「等」這個動作故不是主語）

那一個才是眞正的主語

象は鼻が長い。（象的鼻子很長）

ぼくが長いんじゃなくて
鼻が長いんだよ
（我並不長，而是我的鼻子很長，請別搞錯啊）

日文句子的主語常會鬧雙包，初學者難免迷惑不已。眞正的主語應該是「鼻が」才對。遇到這種情況，最好把整個句子看完，想想述語「長い」所描述的事物對象爲何？那才是眞正的主詞。

②何謂述語？

○花が咲く。（花開）

○月が出ました。（月亮出來了）

○ぼくは小学生だ。（我是小學生）

○空は青い。（天空很藍）

前面四個例句中，旁邊畫有｜的部份，就是述語。可見述語是接在主語後面，用來敍述有關主語的「動作、性質、內容」的文節。

敍述主語的文節叫做述語。日文衆多單字可區分爲十大品詞（詞類），其中有資格充當述語的，只限下列四種，即「動詞、形容詞、形容動詞」的「終止形」和「名詞」後面接肯定助動詞「だ・です」的「終止形」。

①動詞型的述語

花が咲く。（花開）

鳥が鳴く。（鳥叫）

②形容詞型的述語

空（そら）は青（あお）い。（天空很藍）

若草（わかくさ）の芽（め）は柔（やわ）らかい。（嫩草的芽很柔軟）

③形容動詞型的述語

早朝（そうちょう）の道（みち）は静（しず）かだ。（清晨的馬路很安靜）

彼は英語（えいご）が上手（じょうず）だ。（他的英語很棒）

日文動詞總數達萬餘，其終止形的結尾一定是第三段（う段）

うーむなんと形容したらよいのか（嗯，想想看，要形容什麼比較好呢？）

日文形容詞數量不多，大約只有六百多個，故借用由「情態名詞＋だ」轉變過來的形容動詞

④名詞型的述語

これが敬語（けいご）だ。（這是敬語）

習字（しゅうじ）の次（つぎ）は歴史（れきし）でした。（習字課的下一堂是歷史）

これはネコ＋助動…這個人本來想講これはネコです（這是猫）結果還沒說完就被咬

並非所有敘述主語的部份都一定是述語。例如

「花が咲く」中的「咲く」是述語沒錯，但「花が咲くころ（花開的時候）」中的「咲く」就不是述語，而是用來修飾「ころ」的連體修飾語。

(3) 何謂修飾語

凡是能夠使主語或述語的意義、內容更詳盡，更具體化的文節，稱爲修飾語。修飾語根據它所修飾的對象不同，還可分爲修飾「體言」的「連體修飾語」和修飾「用言」的「連用修飾語」。

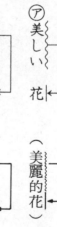

修飾語の国へようこそ（歡迎來到修飾語之國）

英文的形容詞
↓相當於連體修飾語

英文的副詞
↓相當於連用修飾語

① 何謂連體修飾語？

（爲何被稱爲連體修飾語）

㋐美しい　花　（美麗的花）

㋑母の　思い出　（母親的紀念）

因爲上面二句的「花」、「思い出（紀念、回憶）」皆爲名詞（體言），而「美しい」和「母の」連接在它們的上面，當然叫「連體修飾語」。

㋐広い　海　（廣闊的海）

㋑鳥が　うたう　春（鳥兒歌唱的春天）

㋒白い　ぼうし　（白色的帽子）

「広い」、「歌う」、「白い」都分別連接在

體言「海」、「春」、「帽子」的前面，扮演和「形容詞＋名詞」一樣的功能。如果被修飾的名詞是主語，則該連體修飾語叫做「**主語修飾**」

ド近眼（四眼田鶏）
くいしん坊の（貪吃鬼的）
ハゲ（禿子）
短い（矮冬瓜）
もっといい言葉で飾れ！（喂，拜託用好一點的字眼來修飾）

わたしの髪は（我的頭髮）
美しい（又好看）
きれいな（又亮麗）
まっ黒な（又烏黑）
長い（又長）

◎修飾語可以是「單字」，也可以是「子句」

1. 水色の虫が飛び込んできた。
（淺藍色的蟲跳進來了）
2. 明るい月が山道を照らしている。
（明亮的月光照著山路）
3. 花が咲く春がやってきた。
（花開的春天來臨了）
4. 金の輪を回した子がかけてくる。
（滾著鐵環的小孩跑過來）

比較這四個例句，我們發現到(1)(2)句的「水色の」、「明るい」只是單純的單字。而(3)(4)句的「咲く」、「回した」却是「花が咲く」「金の輪を回した」這兩個句子的述語，這兩個句子叫做「形容詞子句」，分別用來修飾主要子句「春がやってきた」的「春が」及「子がかけてくる」的「子が」兩個主語。

②何謂連用修飾語？

（爲何被稱爲連用修飾語）

1. 早く　起きる　（早起）
2. かなり　美しい　（相當漂亮）
3. 美しく　咲く　（開得眞美）

上面三句的「起きる（起床）」、「美しい（美麗）」、「咲く（開）」都是用言（動詞、形容詞、形容動詞），而「早く」、「かなり」、「美しく」連接在用言的前面，故稱爲「連用修飾語」。

例如下圖，動詞「走る（跑）」的前面若加上各種連用修飾語，成爲「遅く走る（慢吞吞地跑）」、「カメみたいに走る（像烏龜似地跑）」、「歩くように走る（像走路似地跑）」、「最下位で走る（跑倒數第一）」。

足元を飾るぞ！（我們來修飾他脚的動作吧）

おそく（慢吞吞地）

カメみたいに（像烏龜似地）

歩くように（像走路似地）

最下位で（倒數第一）

もうイヤッ（夠了！夠慢了）

ズルズル（拖拖拉拉地）

◎由於連用修飾語一律接在用言的前面，修飾「用言」，其功能和副詞極爲類似，故又可稱爲「副詞性修飾語」。如果被修飾的用言是「述語」，則稱爲「述語修飾」。

連用修飾語
＝（等於）
副詞性修飾語

1. 家来（けらい）たちは、一斉（いっせい）に追掛（おいか）けた。
（家臣們一齊追趕）

2. かみなりが、ごろごろ鳴（な）りました。
（雷轟隆轟隆地響了）

3. 昨日（きのう）、雪（ゆき）が降（ふ）ったのです。
（昨天才下過雪的）

昨日是時間名詞，亦可充當時間副詞，由此例可見，連用修飾語不一定非緊接在用言之前不可，中間可以被其他文節（如「雪が」）隔開。連體修飾語則必須下面緊接體言，不可分開。

③連用修飾語還有那些型式？

〜に型
補語

山（やま）に　登（のぼ）る
（爬山）

白馬（はくば）に　跨（また）がる
（騎在白馬上）

買（か）い物（もの）に　行（い）きました
（去購物）

〜を型
目的語
（受詞）

本（ほん）を　読（よ）む　叫（さけ）び声（こえ）を　あげた
（提高唸書的朗誦聲）

洋服（ようふく）を　着（き）せた
（給…穿上西裝）

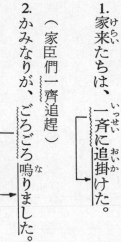

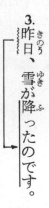

上述這兩種情況「～に」、「～を」也屬於連用修飾語，但請特別注意，雖說「只要連接在述語的上面，就可稱得上是連用修飾語，但「主語＋が」或「主語＋は」雖然也常位於述語之上，例如「雨が降る」，我們却不能說「雨が」是連用修飾語。換言之，主語永遠不算連用修飾語。

わかってくれたかな
（我這樣解釋，各位讀者能夠了解嗎）

（**高級文法**）

補語和目的語，兩者必然都是連用修飾語。在比較深一點的文法書中，常會提到補語和受詞。

ぼくは本(ほん)を読(よ)む（我讀書）—受詞（目的語）
ぼくは学校(がっこう)に行(い)く（我去學校）—補語

補語常用「～に」、「～と」來表示。
受詞常用「～を」來表示。

在此「～」代表體言。

對於日本本國的中小學生，統一採用「連用修飾語」的觀念來說明。但對於國人而言，由於英文文法基礎，衆人皆俱，故可用受語（Object）及補語（Complement）的觀念來聯想日文的連用修飾語。補語一般係用來表明主語與述語之間的「空間（場所）、時間、原因、理由、目的」等關係的文節。

（**自我挑戰**）

1 請將下列句子分成主部和述部

①世界(せかい)はとても広(ひろ)い。（世界相當遼濶）

②三人の駅員は、欠航幸せでした。
（三位站員缺班，幸免於難）
③一人ひとりが描くイメージは、十人十色である。
（每一個人所描述的印象各自不同）
④二匹の蟹の子供が、青白い水の底で話していました。
（兩隻小螃蟹正在藍白色的水底談話）
⑤人物の姿が、どんどん脹んでいくのです。
（人物的影像逐漸膨脹愈來愈大）

2 標示出下列句子的主語和述語

①花が咲く。（花開）
②雨まで降ってきた。（甚至連雨都下起來了）
③九回の三点は、ぼくが入れたものです。
（第九局的三分是我投進去的）

---

④一人ひとりがえがくイメージは、十人十色である。
（每一個人所描述的印象各自不同）

3 請把下列句子中用來修飾劃－部份的單字找出

①親子の銀狐は、洞穴から出ました。
（大小銀狐一家人従洞穴中跑出來了）
②校庭の角に古い銀杏の木が立っています。
（學校操場的角落聳立一棵古老的銀杏樹）
③二ひきのかにの子供が、青白い水の底で話していました。
（兩隻小螃蟹正在藍白色的水底談話）
④赤く咲いている花はバラだ。
（正開得鮮紅的花是玫瑰）
⑤世界はとても広いんだよ。
（世界當然是很大的呀）

4 指出下列句子中的主語

①世界一高い(せかいいちたか)エベレスト山(やま)はどこにありますか。

（世界最高的埃佛勒斯峯，位於何處呢？）

②美しい(うつく)海(うみ)だなあ！（眞是美麗的海啊！）

③父(ちち)と母(はは)が間(ま)もなくやってきます。

（爸爸和媽媽過一會兒就會回來）

④風(かぜ)まで吹(ふ)いてきた（甚至連風也刮起來了）

⑤見事(みごと)だね、その作品(さくひん)は。

（眞漂亮啊！那個作品）

四、句子的外観長相如何？

——由主、述關係來看句子的構造

世界上所有句子加起來，堪稱無窮多，但由句子結構來看，大致可分爲四大類。之所以會形成四種不同句子形態，完全是因爲述語有四種不同種類的緣故。

1	○○が（は）—動詞	○○做什麼
2	○○が（は）—形容（動）詞	○○怎麼樣
3	○○が（は）—名詞だ	○○是什麼
4	○○が（は）ある（ない）	（沒）有○○

1 ○○が（は）—動詞 的句型

わたしがどうするかが問題なのです（我嘛！在做什麼事才是問題重點）

馬が走る。（馬跑）

馬が、草を食べる。（馬吃草）

馬が飛ぶように駆けていく。（馬像飛似地跑過去）

粉雪が降る。（下小雪）

こな雪は、しんしんと降り続けた。（小雪靜靜地不斷下著）

像上述這些以動詞做爲句子結尾的，稱做「動詞型的句型」。

這種「○○が（は）～する」的句型，還可進一步分為下列五種。

① **○○が（は）～する**

請注意，一般習慣用動詞「する」來代表所有總數近兩萬的動詞，所以句型公式中雖然用「する」，但眞正句子中必須用表達特定動作的那個動詞，如「走る・降る・食べる」等。

星がきらきら光っている。
（星星閃爍地發光）
お母さんも、にこにこ笑っています。
（媽媽也微微地笑著）

星＋光る

わあーい
ひかった！

星是主詞
光る是動詞
わあーい
（哇塞！）
ひかった！
（亮了吔！）

從句子中劃有‖的文節可以發現，這種句型的述語（如光る・笑う）是用來表達主語○○（如星・お母さん）的動作或作用。

② **○○が（は）…を～する**

二人は、りんごを買いました。
（兩人買了蘋果）
おばあさんがつきっきりで手当てをしてくれました。
（祖母片刻不離身地照顧我的病）
由美子さんは、もう、この本を読みましたか。
（由美子小姐，妳已經看過這本書了嗎）

ふたり＋買った

くだもの
ぼくを忘れちゃ
何を買ったのか
わからないでしょ！

主詞→ふたり
動詞→買った
ぼくを忘れちゃ何を買ったのかわからないでしょ！
（把我忘掉的話，要買什麼？人家怎麼知道？）

③ 〇〇が（は）…へ～する

二匹の狐は、森の方へ帰っていきました。

（兩隻狐狸朝森林的方向回去了）

わたしは、裏の林へ団栗を拾いに行った。

（我往後林去摘拾橡樹子）

「へ」上面接的都是地理位置，場所，表示「向・朝」的目標。

這種句型的動詞都是移動性動詞。

④ 〇〇が（は）…に～する

花びらが、地面に舞い落ちる。

（花瓣飄落到地面）

この漢字は、二つの部分に分けられます。

（這個漢字可以分成爲兩個部份）

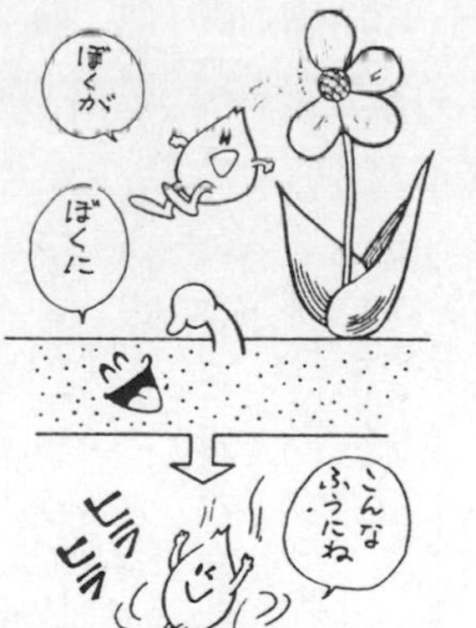

ぼくが＝花びらが

ぼくに＝地面に

こんなふうにね

（舞い落ちる的飄落動作就像我這樣）

⑤ 〇〇が（は）……から～する

親子の銀ぎつねは、ほらあなから出ました。

（銀狐母子從洞中出來了）

この言葉から、どんな様子が思い浮びますか。

（從這句話會想起什麼樣狀況呢？）

どこから出てきたの？（你是從那兒冒出來的呢？）

あそこからさ（就從那邊出來的嘛）

2 **○○が（は）—形容詞**
○○が（は）—形容動詞 的句型

凡是採用形容詞或形容動詞做爲句子的述語，這時候表達的不是主語的「動作」，而是「性質」、「狀態」。換言之，不是「做什麼」而是「怎麼樣」。

散髪（さんぱつ）は嫌（きら）いだ（理髮員討厭）

髪（かみ）の毛（け）が（頭髮）

少（すく）ない（眞稀少）

嫌いだ（形容動詞）

少ない（形容詞）

さんぱつはきらいだ。（理髮員討厭）

世界（せかい）はとても広（ひろ）いんだよ。（世界當然很大）

あの人（ひと）は、とても悲（かな）しそうでした。（他看來似乎很悲傷）

這類「○○が（は）—形容（動）詞」的句型，根據它述語文節中所採用單字形狀的不同，有「～い」和「～だ」兩種不同形式。

「広い・悲しい」都是形容詞，但眞正的句子，往往在用言後面加上一些助動詞或片語。

広いんだよ→広い＋のだ＋よ（の→ん）

悲しそうでした→悲しい＋そうです＋た

静かだ…（好安靜…）

恐い…！（眞恐怖）

おっ形容動詞（喔！這是形容動詞）

おーっ形容詞（喔！這是形容詞）

○○が（は）——形容（動）詞型

①形容詞當述語

ぼくは悲しかった。（我很悲傷）

いよいよ卒業も近い。（終於也快畢業了）

②形容動詞當述語

風は、おだやかだ。（風很平靜）

森の中は、きわめて静かだった。（森林裏面極爲安靜沈寂）

形で覚えるのだ（用形狀來記憶就行了）

形容詞和形容動詞可以根據它語尾的形狀來區分

日文的形容詞的原形語尾一定是「い」，而形容動詞原形語尾一定是「だ」，這麼有規則的單字形狀，其他語言（中、英文）少見。當然，在上面例句中，各位可能找不到「い」或「だ」，這是因爲形容詞、形容動詞的後面連接了其他單字（如：助動詞、助詞、名詞），而改變其語尾的形狀，這部份「語尾活用變化」的文法，留待後面說明。

3 ○○が（は）―名詞だ 的句型

這種句型的特徵，是採用「**名詞＋肯定助動詞**」的形狀，構成一個文節來做述語。其功用在於表明主語「是什麼」。

算術の次は国語だ。（算數的下一堂是國語）

これは、わたしの文集です。（這是我的文集）

次のようなものがその例だ。（下列這類東西就是其例）

ぼくの正体はあれだったのか（我的眞正形狀就是那個嗎）
シラナカッタ！
知らなかった！（我不知道）
カエル＋だ（圖＋青蛙）

例中句尾所出現的「名詞＋だ」和「名詞＋です」，便是這種句型的述語。「だ」是「常體」，「です」是「敬體」。另外還有「である」（文章體），「であります」（演說體），「でございます」（最敬體）。都稱爲「肯定助動詞」，相當於中文的「是」及英文的「be」動詞。

これが敬語だ。（這是敬語）

赤く咲いている花はバラだ。
（開得正紅的花是玫瑰）

記憶は、わたしたちの大切な財産なのです。
（記憶當然是我們重大的財產）

4 ○○が（は）—ある（ない） 的句型

這種句型嚴格說來，應該屬於1「○○が（は）—動詞」的句型。在此只不過將動詞固定成「ある」或「ない」，以表示某事物的「存在、不存在」或「有、沒有」。

校庭の角に、イチョウの木がある。
（學校操場的角落有銀杏樹）

勇気もある。（也有勇氣）

述語には、四つの種類があります。
（述語有四個種類）

※「ない」是形容詞，「ある」是動詞。

御八つ…は…テーブルの…上に…あるのか
（是「點心…嘛…桌子的…上面…有…」的意思嗎？）

原始時代の国語もむずかしいのだ（原始時代的國語我看也不簡單哪！）

（**長話短說**）

在日本的小學課本裏，原來只教1動詞句2形容詞句3名詞句，三種句型。

4的「存在句」句型是新加入的教材。

（自我挑戰）

1 用A、B、C、D分別代表Ⓐ〇〇が—動詞型 Ⓑ〇〇が—形容（動）詞型 Ⓒ〇〇は—名詞＋だ型 Ⓓ〇〇が—ある（ない）型，請將下列各句標示出所屬句型代號。

①花びらがまい落ちる。（花瓣飄落）

②風はとてもおだやかだ。（風相當平靜）

③走るよ、犬が。（跑呀！狗）

④バラの花びらは赤い。（玫瑰的花瓣很紅）

⑤主語には、修飾語が付くことがある。（主語上面往往連接修飾語）

2 「〇〇が—動詞」句型還可進一步細分爲五種不同類型。請看下列八個例句，並將相同類型歸類在一起。

①大雨が降りました。（下大雨了）

②犬が、森の方へ行きました。（狗朝森林方向去了）

③机の上に本を置きました。（把書放在桌子上了）

④狸が、洞穴から出てきました。（狸從洞穴中出來了）

⑤花びらが水面に浮かんでいます。（花瓣飄浮在水面上）

⑥ぼくは、本を読みます。（我讀書）

⑦ぼくは、東京へ行きました。（我去東京了）

⑧二人は、りんごを買いました。（兩個人買了蘋果）

3 請在下列（　）內，填入適當的字。

①日文句型的分類，係根據（　　）的種類。

②表示一件事物的性質、狀態，應該用（

）詞或（　　）詞。

③日文的名詞後面只要加上（　　　　）助動詞，就可以充當述語。

④日文的述語當中，若以數量來分，最多的應該是（名詞＋だ），其次是（　　　　），形容動詞第三，（　　）最少。

五、句子可以分成哪幾種類型？

——由句型來看句子的分類

剛才，是以述語的種類不同，將句子分類為「動詞句、形容詞（形容動詞）句、名詞句、存在句」四種。在此，我們打算用另一種角度，另一種觀念，就句子本身的「**結構**」和句子的「**性質**」兩項特徵，重新給句子分類。

吾人每天所見、所聞、所說、所寫的句子狀似複雜，經過仔細觀查、分析、統計的結果，其實類型卻極為單純、有限。牢記在心，將有助日文的學習效率。

1 由句子的結構來分類

由句子的結構，可將句子分為單句、重句、複句三種，分別和英文的簡單句、複合句、複雜句對應。

(1)單句是什麼樣的句子

①何謂單句

一個句子的「**主語・述語**」**關係只有出現一次者**，稱為單句，相當於—simple sentence。換言之，句子中只有一個主語，一個述語。主語一定是名詞（體言），述語則不外乎「動詞、形容詞、形容動詞（用言）」或「名詞＋だ」。

②單句的各種不同形式

初學者想在一篇複雜的文章中找出單句的位置，必須先學會卸除附加上去的「修飾語」。

美しい（連體修飾語） 花が あちこちに（連用修飾語） 咲く。

花が（主語） 咲く。（述語）

重句和複句都是由單句構成，故道理相同。

単文には4つの仲間があります
何がーどんなだ型
何がーあるない型
何がーなんだ型
何がーどうする型

主語 馬が 述語 走る。

主語 馬が 草を 述語 食べる。

主語 風は 述語 おだやかだ。

主語 次は 述語 算数だ。

主語 勇気が 述語 ある。

河馬教授：「単文には4つ(よっ)の仲間(なかま)があります（單句裏面有4種不同類別）」。鶏所拿的「何がーどうする（什麼做什麼）」動詞句，例如「馬跑，馬吃草」。牛所拿的「何がーどんなだ（什麼怎麼様）」的形容（動）詞句，例如「風很平靜」。兎子拿「何がーなんだ（什麼是什麼）」的名詞句，例如「下一節是算術」。猫拿「何がーある（ない）」的存在句，例如「有勇氣」。

③單句中也有一些小變化（花招、變奏曲）

Ⓐ兩個主語，一個述語的單句

主語 主語 述語
君(きみ)と僕(ぼく)とが行(い)く。（你和我都去）

做「行く（去）」這個動作的人，是「きみ（你）」也是「ぼく（我）」，若有人問「誰(だれ)が行くか（誰要去？）」，就是指兩個人都去，一個動作，有兩個主詞做的意思。

Ⓑ一個主語，兩個述語的單句

このバラは白(しろ)くて小(ち)さい。

（這朵玫瑰既白又小）

主語 このバラは 述語 白くて 述語 小さい。

如果有人問起「このバラ（這朵玫瑰）」「どんなだ（怎麼様）」，我們可以回答「白くて（很白）」而且「小さい（很小）」，亦即一個主語配兩個述語。

ぼくのボールは（我的球）
速くて（很快）
その上曲っちゃうのだ（而且還會彎曲）
わ……！（哇！我的媽呀！）

Ⓒ主語和述語位置顚倒的單句

走るよ、犬が。（跑呀！狗）

這種句子又可稱爲「倒裝句」或「倒置句」，倒置的目的是爲了強調故意移到前面去的文節，這也是日常會話中，常用的表達方式。

見事だ、あの動きは。（眞好看呀，那種動作）
強調するとね。（我這是在強調嘛！）
イヤミ…っ！（簡直是挖苦嘛！）

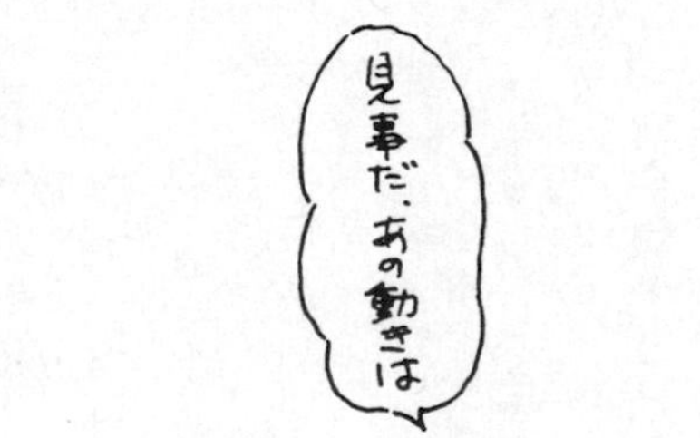

美しいなあ、富士山は。（眞美啊！富士山）

駄目(だめ)なのです、それでは。

（當然不行，那樣的話）

Ⓓ省略主語和省略述語的單句

来(こ)られました。（大駕光臨）

君(きみ)は？（你呢？）

日語中省略主詞的機會實在太多了。有時候，甚至連最重要的述語都可省略。

把省略的部份補上去，原來是

（センセイガ）〔主語〕 来られました。〔述語〕

（老師）您來啦！

君は（ドウシマスカ？）〔主語〕〔述語〕

你（打算怎麼辦）呢？

（ ）代表省略的部份，故意用片假名。

(2) 重句是怎麼樣的句子

① 何謂重句

重句即相當於英文的複合句（compound sentence），一個句子中的「**主、述關係**」**出現兩次以上**，而且這兩組子句彼此關係是對等的。

花(はな)は咲(さ)き、鳥(とり)は歌(うた)う。（花開，鳥叫）

花は〔主語〕 咲き、〔述語〕 鳥は〔主語〕 歌う。〔述語〕

上面這個重句中，出現兩個主語，兩個述語，並且沒有誰先誰後，孰輕孰重之別，兩組對等子句（對立節）佔的比重相同。

複句，雖然主、述關係也同樣出現兩次以上，但兩組子句彼此之間**並非站在對等的關係**，而是有主、從之別。這點正是重句和複句不同的地方。

2人とも主役なのだ（我們兩個人都是主角）

「鳥は歌い、花は咲く」「花は咲き、鳥は歌う」

兩句意思一樣。

雖說，重句中兩組以上的主語、述語，彼此是處於對等關係。

但仔細分析的結果，可以發現裏頭根據排列方法和敍述方式，仍有微妙的差異類型。

②**重句的分類**

Ⓐ**依排列方法不同的分類**

雖然主述比重相同，但依對等子句彼此排列的先後順序，還可分爲下列三種類型。

ⓐ**前後排列的重句（～然後～）**

雨が降り、とうとう風も吹いてきた。

（下雨，最後連風也刮起來了）

在時間座標上，下雨在先，隔段時間之後，才刮風，故根據動作發生時間不同，必有先後順序。

ぼくの方が先に持ち上げたのだ（照比賽程序，應該我先舉才對）

まさるは小さな橋をわたり、山のなかへ入って行った。（猿人渡過小橋，進入了山區中）

外表看來，這句子似乎只有一個主詞，但實際上，係因前後句主語相同，共用罷了。將省略的主語補回，仍有兩組主述關係，而且發生的時間先後有別。

一羽のからすが、横っとびにとんできて、あっと思うまもなく、あらをさらっていった。

（一隻烏鴉突然從旁邊飛過來，我嚇了一跳的瞬間，就把食物碎屑搶走了）

後面一組子句的主語，因爲也是「鴉が」，故被省略。

図書室で本を借り、家で読んだ。

（在圖書室借書，在家看）

前後兩組子句的主語都被省略，因主語是「私は」，不用說，對方也知道。

主語が省かれることもあるさ

（不要忘記，主語經常會被省略的）

重句就是由兩個對等的單句組成，既然單句的主語都可省略，重句當然有樣學樣了。

※注意

雨が降ったので、遠足は中止になった。

此例句中，前句「因爲下雨了」，是後句「所以遠足取消了」的「理由」。因此，雖然下雨在前，取消遠足在後，也有時間先後之差，但涉及「條件」關係，故不算是「前後排列的重句」。

ⓑ平行排列的重句（既～又～）

兩件以上的事情，並無先後順序的差別，發生動作的時間，有時在前，有時在後，並不一定。

雨も降り、風も吹いている。
（主語・述語・主語・述語）

（既下雨，又刮風）

家では、テレビを見たり、本を読んだりする。
（述語・述語）

（在家裏，有時看電視，有時讀書）

這句話的主語也被省略掉。

でも2回目はボクの方が先だったんだよ！

（不過，第二回合就該我先舉了吧）

甚至，還有三件事情平行排列的情況。

兄は学者になり、ぼくは教育者になり、弟は医者になった。

（哥哥成了學者，我成了教育家，弟弟成了醫生）

ボクも主役でーす

（我也是主角呀）

3人になってしまった

（變成三國鼎立了）

毎日本を読んだり、景色を見たり、海で泳いだりしていた。

（前陣子每天不是讀書，就是看風景，或是在海邊游泳）

主語「私は」又被省略掉了。

重句中出現的述語有好幾個，雖說有關係，實際上却是各自獨立存在的一些子句所構成。相當於英文文法中的「對等子句」。因爲**由對等子句所構成的句子**，英文叫「**複合句**」，故「重句」就是「複合句」。

ⓒ 串連添加排列的重句（不但～而且～）

雨も、（主語） 降ってきたし、（述語）
風も（主語） 吹きだした。（述語）

（不但下起雨，而且連風也開始刮起來了）

雨だ！（又是風）
風だ！（又是雨）
ひえ…っ
これはたまらん！
（救命呀！受不了啦！）

たくさんの力が集まると強い表現になるぞ
（集合許多力量的話，當然表現起來就更具震撼力了）

這一類型的句子，都是在前半段句子（第一個子句）所描述的內容之外，再利用後半段句子（第二個子句）加上新的內容，使場面、情景的嚴重性或美麗程度，表現得更深刻、更細膩，或對人物性格，表情的刻畫更強烈。想必在小說或劇本中很盛行吧！

山本さんは（主語） 本を上手に読み（述語）、そのうえ、字もたいへんきれいに書く（述語）。（山本先生不但書讀得很棒，而且字也寫得非常漂亮）

顔が喜びでいっぱいになり、目も輝きはじめた。
（主語　かがや　述語）

（不但臉上充滿喜悅，連眼睛也開始閃爍著淚光）

至於平行（並聯）排列和這種串連添加（串聯）排列的重句，要如何區分呢？

凡是對於相同內容，再進一步做更深一層的描述者，可以斷定必然是串連排列的複合句。例如「顔が喜びで」和「目が輝き」這兩句，可視為同一內容的反覆表達，其目的無非是想強調「高興的程度」。

Ⓑ由敘述方法的不同來區分重句

重句當中，若前半段句子表示「某種條件」，而後半段表示「在該條件下，會產生何種結果」。並且，這前後兩個子句的**主語、述語關係必須互相獨立**。

這類型的句子，還可分為兩種：

ⓐ有假定句的重句（如果～就～）

這種複合句的特徵，可以從句子中經常出現「**もしも～だったら**」或「**仮**（かり）**に～しても～**」的字樣判斷出來。

もしも……（副詞）亦可寫成「若しも」
↓假使…，萬一…，…だったら（だ的假定實現形）↓是…的話
こうなるのです（當然就會變成這種結果）

|---|---|
| 雨が降ったら | 遠足は中止です。 |
| 主語 | 述語 |

（如果下雨的話，遠足就取消）

かりにまた会ったとしても、<u>気が変わることは</u>
<u>述　語</u>
ないだろう。

（即使萬一再遇到，我想我也不會改變主意的）

用 □ 圍起來的條件子句，又稱「先行文」，**其內容並未保證一定會實現**，例如「雨が降るのか（會下雨嗎？）」、「また会うのか（還會再碰到嗎？）」並沒有任何把握，純粹只是事前的預想心態。

人們在做「假設」時，有兩種不同的心態，因此重句也可以分爲兩種。

順接的假定（「～したら」）型
　もし雨が降ったら、遠足に行かない。
　（假如下雨的話，就不去遠足了）

逆接的假定（「～しても」）型
　もし雨が降っても、遠足に行く。
　（即使下雨的話，也要去遠足）

ⓑ 以事實爲條件的重句
　（因爲～所以～、雖然～但是～）

「事實」即指「已經確實發生、實現的事情」。

這種句型常以「～（だ）ので」或「～だが」的模樣出現。

雨が	述語
雨が降ったので、	遠足は中止だ。
	主語　述語

（因爲下了雨，所以遠足停止舉行）

君が好きなので、結こんをする。
<u>＋</u>　　　　　　　述語
述語

（因爲喜歡你，所以結婚）

有人或許會奇怪，爲何「君が」不是主語而是受詞，其實這是格助詞「が」的用法之一，主語「

私が」被省略後，凡是你心中想要敍述的主題，都可用「が」來表示。

這種句子的特徵，在於先行文（條件子句）的內容，屬於已經確定的事實。

例如，「雨が降った（已經下雨了）」和「好きだ（喜歡）」這兩件事情，是百分之百可以明確肯定的事實。這一點和前述「假定句」截然不同。區別要領在於「這件事到底有沒有發生？」。還沒發生的叫「假定條件」，已經發生的叫「確定條件」。

ワタシとコンビを組め**ば**大丈夫（和我搭配一組**的話**，可以放一百個心）

オネガイシマス！（那就萬事拜託了）

どん（搥胸聲）

這種確定條件的複合句，又可分爲兩種。

君が好きなので、結こんをする。——**順接型**

（因爲喜歡你，所以要和你結婚）

君が好きなのだが、結こんしない。——**逆接型**

（雖然喜歡你，但不和你結婚）

因爲複合句（重句）必定是由好幾個（兩個最普遍）單句複合（重疊）而成，因此若能將之分解，還原成原來的單句，必能有助於文意的瞭解。

雨が降ったので、遠足は中止だ。

⬅

雨が降った　＋　遠足は中止だ

（下雨了）＋（遠足取消）

※上述兩個單句的連接，在邏輯上沒有任何不合理之處，「下雨→不去遠足」是人之常情，必然的道理，故用順接型的接續助詞「ので」來連接。

君が好きなのだが、結こんしない。

⬅

君が好きだ ＋ 結こんしない

（喜歡你）＋（不結婚）

※上述兩個單句的連接，內容矛盾衝突，可以感覺到激動的心情溢於言表，不屬於正常狀況，結果令人意外，故用逆接型的接續助詞「が」來連接。

(3) 複句是怎麼樣的句子

複句相當於英文的複雜句（complex sentence）。這種句子，雖然其主、述關係就整句而言，只有一次。但問題是做爲整個句子一部份的**主部或修飾部等這些連文節裏面，另外又含有主語、述語的關係**。形成了「句中有句」的複雜結構。正如英文中「主要子句＋從屬連接詞＋從屬子句」的複雜句，有別於前面「條件子句＋對等連接詞＋結果子句」的複合句。

做爲複句內含有主述關係的「連文節（從屬子句）」還可依其在整個句子中扮演的角色，而分爲

①主部的名詞子句

②述部的述語子句

③修飾部的形容詞子句

④獨立部的子句

根據在上述這些句子的不同部位，由原來的個別單字（主語和述語分別由體言和用言擔任），變成含有主述關係的子句，複句因而有下列種種型式。

どこにあるかが問題じゃ

（含有主述關係的子句位在句子何種部位，是關鍵所在）

① 主部是名詞子句的複句

君が言ったことは（主部） わるい。（述部）

⬅ （你所說的並不好）

主語 君が 述語 言った

（你說過）

頭にあるぞ！
我的頭裏面還有
主語 ＋ 述語
頭＝主部

母(はは)が買(か)ってくれた帽子(ぼうし)は 真(ま)っ白(しろ)です。

（媽媽買給我的帽子很雪白）

主部 述部

主語 母が 述語 買ってくれた （媽媽買給我）

←

上面二例句中，用□圍起來的部份，算是一種連文節，在此當做連體修飾的文節來修飾下面所接的體言「こと（事情）」和「帽子」，□的功能相當於英文的「形容詞子句」，「こと」和「帽子」才是句中的眞正主語，而形容詞子句（連體修飾文節）本身也有「主語＋述語」，「君」和「母」是形容詞子句的主語，請別弄錯。

複句最難懂的地方在於

整個句子真正的主詞是那一個？

以第一句而言，吾人可先將句子分爲：

君が言ったことは わるい。
主部 述部

第二步再分解爲：

君が 言ったことは わるい。
主語 述語 述語

主部に主・述の関係があるときは全体の主語を見つけにくい（主部若含有主述關係時，整句的主語不太容易找）

ひゃあよく見えないぞ（哎！這樣豈不是看不到路了嗎？）

經過分析之後，毫無疑問的，整個句子的述語是「悪い」，但主語是那一個呢？是「君が」？還是「ことは」？雖然以形式來看應該是「ことは」才對！但光靠「ことは」，主語到底指那件事仍不明朗，「ことはわるい（事情不好）」，天下事情那麼多，到底哪件事不好？這時候若在上面加「君が言った（你說）」，使整個句子變成為「君が言ったことはわるい（你所說的並不好）」，整個句子的主語即為「君が言ったことは」，這個主語不像過去單句或重句中的主語，只是一個單字（名詞），而是一個含有主語、述語的句子，文法上，叫做「名詞子句」當主詞（主語）使用。

同樣的，第二個例句也可以分解為

連体修飾部	主部	述部
母が買ってくれた	ぼうしは	真っ白です。

這句子真正的主語很明顯的是「ぼうしは」（帽子），而不是「母が」，否則豈不成了「媽媽很雪白」了嗎？從屬子句「母が買ってくれた」的主語才是「母が」，而述語是「買ってくれた」。可見複句的「主語1＋述語1＋主語2＋述語2」結構中，「主語1＋述語1」構成連體修飾部（形容詞子句），被這個連體修飾部所修飾的體言（即主語2）才是眞正的主語。

② 述部的連文節內含有主、述關係的複句

主部	述部
富士山（ふじさん）は	形がよい。

（富士山形狀很美）

←

主語	述語
形が	よい

（形狀很美）

主部	述部
遠足の計画は	みんながたてました。

（遠足的計劃　大家提出來了）

←

主語	述語
みんなが	たてました

框框 ▢ 所圍起來的部份，相當於整個句子的述部，在述部裏頭也可以找到主語、述語的關係。

次は
（其次）
述部なのだ
（就輪到討論述部了）
註：述部裏面也有
主語＋述語

◎整個句子的主語、述語如何區分

首先將句子分成主部和述部

富士山は（主語）‖形がよい。（述部）

接著，再細分爲：

富士山は（主部）‖形が（主語）‖よい。（述語）（述語）

最後，吾人判定此句子的眞正述語是「よい」，如此一來，主語似乎鬧雙包，「富士山はよい（富士山很美）」和「形がよい（形狀很漂亮）」都說得通。但兩者比較綜合結果，形狀只不過是富士山的衆多特性之一，富士山的涵蓋範圍比形狀廣，並不是「富士山很美」，而是「富士山，它的形狀很美」才對。因此「形が」才是「よい」的主語。

☞ 和述語關係比較貼切的「形が」，稱爲**主語**，而從整個句子外表觀察，很容易讓人誤認爲主語的「富士山は」，另取名爲「**總主語**」。或乾乾認定這個句子有兩個主語，也未嘗不可。寫成：

富士山は（総主語）‖※形が（主語）‖よい。（述語）

第二個例句也可如法泡製。

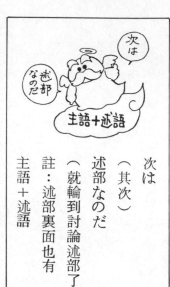

遠足の計画は、みんながたてました。

←

主部	述部
遠足の計画は	みんながたてました。

接著再把主部和述部做更細部分解。

遠足の	計画は	みんなが	たてました。
	※主語	主語	述語

此句的述語顯然是「立てました」，而它和位於主部的主語「計画は」的關係很密切，可視爲優先，故全句的主語是「計画は」。

こまかくしちゃうのだ！（非弄得水落石出不可）

細かい（詳細、入微的）

細かくする（弄清楚）

形容詞＋なる（する）可以變動詞

一個複句（複雜句）內，眞正的主語，往往可以透過整句話的意思，判斷出來。

主部とは主語に修飾語がついたものだ（所謂主部，就是主語上面還連接有修飾語的部份）

原則上，位於主部中的主語，通常就是全句的主語。但若眞的辨別不出來，再用另一個要領，即「總主語和主語的觀念」即可，總主語下面的主語才是眞正的主語。

③在修飾部含有主、述關係的複句

（連用修飾部含有主語及述語）

おなかにあるのじゃ（我是藏在肚子裏的…）

わたしは、妹が本を読んでいるのを見た。
（主部：わたしは、　連用修飾部：妹が本を読んでいるのを　述部：見た。）

← 妹が（主語）本を　読んでいる（述語）のを

我看見「妹妹正在讀書」

用□圍起來的部份，因位於用言之一的動詞「見た」前面，故屬「連用修飾部」，進一步分解連用修飾部，可發現裏頭另有主語、述語。

各位，若將此句簡化爲「わたしは[妹]を見た（我看見妹妹）」或「わたしは[本]を見た（我看見書）」，便可發現這種句子的受詞不是單字「妹」或「本」，而是句子「妹が本を読む」，由於「読む」是用言不能接格助詞「を」，故利用準體言「の」將「妹が本を読む」體言化，使其變成體言（有如英文「動名詞～ing」的作用。）

英文法上，稱這種句型叫「名詞子句當受詞用」。（読む→読んでいる乃時態變化）

◎以整個句子而言，主語是那一個？

象（ぞう）の鼻の長いのには、誰（だれ）もがおどろいた。
（對於象的鼻子之長，誰都會驚訝）

象の鼻の長いのには（連用修飾語）　誰（だれ）もが（主部）　おどろいた。（述部）

← 象の　鼻の（主語）　長い（述語）のには　誰（だれ）もが（主語）　おどろいた。（述語）

這個句子因爲曾經過「倒裝」，否則它本來應該是：

誰もが 象の 鼻の 長いのに おどろいた。
（主語：誰もが；主語：鼻の；述語：長いのに；述語：おどろいた）

（不管是誰對於象的鼻子之長都會驚訝）

如此一來，便可很簡單地找到「誰もが」才是句子的眞正主語。同樣地，剛才那句

わたしは、妹が本を読んでいるのを見た。
（主部：わたしは；連用修飾部：妹が本を読んでいるのを；述部：見た）

「わたしは」才是全句的主語，「妹が」只是子句的主語而已。

2 由句子的內容、性質來分類

從日文句子的敍述方法及終止文節上所表現出的特徵來分析句子，可以分爲下列四類。這種句子的分類法係參考英文文法的精神、原則，對於國人而言，已有基礎，故普遍廣受歡迎。

---

①普通句（直述句）　②疑問句
③祈使句（命令句）　④感嘆句

①**普通句（直述句）**——日常生活最常用

將某件事情（事實），用「肯定」或「推測」的口氣，表達出來。

村外れに、小さな地蔵様がある。（むらはずれ、ちいさな、じぞうさま）
（在村莊的盡頭，有個小小的地藏王）

夕方には、大雨になるでしょう。（ゆうがた、たいう）
（傍晚時，大概會下大雨吧）

六割る二は、四ではありません。（ろく、わ、に、よん）
（六除二不是四）

這種句子，通常都是以「**用言或助動詞**」的終**止形**做結尾。

例如：

先生に褒められる。（せんせい、ほ）（被老師誇獎）

私はもう泣かない。（な）（我已不再哭）

どんなものでも食べる。（不管什麼東西都吃）
明日から旅行に行きます。（明天起去旅行）

決まった！
（勝負已定）
用言か助動詞の終止形
（用言或助動詞的終止形）

② **疑問句**

え？（啊！怎麼？）
あれ？（那裏呢？）

凡是對於不知道的事情，或不太肯定，不太清楚的事，用詢問或懷疑的態度，說出自己的問題。

運動会は、何時開かれるのですか。
（什麼時候舉辦運動會呢？）
誰と一緒に映画に行くの？
（要和誰一起去看電影呢？）

疑問句的最大特徵在於句中常會出現**疑問詞**（何・どれ・だれ・なぜ等…），分別相當於英文的（what, which, who, why…）。同時在句尾經常使用表示疑問口氣的終助詞「**か**」。例如：

美しいのはどれですか。
（漂亮的是那一個？）
これは君の本ですか。（這是你的書嗎？）
なぜ一人で山に行ったのですか。
（爲什麼一個人去山上呢？）

另外還可表示「反問」「提議、勸誘」
誰が行くもんか。（誰要去！我才不呢！）
歩いて行きましょうかね。
（我們走著去好嗎？）

?え?（啊?怎麼?）
か（嗎?呢?）
いつ（何時?）何（什麼?）
なぜ（爲什麼?）
ますますわからない
（愈來愈不明白）

日文的疑問句並不一定非得使用疑問號「?」不可，反而常用「。」代替，這點和中英文很不相同。但在文章中，也常用「?」而不用「か」。

この写真は、何時出来上がります?
（這相片什麼時候可以洗好?）
あれはうさぎ?（那是兔子嗎?）

③ **祈使句**（**命令句**）

針對某件事，下達命令叫別人做，或禁止別人做的一種語言表達方式。這種句子的主語通常都被省略。

命令形にせよ!
（要用命令形!）
「せよ」是「する」的命令形

ここにゴミを捨てるな。（不准在此丟垃圾!）
君がやれ。（你做!）
ちょっと待ってください。（請稍候!）

かくな!
（不准畫!）
わ!なにを?
（哇!幹嚇?嚇我一跳）

一般，日本人最常用的命令句，大致可分爲下列幾種：

Ⓐ最普遍的格式，是以用言或助動詞的「**命令形**」做爲句子的結尾。或利用慣用語「～ことだ」。

静(しず)かに話(はなし)を聞(き)け。（安靜地聽故事！）

大丈夫(だいじょうぶ)だ、安心(あんしん)しろ。（沒問題啦！放心吧！）

もう一度(いちど)よく考(かんが)えることだ。

（最好再好好考慮一下！）

Ⓑ用「～してはいけない」或「～してはならない」表示**禁止**。

廊下(ろうか)を走(はし)ってはいけない。（不要在走廊上跑！）

嘘(うそ)を言(い)ってはならない。（不准說謊）

Ⓒ用含有禁止口氣的終助詞，做爲句子的結尾。

ここで泳(およ)ぐな。（不准在此游泳）

左側通行(ひだりがわつうこう)するな。（不准靠左邊通行）

Ⓓ用「～しなくてはならない」、「～しなければならない」「～しなければいけない」、「～せねばならぬ」表示**義務**。含有「必須～」之意。

もう家(うち)へ帰(かえ)らなければなりません。

（現在必須回家）

説明書(せつめいしょ)はよく読(よ)まなければいけない。

（説明書一定要仔細看）

Ⓔ用「お～ください」或「～して下さい」的形式做句子的結尾。

お立(た)ちください。（請站起來）＝立(た)ってください。

お話(はなし)ください。（請講）＝話(はな)してください。

Ⓕ用「～しなさい」、「お～なさい」的形式結尾。

ここに掛(か)けなさい。（坐在這裏！）

鉛筆(ひんぴつ)でお書(か)きなさい。（請用鉛筆寫！）

わしに命令する気か?ん?（你敢命令我嗎?嗯?）
※命令句只能對晚輩或部下使用。

④感嘆句（感動句）

對於某件事情，心懷強烈的感動，告訴別人的一種表達方式。

對於同一件事情，若在很平靜，很理智，不激動的情況下告訴別人，只要用「直述句」即可。但如果心中帶有一種衝動無法克制，急欲向對方傾訴時，唯有採用感嘆句才能展現出感情上的效果。

感嘆句通常在句首用感嘆詞，而句尾常接有感嘆意味的助動詞或終助詞。

わーっ!（哇!）
擊中球那一刹那心情當然很激動

感嘆句也可有數種表現形式。最普遍的，是在句子的最後加上表示感動的終助詞（請看288頁）。

Ⓐ在句子最前面出現表示感嘆的單字（感嘆詞）

ああ、なんて美(うつく)しい人(ひと)なのか。
（哇，天啊!怎麼會有那麼美麗的人呢?）
おお、あのきら輝(かがや)くオリオンよ。
（噢!那不是閃耀發光的獵戶星座嗎!）

おお！（噢！）要找到一顆星不簡單，心情有如發現新大陸

Ⓑ故意像是嚇一跳似的，語無倫次地，把句子順序弄顚倒。

なんて寒いのだ、今朝は。

（怎麼會這麼冷呢，今天早上）

偉いぞ、君は。（眞偉大呀！你）

高いなあ、あの人は。（眞高啊！那個人）

見たいな。芝居を。（眞想看啊！戲）

よっぽとなんだ服を逆さに着てるもん（太過份了，居然把衣服都穿顚倒了）文章も逆さになっている（文章也顚倒了）

Ⓒ在文章中，利用驚嘆號「！」的強烈口氣來表現感嘆句。

君がそれをやったのか！（是你幹那件事的嗎！）

大きな石だ！（好大的石頭啊！）

嘴巴雖然沒有呼叫驚嘆但內心却有那種反應

Ⓓ利用反覆地説同一句話表示感動。

勝った、勝った！（贏了！贏了！）

3 從文體的立場來看句子的分類

日文的句子還可以依照説話者的態度，是「親切隨便」？或「禮貌拘束」？而分為一般普通的「常體」及鄭重懇切的「敬體」，甚至最有修養，最有禮貌的「最敬體」，但國人少有機會説最敬體。

常體—だ、である和終止形體

在句子最後面的述語，若屬用言，採終止形，若屬體言，在名詞後面接肯定助動詞「だ」（會話）或「である」（文章）。雖然它是一種普通的説法，但在目前工商社會，教育普及，反而愈來愈少人用了。（文章仍盛行「である」）

ぼくは四年生だ。（我是四年級的學生）

陰でこそこそ言うのは間違いである。

（在人背後竊竊私語是不對的）

「和」には「日本風」という意味がある。

（「和」這個字裏頭含有「日本味道」的意思）

人間の心は動作にも出る。

（人類的內心也會出現在動作上）

人類內心是否存有尊敬，看他的舉止就可明白

敬體—**です**和**ます**體

在句子的述語後面連接「です、ます」等助動詞，使句子變成謙恭有禮，基本上句子的原意並未改變，但却顯示說話者的有教養及對聽話者（讀者）的敬意。

日文句子要由常體改為敬體，有一套固定的格式。

文體／述語	常體	敬體	規則
動詞	食べる	食べます	動詞連用形＋ます
形容詞	美しい	美しいです	形容詞終止形＋です
形容動詞	上手だ	上手です	だ改為です
體言だ	四年生だ	四年生です	だ改為です

ぼくは四年生です。（我是四年級的學生）

陰でこそこそ言うのは間違いです。（在人背後竊竊私語是不對的）

「和」には「日本風」という意味があります。（「和」這個字裏頭含有「日本味道」的意思）

人間の心は動作にも出ます。

人類內心也會表現在他的動作上，不信，請您看我的嘴臉和姿態

日本人寫文章時，一般都採用常體，而且一旦用了常體，整篇文章都要用常體，最忌一下子常體，一下子又改為敬體。

（**高級文法**）

除了上述衆多的句子類型之外，日文還有一種叫做「反語」的句型。所謂「反語」就是眞正的意思和句子表面上寫的不一樣，往往看起來明明是否定，其實却是最堅決的肯定。以爲是肯定，結果却是否定。例如表面上說：

どうして、そんな意見に賛成できようか

（怎麼能夠贊成那樣的意見呢？）

其實心裡面想表達的眞正意思是：

いや、決してできない（不行！絕對不行）

（自我挑戰）

1 下面各句，請區分何者爲單句？重句？複句？

①馬が草を食べる。（馬吃草）

②雨が降り、とうとう風も吹いてきた。

（下雨，最後風也開始刮起來了）

③雨が降ったら、遠足は中止です。

（下雨的話，遠足就取消）

④君が言ったことは正しい。

（你所說的很正確）

⑤先生がまもなく来られます。

（老師不久就會來）

2 下面各句屬於什麼句？請將代號填上。

Ⓐ直述句Ⓑ疑問句Ⓒ命令句Ⓓ感嘆句

①あなたも行きますか。（你也要去嗎？）

②わあ、綺麗だねえ。（哇！眞漂亮呀！）

③花が咲いている。（花正開着）

④そこにいなさい。（請在那裏）

六、「假名遣」及「送假名」是怎麼回事？

1 什麼叫做「假名遣」？

日文文法中有個專門術語—假名遣（かなづかい），「遣い」和「使い」同義，都使指「使用」的意思。因此假名遣就是當日本人利用「假名」來拼寫說話時的語音時，所必須遵守的一些規則和方法。

至於，爲什麼用假名來書寫日本話要有規則呢？原因是淘汰舊式混亂落伍的拼音法，改用全國統一的現代假名音標法，寫出現代日文的口語體。有別於古文，短歌及俳句。在昭和二十一年（民國三十五年）以前的日文有下列困擾。

①同樣意思，却有不同寫法

地面（じめん）（新拼法）
地面（ぢめん）（舊拼法）
用舊法拼，連字典都查不到字

てふさんけふも手紙ですよ（蝴蝶小姐，今天也有信哩）「ちょうさんきょうも手紙ですよ」でしょ（喂！你搞錯注音了吧！てふ應該唸ちょう、けふ唸きょう才對）

舊式拼法	新式拼法
けふ　きやう	きょう
を	お

②假名寫法相同，卻有兩種不同的發音

「は」有「は」和「わ」兩種唸法。一般單字的は唸「HA（哈）」，但若當「副助詞」使用時，「は」要改唸「わ」，如中文的「哇（WA）」。

これは『ハ』です
『ワ』じゃないよ
ワッハッハッ!

ワッハッハッ
（哇哈哈！）
これは「ハ」です
（這是牙齒）
「ワ」じゃないよ
（可不要唸成「わ」，拜託）
註：日文牙齒叫「歯(は)」

「へ」也有「へ」和「え」兩種唸法。

「へ」在一般單字中唸「へ」，但若是格助詞的「へ」要改唸「え」才對。

へ～
へ
え～!!

旁觀者一聽快昏倒了。
え…！（哎喲！我的媽）

有人認爲這是日文長久使用下來，日本人自己覺得，在某些特殊場合，改變唸法比較自然、方便，例如：「これは本です」的「は」若不改唸「わ」，各位比較一下嘴型可美觀？是不是唸「は」有點不雅和難聽呢？中文也有類似情況，如軍中將「一、二、七」改唸「么、倆、拐」，爲的是這幾個音比較不會聽錯，「は」改念「わ」就有聲音清晰的優點，但寫法還是「は」。

2 假名遣到底是怎麼一回事？

假名遣可大致分為兩大類。一種係按照古代某個年代當時通行的規則。另外一種，就是現代日本人所用的規則。同一句話，不同年代的人說法當然不同。

古代人說：
さうだ約束（やくそく）しませう
（好！我們就如此約定了）
現代人說：
そうだ約束しましょう

① 現代遣名遣的來源如何？

為了統一改善自古流傳下來的舊式假名遣的缺點。使「手寫、眼看」的文字，能和「耳聽、口說」的發音一致起見。日本文部省在昭和二十一年頒佈施行全國統一標準的國語，也就是如何利用現代五十音（其實只有四十六音）來拼寫文字的規則。

② 它所頒佈的規則重點為何？

Ⓐ 原則上，盡量照發音來拼寫文字。

発音どおりにかこう！
（要照發音來寫！）
かお（顔）現代拼法
かほ（顔）古代拼法

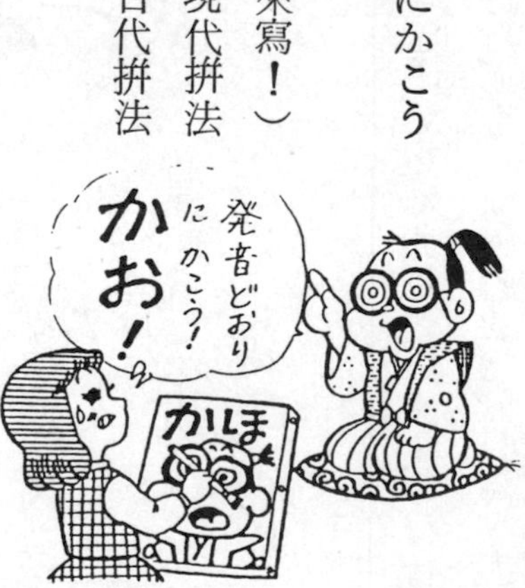

古代的日文拼寫法和發音法不一致，造成許多困擾，假名遣統一了全國語言。

わたし明治生れのおばあさんてふてふです
（我是出生在明治時代的蝴蝶老奶奶）
ちょっと古いかな…？
（眞的那麼老了嗎？）
註：現代語蝴蝶不叫「てふてふ」改叫「ちょうちょう」了。

Ⓑ助詞的「**は**」「**へ**」「**を**」發音雖爲「わ」、「え」、「お」，但不可寫成「わ・え・お」，必須寫「**は・へ・を**」。

わたしは　ジャガイモを　見(み)に　学級園(がっきゅういん)へ　行きました。
（我去實習菜園看馬鈴薯）

名詞にくっつくと生れ変るんだ。
（我只要一和名詞接觸，就脫胎換骨，發音改變了）

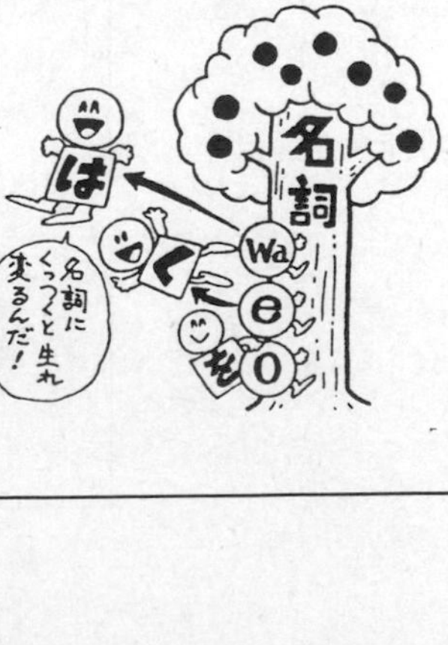

除了這三個助詞「は」「へ」「を」以外，凡是發音是「wa」「e」「o」的單字，一律寫成「わ」「え」「お」。

Ⓒ發長音的音要寫成文字時，請在要唸長音的那個平假名的後面，多寫一個該平假名那段的**母音**。

所謂母音就是指，**あ・い・う・え・お**五個音。爲什麼被叫做母音呢？

我們舉「あ」行到「た」行這四行五十音

當中的二十個音之羅馬拼音來看。

あ行　a　i　u　e　o
か行　ka　ki　ku　ke　ko
さ行　sa　si　su　se　so
た行　ta　ti　tu　te　to

很明顯可發現，不管哪一行，都含有a・i・u・e・o這五個音，換言之，「あ・い・う・え・お」是日文所有假名字母發音的最基本元素。母音以外的字，都叫**子音**。

日文的五十音圖，是每位初學日文者最先會接觸到的東西，它雖狀似簡單，但若能多看、多體會，其實整個五十音圖就隱藏著全部文法的精華在內，例如「い・う・お・か・し・た・つ・て・と…」都是文法重點。

ⓐア段字母的長音，一律在ア段的平假名（あ・か・さ・た・な・は・ま・や・ら）後面，多寫一個「あ」。

おか｜あさん（媽媽）
カ｜ア　咶ー
カ｜ア　咶ー
オカ｜ア　媽…
サ…ン　媽…

但若採用片假名的寫法，則「あ」省略，以「ー」代替。例如：アパート（公寓）、バー（酒吧）。下列ⓑⓒⓓⓔ的情況也相同。

ⓑイ段字母的長音，一律在イ段的假名（い・き・し・ち・に・ひ・み・り）後面，多寫一個「い」。

おにいさん（哥哥）
「オニチャン（鬼）」
哥哥糾正他
「オニイチャン才對吧」
日本的鬼叫「おに」

可見日文的發音，若不注意「長短」，很容易發生把「哥哥」叫成「鬼」的慘狀。

ⓒウ段字母的長音，一律在ウ段的假名（う・く・す・つ・ぬ・ふ・む・ゆ・る」後面，多寫一個「う」。

友人→ゆうじん
郵便→ゆうびん
夕方→ゆうがた
ラブレターの郵便です（是love-letter…）
ユー?（you?）

日文的單字會發長音的情況，以名詞佔最多，不論是漢字名詞或外來語的片假名名詞。但請不要和說話時猶疑的拉音搞混。

ⓓエ段字母的長音，一律在エ段的假名「え・け・せ・て・ね・へ・め・れ」後面，多寫一個「え」。

ええ（應答語）
ねえさん（姊姊）
ちがうのだ（弄錯了嗎）
エ列のカナに「え」をつけるのだ（書上明明規定要在エ段的假名後面加「え」啊，沒錯嘛！）

ⓔオ段字母的長音，一律在オ段的假名「お・こ・そ・と・の・ほ・も・ろ」後面，多寫一個「う」。

這點比較特別，**お段字母要拉成長音，不加「お」却加「う」**。

オオム（おおむ）
またまちがう！
（又唸錯了！笨蛋！）
オウム！（「おうむ」才對）
おうむ（鸚鵡）

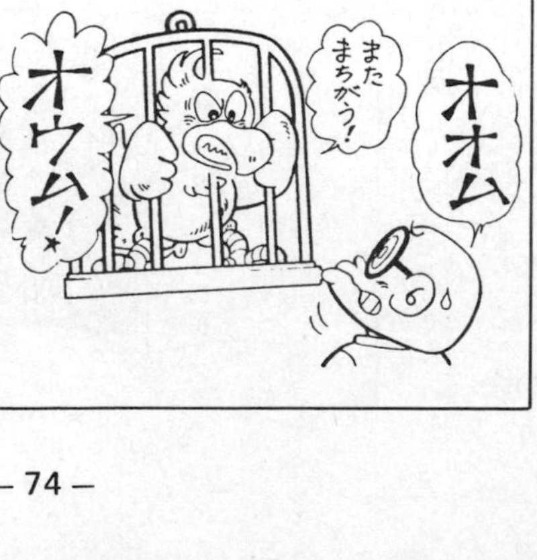

おうぎ（扇）
ほうき（帚）
おとうさん（御父様）
たいそう（體操）
けんこう（健康）
都用「う」而不用「お」

只有「オ段」特別與衆不同，不接「お」而接「う」。

但是天下事，總是有例外的

例外もあるよ！
（也有例外的喲！）
ほおずき（酸漿）
おおう（覆う）
とおる（通る）
おおきい（大きい）

うう…むむむずかしい！
（嗯…眞難記呀！）
こおろぎ（蟋）
とおい（遠い）
おおかみ（狼）
おおやけ（公）

古代，這些「お」都被發音爲「ほ」，後來才改爲

とほい→とおい　　こほろぎ→こおろぎ

④**きゃ・きゅ・きょ這幾個音（拗音），儘量寫小一點，寫在右下方**

小さい事は良い事だ
（「小」即是「美」）
おきゃくさん（お客さん）
きょねん（去年）
ちょきん（貯金）

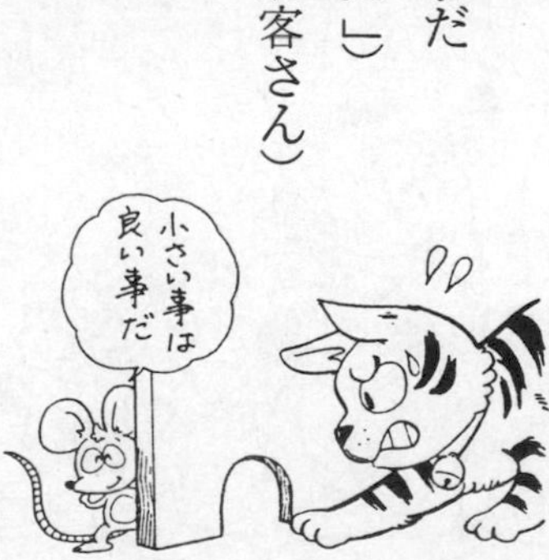

⑤**發促音的「つ」，也請記得盡量靠右下方寫小一點。**

あ！小さな「つ」がつまってる！
（啊！有個小號的「つ」塞在裏面）

がっこう（學校）

てっぽう（鉄砲）

とっきゅう（特急）

⑥比較困難的一些假名遣

下面將提到的一些假名用法，雖然其形狀也有一定的規則，但與上述規則有衝突，只要事先知道例外之處，背起來就沒事。

Ⓐ以「ち」「つ」開頭的單字，當接在另一個單字後面時，要記得改爲「濁音」，也就是變爲「ぢ・づ」才可。

はな（鼻）＋ち（血）
→はなぢ（鼻血）

ちか（近）＋つく（付）
→ちかづく（靠近）

くそ！（混蛋）

フームやっぱりにごってる！
（哼！到底還是發濁音吧！）

みそづけ（味そ漬け）
醬醃菜

つまづく（詰ま付く）
跌倒

みかづき（三日月）新月

いれぢえ（入れ知恵）替人出主意，教唆

Ⓑ若有兩個相同的「ち」或「つ」的音疊接在一起，請記得在第二個音（假名）的右上方加「〃」，亦即採「濁音化」。

つづく（続く）　ちぢむ（縮む）
つづる（綴る）　ちぢみ（縮み）
つづみ（鼓）　よろしく
つづら（葛）　（請多指教）
こちらこそ（彼此彼此）

不過這項規則也不盡然絕對嚴格，例如「包む（つつむ）」。甚至有些字典乾脆將「づ」改爲「ず」，例如「続く」可拼成「つづく」或「つずく」。

Ⓒ比較困難的假名遣。

ⓐ對於漢字的標準寫法，除了幼兒書外，一般不可只寫平假名而不寫漢字。

日本語はむずかしいのだ
（日語實在有夠難）
はーいケエレエ！
（嗨！けいれい！）
敬礼（けいれい）じゃっ！
（把「敬礼」這兩個漢字也寫出來才對吧！）
同樣，えいせい（×）
衛生（○）

ⓑ「言う」這個動詞因爲很常用，可以省略漢字，而直接用「いう」取代，但唸成「ゆう」。近代日文動詞可以省略漢字的還有「為る→する」、「成る→なる」、「有る→ある」、「居る→いる」……。

⑦特別困難的假名遣。

Ⓐ有時候按照遣名遣的規則來寫，反而錯的例子。

風（かぜ）さえ吹（ふ）いてきた。（連風也吹起來了）

這個「さえ」並非「さ」連接助詞「へ」而來。因此絕對不可寫成「さへ」。

[さ] ＋ [へ] ≠ [さえ]

Ⓑ兩個單字組合形成的詞組中，後面的一組字要濁音化，而形成「づ」「ぢ」，很容易和原本字本身就有的「ず」「じ」弄混。

例如：

片付く（かたづく）（收拾、整頓）→かたずく

杯（さかづき）（酒杯）→さかずき

小遣い（こづかい）（零用錢）→こずかい

跪く（ひざまづく）（跪下）→ひざまずく

手綱（たづな）（韁繩）→たずな

詣詰め（すしづめ）（擠滿）→すしずめ

力尽く（ちからづく）（極力）→ちからずく

服地（ふくぢ）（西裝料子）→ふくじ

さあみんな一緒に出発ーっ（喂，大家一起出發吧！）

ぼくたち連絡じゃないもんね（我們彼此之間沒有關連）

意謂，「杯」和「跪く」根本就不是詞組，但外觀却易造成誤會。

3 送假名要怎麼寫才恰當

(1) 何謂送假名

日本人把單字用文字寫出時，為了讓單字上的

漢字能正確清楚地被唸出來，而訂出一套接在漢字後面平假名的寫法規則。

(2) 送假名的規則如何？願聞其詳。

① 動詞的送假名

因爲日文動詞的語尾會變化，故動詞的平假名由會變化的部份寫起。換言之，日文動詞不會變化的部份叫語幹，用漢字書寫，而會變化的部份叫語尾，用平假名書寫。

う…むどれが語幹やら語尾やらさっぱりわからないのだ（嗯！這傢伙到底哪一部份是語幹（身體）哪一部份是語尾（尾巴）實在分不出來）

Ⓐ 找日文動詞語尾的要領

かく ← 書く

- か か・ー ない
- か き・ー ます
- か く・（終止形）
- か く・ー 名詞
- か け・ー ば
- か け・（命令形）
- か こ・ー う

各位在看日文時，只要找到□所圍住的部份，然後把不變的那一排「か」寫成漢字「書」，剩下的部份就是語尾變化部份，一目瞭然。

至於□所圍住的單字，以「助動詞・助詞」最多，都用平假名表示，「名詞」也不少，則會出現漢字或片假名。

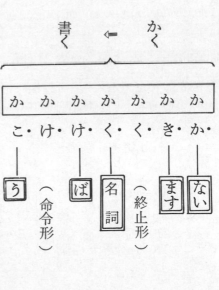

「泳ぐ」か「泳がない」かはこの尾で決まるのよ（「要游」或是「不游」，完全是靠這個尾巴來決定）
意謂：日文動詞語尾的變化，可以使所表達的意思千變萬化。

□的部份，除了「助動詞、助詞、名詞」外，另外也可接其他動詞或標點符號。

Ⓑ對於有些動詞的語幹和語尾不易區別者，其「假名」的「送」法如下：

剛才那種動詞，語尾不管如何變，都還存在，但有些動詞則語尾變化另有規則，往往造成初學者辨識上的困擾。

ねる

語幹	語尾	接續
ね		ない
ね		ます
ね	る	（終止形）
ね	る	名詞
ね	れ	ば
ね	ろ	（命令形）
ね		よう

由右表看來，「寝る（睡覺）」這個動詞，沒有變化的部份是「ね」，拿來當語幹，而「る」有時候「不見」，有時候「不變」，有時候變成「れ」「ろ」，故「る」當語尾。

另外，「来る」「くる」這個動詞與衆不同，它缺乏所謂「不變的部份」，但因爲「く」的變化「こ・き・く」還在「か」行內，故取「く」當語幹，寫成「来る」。

なんだこの変った活用のしかたは（你這身奇怪的活用規法究竟是啥玩意）

あんたも相当変った活用をしていると思うけどなあ（你自己這身活用型，我才覺得奇怪呢？）

くる → こ——ない
くる → き——ます
くる → くる
くる → こい

Ⓒ日文有些動詞，常準備兩套不同形狀，分別擔任自動詞（不及物動詞）和他動詞（及物動詞），這類動詞的假名送法如下：

生 → うむ——生む
生 → うまれる——生まれる

起 → おきる——起きる
起 → おこる——起こる

終 → おわる——終わる
終 → おえる——終える

因此，對一般大多數動詞的送假名，假名從會變化的部份開始送，固然不錯，但遇到會混淆的場合，也不顧什麼規則了。例如「起(お)こる」會變化的只有「る」，本應寫成「起(おこ)る」，但若「起(おき)きる」也寫成「起る」豈不是產生「起る」有兩種發音，

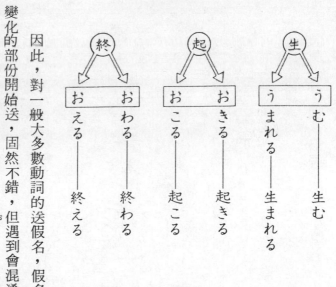

兩種意思了嗎？因此，分別寫成「起(お)こる」「起(お)きる」，不但「起」的發音一致，同時也不會兩個字難分難捨。可見「送假名」如果「送」得巧，對閱讀是很有助益的（對說話不影響）。

②形容詞的送假名該如何寫？

因爲日文的形容詞也有語尾變化，只要從變化的部份開始送起即可。

高い ⇨ たかい

語幹	語尾	後接
たか	ろ	う
たか	かっ	た
たか	い	（終止形）
たか	い	名詞
たか	く	て
たか	けれ	ば

用□圍起來的部份，和剛才的動詞情況相同，不外乎「助動詞、助詞、名詞」。不變的部份「たか」即爲語幹「高」的假名發音，「い」是語尾。

高いか高くないか
これで確めてから
……
（到底是高「高い」呢，還是不高「高くない」呢，用這個量量看便知道）

さっさととべ！
（快點跳！）

◎形容詞送假名的例外規則

若形容詞的語幹是以「し」結尾的話，則由「し」開始送出假名。

因此也有人認爲形容詞的語尾有兩種—「い」和「しい」。

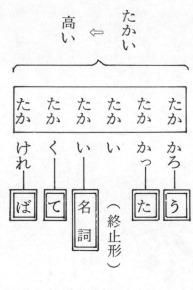

たのしかろ―う
たのしかっ―た
たのしい（終止形）
たのしい―名詞
たのしく―て
たのしけれ―ば

たのしい ⇦ 楽しい

これ語尾だよーっ
（這個才是眞正的語尾）
語幹の最後はここだよ！
（語幹的最後一個字在此哩！）

因爲□所圍住的語幹「たのし」最後一個字是「し」，故應該把「し」送出，而成爲「楽しい」。

類似的例子還有：

新(あたら)しい（新的）　著(いちじる)しい（顯著的）
悲(かな)しい（悲傷的）　嬉(うれ)しい（高興的）

③形容動詞的送假名該如何寫

形容動詞是由「情態（抽象）名詞＋だ」演變而來，以彌補日文形容詞數量的不足，其語尾「だ」也會變化，照老規矩，從會變化的那個「だ」送出假名。

せいかくだろ―う
せいかくだっ―た
せいかくで―ない
せいかくだ（終止形）
せいかくな―名詞
せいかくに―なる
せいかくなら―ば（可省略）

せいかくだ ⇦ 正確だ

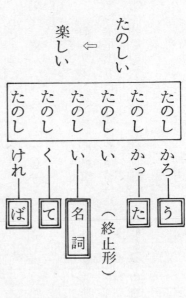

我們只要找到助動詞「う・た・ない」，助詞「ば」、名詞、用言的動詞「なる」，將之用□圍起，再將不變化的部份「せいかく」用□圍起，剩下的都是終止形だ的語尾活用形。正統寫法爲：

せいかくだ ⇒ [せいかく]だ ⇐ 正確だ

其他如：急(きゅう)だ　適切(てきせつ)だ

◎形容動詞送假名的例外

形容動詞活用部份（即「だ」）之前，若有「か」「やか」「らか」「しげ」等字樣，則這些字也要送出來。

換言之，如果我們能夠事先把這些常會在形容動詞語尾出現的平假名，連同「だ」一齊記在腦海中，相信對於辨識「形容動詞」會有很大幫助的。

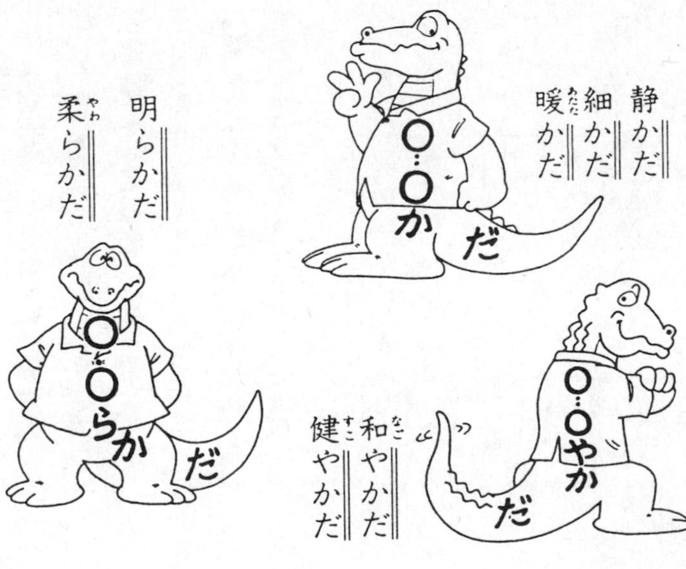

静かだ
細かだ
暖(あたた)かだ
○○かだ
明らかだ
柔(やわ)らかだ
○○らかだ
和(なご)やかだ
健(すこ)やかだ
○○やかだ

④名詞的送假名要如何處理？

由於名詞沒有語尾，故正常情況應該沒有送假名的問題才對。但有下列幾種例外需注意。

Ⓐ下面所列名詞，習慣上都要把最後一個音節送出來。

幸い（幸運）　情け（同情）
哀れ（悲哀）　後ろ（後面）
辺り（附近）　半ば（中央）
自ら（自己）　勢い（勢力）
便り（消息）

但它們與下列動詞經過連用形變化，轉成的轉化名詞，外表上雖然很容易誤解，但從漢字意義的不同，應該不難辨識。

動き（活動）　残り（剩餘）
値上げ（加薪）　生き物（生物）
打合せ（商量）　買出し（採購）

変化がないのは簡単なのだ（没有變化，當然很簡單）
注意！（小心）
例外もあるんじゃよ（也有例外的喲）
※在文章中要找名詞，一般都先找出格助詞，當你發現格助詞上面的單字是平假名時，就是這種情況。（註：一般而言，格助詞上面都直接接漢字或片假名）

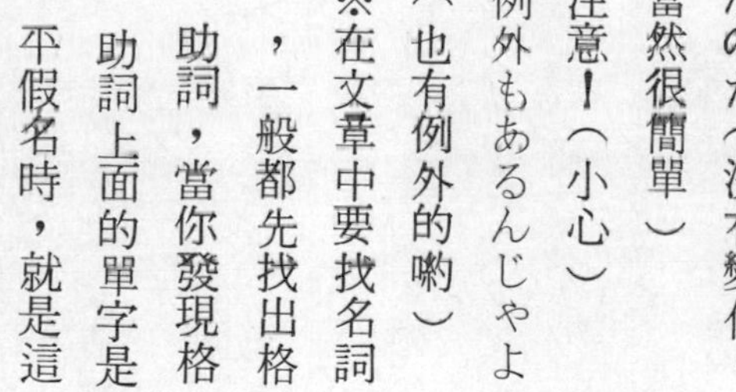
変化がないのは簡単なのだ
注意!!
例外もあるんじゃよ

スカ（落空）
空振りが
（揮棒落空）
一つ（一好）
二つ（兩好）
三つ（三好）
ほらね　バッター
アウト！
（瞧！不聽老人言，三振出局！）
日本人計算數字時，所用的一つ、二つ、三つ……請記得一定要把「つ」送出來。

Ⓑ由原本有活用的單字（即「用言」）所轉化而成的名詞，或是在形容詞、形容動詞的後面，去掉「い」「だ」改接「さ」「み」「げ」這些接尾語，轉變爲名詞，其送假名規則如下。

ⓐ由動詞轉變爲名詞

調(くら)べる（調查）→調(しら)べ（調查）
動(うご)く（動）→動(うご)き（活動）
晴(は)れる（雲散）→晴(は)れ（晴天）

調べる人を調べるのが本当の調べなのだ
（調查要調查別人的人才是眞正的調查）
もとを質せばこうなる
（要追究眞相就要這樣）

上面的犯人所說的那一句話中，可以看出日文的詞類變化非常類似英文的詞類變化。

該句話中出現了三個「調べる」，但每一個「調べる」的意義和用法都不盡相同。

「調べる人」的「調べる」屬「動詞的連體形」當做「連體修飾語」使用，文法上的功能係充當形容詞，可以和英文的「現在分詞」連想在一起。

「人を調べるのが…」的「調べる」原本是動詞，但因整個子句「調べる人を調べる」想要當做主詞，但因日文的動詞後面絕對不可接「格助詞」，因此需加以「動名詞化」，使「調べる」→「調べるの」，藉著準體言「の」使「調べる」由動詞變爲名詞，故「の」可以連想爲英文的「動名詞」後面所加的「～ing」。

「本当の調べなのだ」中的「調べ」，也是動詞的「名詞化」但與「調べるの」的「動名詞化」有別。「調べる」=「examine」則「調べるの」=「examining」，而「調べ」=「examination」。

這類轉化名詞的送假名，都要按照它原先的單字之送假名，去掉一個「る」或將第三段的字改爲第二段的字（如く→き），總之，用言常可藉「連用形」將用言變成名詞。

ⓑ形容詞、形容動詞後面連接「さ」「み」「げ」等接尾語，亦有轉化爲名詞的功用。

正しい（正確的）→正しさ（正確度）

明るい（明亮的）→明るみ（公開處）

惜しい（可怕的）→惜しげ（可惜的樣子）

正確だ（正確的）→正確さ（正確度）

悲しい（悲哀的）→悲しさ（悲哀）

悲しい（悲哀的）→悲しみ（悲哀）

「悲しさ」指外表悲傷狀，「悲しみ」指內心痛苦的程度。大多數形容詞加「さ」可變名詞，但能加「み」變名詞的形容詞比較少。

フンもとからじっくり調べてやる
（哼！仔細地從根本給你查個夠）
証拠がそんなに？
（這樣也算證據？）
※對方雖然極力掩飾，但只要抓到一些語尾，就可推測出可能是名詞。

⑥副詞、連體詞、接續詞的送假名

這些品詞（詞類）雖然都和名詞一樣沒有活用，但與名詞不同的是，它們正常狀況下，應該把單字的最後一個音節送出來。

必(かなら)ず（一定）・全(まった)く（簡直）—副詞
然(さ)る（某一）・来(きた)る（下次的）—連體詞
及(およ)び（和・與）・但(ただ)し（但是）—接續詞

最後の音節を書けばいいのだ（只要寫最後一個音節就可以了）
長距離走だって最後の一周だけ……イッヒッヒッ
（再長距離的賽跑，總有只剩一圈的時候，嘻……）

但也有些例外，必須送出兩個音節
明(あ)くる（明、翌、下次）—連體詞
大(おお)いに（非常、很）—副詞
直(ただ)ちに（立刻、直接）—副詞

さぼった分グランド10周追加！（想摸魚，好！操場再多跑十圈）

ヒ…ッ送りがなにも例外だけどよけいに送る語があるよ…っ（我怎麼那麼倒霉，就像那些例外的送假名要比別人多送出一個字）

不過目前副詞、連體詞、接續詞盛行不寫漢字，因此根本沒有送假名的問題了，因爲它已把整個單字的假名都送出來了。例如「必ず→かならず」。

⑦由兩個單字結合在一起，構成一個新的單字（複合字）的送假名規則。

もうしこむ：申す→申し＋込む（こ）→申し込む

たびだつ：旅＋立つ→旅立つ

ききぐるしい：聞く→聞き＋苦しい→聞き苦しい

原則上，每個單字都有它本身的漢字和假名，如果屬「用言＋用言」，則第一個用言改連用形再加第二個用言，若屬「體言＋用言」，則直接疊加。

⑧不採用送假名的複合字

Ⓐ有些名詞在某種特殊場合已經長期習慣使用，不露出假名，而採用全部漢字的表示法。

例 関取（せきとり）（相撲中僅次於「横綱」的大力士）

頭取（總經理）・切手（郵票）
売値（售價）・小包（包裹）
歩合（比率・回扣）

我是「関取」不是「関取り」

Ⓑ有許多名詞，雖然它兩個漢字當中，原本有一個是動詞的連用形，但書寫時，都已習慣模仿一般的漢字名詞（如：運動、勉強），以不送出任何平假名爲原則。

木立（樹木）・子守（褓姆）・番組（節目）
役割（任務）・植木（栽種的樹）
合図（信號）

勉強も大変だけど（讀書雖然也很辛苦）
子守りも大変なのだ（但是當褓姆也不簡單）
子守＝子守り
並不算錯，要小心。

⑨送假名的規則難道死板板地，毫無通融餘地嗎？

不然，語言這種東西，以「方便・正確・不生誤會」爲原則。就筆者所知，下列動詞就可彼此通用，不會搞錯。

著す—著わす（著作）
生まれる—生れる（出生）
表す—表わす（表現）
当たる—当る（碰上）

現れる─現われる（表現）
田植え─田植（插秧）
行う─行なう（實行）

こ…こ…子供一枚！
（兒…兒…兒童票一張）
ごめんやで…
（應該會通融吧）

或許有人覺得，既然有伸縮餘地，那還學「送假名」的規則幹嘛！話不是這麼說，訂了規則讓衆人有所依循，這些少數的例外，也是在不會影響人與人之間溝通的原則下，偶爾出軌而已。

④ 比較困難的一些送假名

① 「組」和「組み」的發音雖然都是「くみ」，但何時送「み」出來？何時縮進去？如何區別？

當「組」接在「名詞」或「名詞＋の」之後，不送假名。

赤組　花の組　赤の組

但若「組み」單獨使用，或構成複合字，則送出「み」。

活字の組みが弛む。（鉛字版鬆動）
組み合わす（組合、配合）

② 「係」和「係り」兩者如何區別使用場合？

「係」若當名詞使用，表示擔任某種工作的人，不送假名。

飼育係（飼養員）
受付係（門房、傳達員）

若「係り」構成複合字，或當動詞使用時，則需送出假名「り」。

係り結び（述語與係助詞的呼應關係）

上の文節が下の文節に係ります。
（上面的詞組連接在下面的詞組之上）

總之，凡是還殘留有「動詞」含意在內的用法，都採用送假名「組み」「係り」。

除了上述「組、係」二字之外，當動詞使用時，需採用送假名，而當名詞就不必送假名的字還有

光る（發光、出衆）↕光（光線、視力、亮）
折る（折、疊、屈）↕折（紙盒、機會、時候）
話す（說、談、告訴）↕話（談話、道理、故事）
割る（切、分、打壞）↕割（比率、比較）

名詞－不必送假名（話）
漢字二面相だぞ
（漢字有兩種不同的面貌）
動詞－必須送假名（話す）

漢字二面相だぞ

5 日文的標點符號應如何標注

日文的標點符號又稱爲「句読点」或「句切り符号」。從「句読点」的名稱便可看出「句点（句號）」和「読点（逗號）」所佔重要之地位。

我昨天從學校回來之後和父親二人一起上山去摘……

ぼくたちどこに座ればいいんだろうなあ（我們兩個要擠進去哪個位置才好呢？）

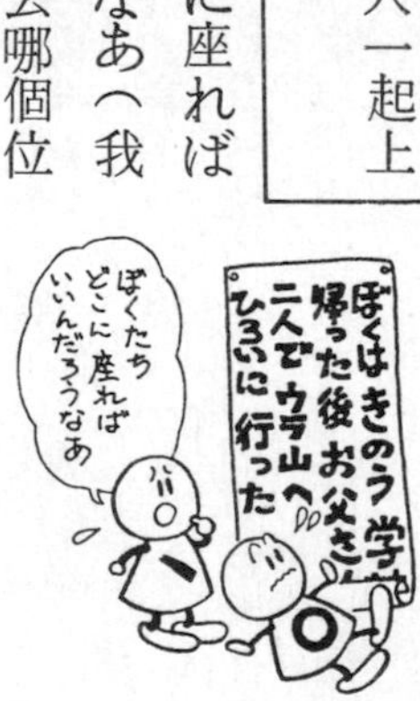
ぼくはきのう学
帰った後お父さ
二人でウラ山へ
ひろいに 行った
ぼくたち どこに 座れば いいんだろうなあ

文章若無標句符號，除了看起來吃力，甚至看不懂，更經常造成誤解。標點符號的功用，有人說是爲了美觀，更可節省時間和精力。

日文常用的標點符號如下：

句號。　逗號、
點號・　刪節號…
引號「」雙引號『』

おーいマルく…ん
（喂！句號先生）
なあに？テンちゃん
（什麼事？逗號小姐）

★それぞれの名前をおぼえよう

請牢記每個符號的名稱

①句號應打在何處？

Ⓐ句子結束時，打在最後一個字下面。

Ⓑ（　）或「　」中的句子結束時，也要打句號。

（おしいなあ。）（眞可惜呀。）

「やられた。」（被考倒了。）

ねらいを定めてうつのだ！
（一定要對準目標打）
標點符號有一定的打法，但往往被疏忽掉，亂打一氣。

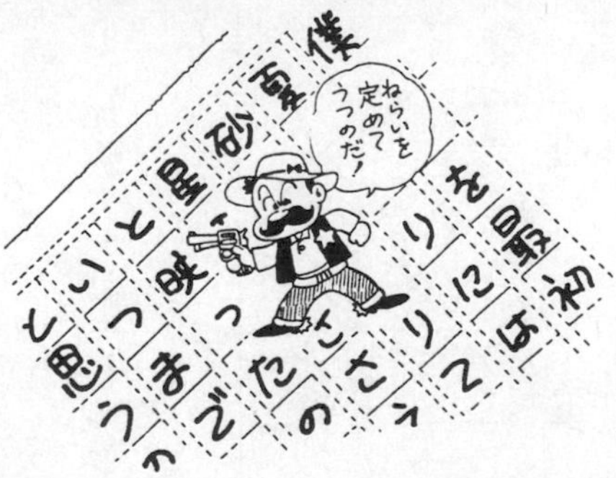

在下列三種情況的後面可加句點。

……すること。（應該做……）

……者（もの）。（因爲……嘛）

……するとき。（做…時）

Ⓒ不能打句號的地方

ⓐ在文章題目（標題）的後面

・チップス先生（せんせい）さようなら

（吉普斯老師再見）

●少年は川をわたる（男孩渡河）

ⓑ**標語、口號的後面**

●マッチ一本火事のもと（星星之火可以燎原）

●人は右、車は左（人靠右走，車行左側）

うちすぎるな！

（不能亂打一通！）

星星之火可以燎原

句號

マルはいらない！

（喂！句號不必啦）

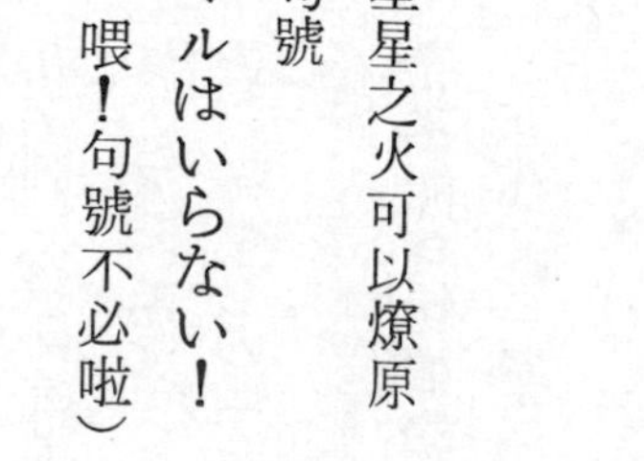

ⓒ**人事物的名稱後面**

（例如住址、姓名、實驗名、報告名、考試名）

ダメ！

（不准加句點）

名信片上的收件人

姓名後面不准加句號

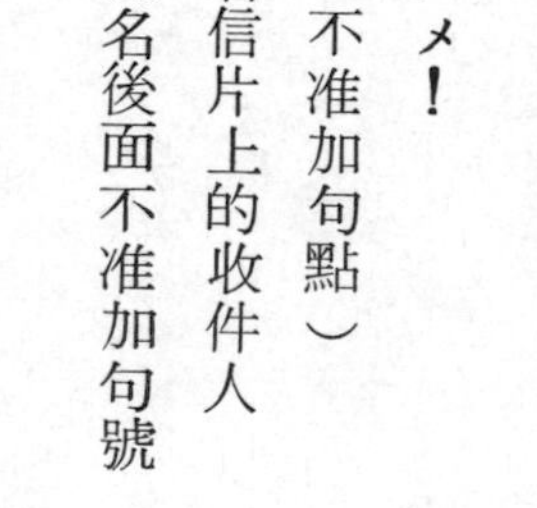

Ⓓ用「と」來連接句子時，即使「と」上面句子已結束，也不可在「と」後面加「。」

その考(かんが)えはよくないとみんなに伝(つた)えなさい。

（請轉告大家那個想法並不好）

人間(にんげん)は動物(どうぶつ)の中(なか)では、一番賢(いちばんかしこ)いといわれていますが、それは本当(ほんとう)ですか。

（據說人類在動物當中最聰明，但真的如此嗎？）

えへんぼくの方が強いのだ！（嗯哼！我比你句號強多了，有我就沒有你）一脚把「。」踢開

②逗號應打在何處？

Ⓐ打逗號的最大原則，在於避免唸錯，因此凡是容易唸錯的地方，爲避免誤解，最好用逗號將句子斷開。

◎在此舉幾個類似中文「下雨天留客天…」的例句說明逗號的重要性。

例 私は、昨夜(ゆうべ)借(か)りた本を、夢中(むちゅう)で読(よ)んだ。

（我着迷地把昨天晚上借的書看完了）

私は、昨夜、借りた本を夢中で読んだ。

（我昨天晚上不顧一切地把以前借的書看完了）

第一句所看的是「昨天晚上借的」書，而第二句是「昨天晚上看」以前向別人借的書。

標點符號打的位置不同，意思可差多了。

ⓐ今朝来るように言った

今朝、来るように言った。（今天早上，叫我來）

来るようにと 今朝 言われた だけだよーっ

来るようにと　今朝言われただけだよーっ（你不是今天早上才叫我來的嗎？現在又…）

今朝来るように、言った。（叫我：「今天早上來」）

朝に来いって言ったくせになあ
バス

朝に来いって言ったくせになあ（奇怪，明明叫我今天早上來的…怎麼搞的…）

像上述二例，前者是（今天早上說：「來」），後者是「說：「今天早上來」）兩者差別很大。

因此凡是在表示「時間」的文節後面，最好是打個逗號，比較保險。

ⓑ洞穴のある所に宝物が隠されている。

「、」就像是句子意思的路標，指引正確道路

洞穴の、ある所に、宝物が隠されている。（寶物一直被藏在洞穴內的某個地方）

ギョロギョロ（目光烱烱）

ギョロ
ギョロ

洞穴のある所に、宝物が隠されている。（寶物一直被藏在有洞穴的地方）

あれだ（在那裏）

あれだ!!

Ⓑ**接續詞的後面，請務必打逗號。**

大雨が降った。けれども、遠足に行った。
（下了雨。但是，還是去遠足了）

「接続詞のおしりにうて」と言ったんだっ
（神經病！打我幹嘛，人家明明規定「打在接續詞的後面」）
え？（怎麼啦？）

Ⓒ**逗號可以打在表示場所的文節後面。**

ぼくたちは、あの美しい図書館で、偶然に出会った。
（我們是在那美麗的圖書館，偶然相遇認識的）

二人は、小川の辺で、肩を並べて坐った。
（兩人在小河旁邊，並肩地坐在一起）

読点くんのおかげて思い出の場所がはっきりするよ（多虧逗號兄的幫忙，我們才能牢牢地記住值得紀念的地方）
えへへ役目ですから！（哪裏哪裏，份內應該做的工作嘛！）

Ⓓ在一個複雜句中，除了主要子句的主述關係外，其他形容詞子句，名詞子句中也另有主述關係，爲了讓人容易分辨起見，也可加入「、」。

文図を書くとよくわかるよ。

（畫成句圖便可一目瞭然了）

この服（ふく）は、お母（かあ）さんが買（か）ってくれた思（おも）い出（で）の品（しな）です。

（這件衣服，是媽媽以前買給我的紀念品）

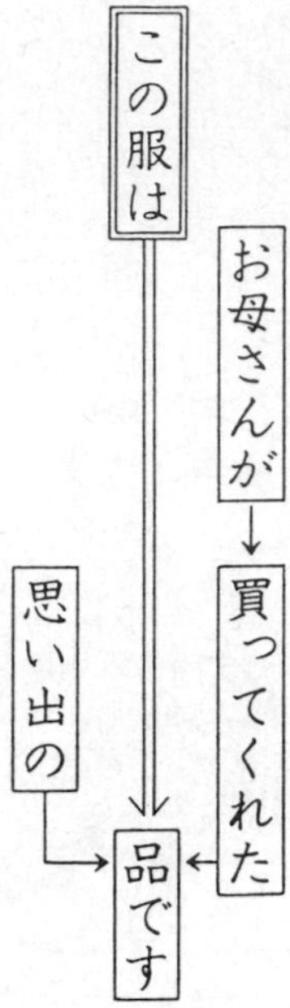
この服は
お母さんが
買ってくれた
思い出の
品です

在複雜句的主語、述語之間，經常會被其他的文節插進去，因此在眞正的主語「この服は」的後面打上「、」，可使句子的結構更清楚。

長いから切っちゃうのだ
ギーコ
ギーコ

長いから切っちゃうのだ
（太長了，故意鋸掉一段）

③ 點號應該打在那裏

Ⓐ「・」可以打在一串排列的名詞項目之間。

国語・社会・算数・理科は主要四教科と呼（よ）ばれています。

（國語・社會・算術・理化稱爲主要的四學科）

Ⓑ「・」也可打在日時或時刻之間，做簡便的表達法

午後（ごご）二・三十五（下午兩點三十五分）

Ⓒ打在表示英文名稱的縮寫之間

N・H・K（日本放送株式會社）

Y・M・C・A（基督教青年會）

④引號及雙引號的使用時機

Ⓐ「」用於表示「會話句」。「」內是某人口中所說的話，常用於採訪報導或小說中。

「おはようございます。（早安）」

Ⓑ「」用於強調，突顯某個單字。

「左」という字のもとの形は「𠂇工」である。

（「左」這個字的原始形狀是「𠂇工」）

我們在看小說時，常會看到Ⓐ的用法，因為小說中人物甚多，每個人講的話用引號框出，可以一目瞭然。

なんだかお前の方がりっぱに見えるニャ…

（不知道怎麼搞的，你今天看起來特別雄壯威武。咪嚱…）

「会話」

「重点強調」

是我的兩大功能

Ⓒ『』可用於表示書名

『論語（ろんご）』という本を読（よ）んだか。

（你看過論語這本書嗎？）

⑤經常使用的標點符號有那些？

標點符號種類繁多，依使用場合不同，大致可分為「直寫」和「橫寫」兩種。兩者大同小異。

日文習慣採用直寫，但科技文章例外。

英文一律採用橫寫，沒有例外

Ⓐ直寫的常用符號

。（圓圈）	句號	結束句子
、（一點）	逗號	句子分段
•（實心圓）	點號	名詞項目並列
「」	引號	會話句及強調某物
『』	雙引號	書名
……	刪節號	話未說完，省略

※刪節號的意義

そのテンテンのむこうがあやしい！

（那些點點…的背後一定大有文章！）

べ…べっになにも……

（沒有什麼特…特別的……）

◎—**破折號**

做更進一步解釋說明時用，相當於「換句話說」或「也就是說」。

あの石—昨年の夏、君に渡した穂高の石は、今も君が持っているのかい。

（那顆石頭—去年夏天交給你的穗高當地的石頭，如今你還保存著嗎？）

◎=**連線**

用來表示外國人名，如

レオナルド=ダ=ヴィンチ　雷奥納得・達・芬奇

ジョルジュ=サンド　喬治桑

Ⓑ橫寫的常用符號

◎●**西式句號**（period）

用於羅馬字母句子的結束。

◎，**西式逗號**（comma）

用法與「、」幾乎完全相同。

西式句號

↓ Siroi inu ga iru. 白い 犬 が いる （有白狗）

西式逗號

↓ 海辺に行くと，そこは夕やけでまっ赤だった （到海邊一看，那邊已是一片夕陽通紅）

◎：**冒號**（colon）

表示時刻。

8：00

◎？疑問號

用於疑問句

これは花ですか？

（這是花嗎？）

明日は晴れますか？

（明天會放晴嗎？）

◎！驚嘆號

表示驚訝或感動

なんて美しい花でしょう！

（多麼美的花呀！）

すばらしい！

（太棒了！）

アッオドロイテイルな（啊！已經嚇壞了呀）被嚇得早就說不出話來，但文章中，可用「!?」表示

Ⓒ其他標點符號

◎（　）括號或夾注號

（おかしいな。）と、思わず呟いた。

不知不覺地喃喃自語說道（奇怪呀。）

◎（）横式括號

問い⑹的答えを十字以内で書きなさい。

（把問題⑹的答案用十個字以內寫出來）

◎、、側點（特別強調注意）

情熱こそ、勉強を続ける源だ。

（唯有熱忱才是不斷用功的原動力）

◎│側線（特別強調注意）

学校という字の読みがなを書きなさい。

（將學校這個字的注音假名寫出）

注意：?和！不管在直寫或橫寫都可使用，並無硬性規定只能直寫。

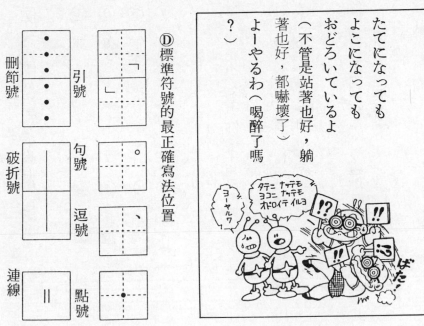

たてになっても
よこになっても
おどろいているよ
（不管是站著也好，躺著也好，都嚇壞了）
よーやるわ（喝醉了嗎？）

Ⓓ標準符號的最正確寫法位置

引號「」

句號。

逗號、

點號・

刪節號……

破折號——

連線＝

羅馬字的句號.

括號（）

用於橫寫的引號

（自我挑戰）

1 下面①～⑨的單字中，假名遣（使用假名的方法）正確者，請打○

① ねえさん　ねいさん

② ちかじか　ちかぢか

③ みかづき　みかずき

④ づが　ずが

⑤ おうごん　おおごん

⑥ おうきい　おおきい

⑦ どうろ　どおろ

⑧ こうろぎ　こおろぎ

⑨ こづつみ　こずつみ

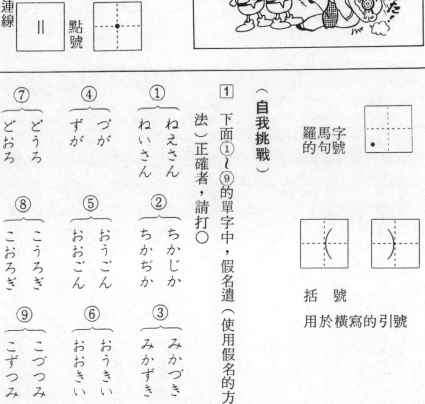

2 請將下列漢字的平假名注音標出。

① 頭上（　　　） ② 地面（　　　）
③ 鼻血（　　　） ④ 持続（　　　）
⑤ 国王（　　　） ⑥ 航海（　　　）
⑦ 降伏（　　　） ⑧ 法律（　　　）

3 請把有送假名的漢字用○圈出。

① 幸 ② 便 ③ 愛 ④ 情
⑤ 舌 ⑥ 自 ⑦ 後

4 請將下列各句中，旁邊劃有側線的單字寫出其漢字和送假名。

---

① ナポレオンは大軍をひきいて北へ向かった。
② おそろしい伝説。
③ 互いにあゆみよることが大切です。
④ 大酒を飲むことは、身をほろぼすもとです。
⑤ 約束してわかれたが、ふたたび会うことはなかった。
⑥ まったくあきらかな敗北だった。

（中文翻譯）
① 拿破崙率領大軍北上
② 可怕的傳說
③ 互相讓步很重要
④ 暴飲是殘害身體的根源
⑤ 雖然相約後再分手，但從此就不曾再見面
⑥ 眞是徹底明顯的一場敗戰。

七、何謂品詞？

一般辭典有六、七萬個單字，根據每個單字所具有的**意義**、**形狀**、**功用**，可以歸類成幾種不同的詞類，日文叫做「品詞」。

性質や状態を表す単語
（表示性質或狀態的單字）
動きや働きを表す単語
（表示動作或作用的單字）
名前や数の単語
（名稱或數目的單字）

1 單字可以用哪些方法來分類？

① 由單字的意思來分類

從文法的觀點來看，可以分爲表示「名稱」的，和表示「動作」的兩大類。

「名前」を表すグループ（表示名稱的單字群）
「動き」を表すグループ（表示動作的單字群）
はいみんな（嗨，大家）
それぞれの場所へわかれて（各就各位）

② 由單字的形狀來分類

六、七萬個單字可以分成「有活用（語尾會變化）」和「沒有活用（不會變化）」兩大類。

判斷一個單字有沒有活用，是把單字劃分成十種品詞的重要關鍵。

活用しないグループ（不活用的單字群）
活用するグループ（有活用的單字群）
はいキミはこっち（嗨！你在這邊才對）

Ⓐ不會活用的單字（語尾不變化）

学校（がっこう）・石（いし）・そして・一つ（ひと）・さらさら｝既然不變化，就沒有所謂的語幹和語尾之分。

ぼくはずっとこのまま（我一直保持這個姿勢）
変わる事なくずーっとこのままなのです（絲毫不能動，數十年如一日）

Ⓑ會活用的單字（語尾會變化）

食べる（た）・来る（く）・降りる（お）・落ちる（お）｝語幹不變
鳴く（な）・美しい（うつく）・静かだ（しず）｝語尾會變

③由單字在句中的功用來分類

一般而言，日文的句子係由「主語」「述語」「補語」「連體修飾語」「連用修飾語」「獨立語」六者組成。

若將句子比喻成一棟「房屋」，則上述六個成分分別扮演房屋的「地基、屋頂、柱樑、門面、牆壁、地板」各種角色，而「品詞」則相當於「水泥、砂石、玻璃、磚塊、木材」等各種建築材料。

文の成分からみて分類する方法である（這是一種根據句子的組成成份來分類的方法）也就是看單字在句中扮演什麼角色？

文の成分からみて分類する方法である

六個成分中，以「主語・述語・修飾語」三者最重要。而十大品詞中則以「名詞、動詞、形容詞、形容動詞」最具代表性。

やっぱり主語にはボクが相応しいね（畢竟要找主角嘛我是最佳人選啦）

どっちかっていうとボクは述語だな（那麼說來，我就是你的跟班「述語」啦）

ぼくなんか修飾語タイプだろうなあ（難道我就只配做跑龍套「修飾語」的料嗎）

やっぱり主語にはボクがふさわしいね
どっちかっていうとボクは述語だな
ぼくなんか修飾語タイプだろうなあ

Ⓐ當主語

ぼく（我）・犬（狗）・スミレ（菫）

学校生活・人形（洋娃娃）・足（脚）

花だん（花圃・花壇）

これは（這些嘛…）頭の部分なのだ（都位於句子的前面，相當於頭部）

Ⓑ當述語

動詞：守る（保護）・生きる（活）

書く（寫）

形容詞：美しい（很漂亮）・寒い（寒冷的）

青い（綠的）

形容動詞：静かだ（很安静）・正確だ（很正確）

これは（這些嘛…）足の部分なのだ（都位於句子的後面，相當於脚部）

日文中所有的單字，經過上述三道X光（意義、形狀、功用）照射之後，注意比較異同，便可做詳細的歸類，分類的結果便可得到「十大品詞」。

2 每一個單字，經過分類之後，各取什麼名字。

單字最普遍的分類法，就是分為「十大品詞」，相當於英文的「八大詞類」。

品詞の種類をおぼえよう！（請大家記住品詞的種類！）

總共有十種，每一種的「意義、形狀、功用」皆不相同。

3 如何分類單字

單字的分類方法有好幾種，在此，我們採用最普遍的方法來分類。

(1)首先，將所有單字分成**自立語**（自己本身即可形成一個文節的單字）和**附屬語**（自己本身無法形成文節，必須接在自立語的後面，才能構成文節）兩大集團。

まずは2組だよ！（首先嘛！分成兩組）

文節をつくれるものと（分成可以自力更生當文節）

つくれないものに分けるよ（和必須依賴別人才能當文節的兩組）

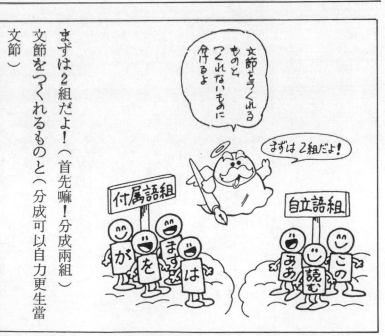

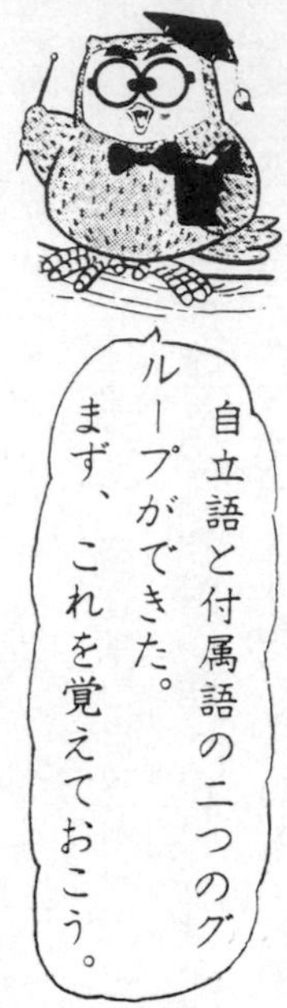
自立語と付属語の二つのグループができた。まず、これを覚えておこう。

猫頭鷹博士說：「看到任何單字，首先判斷它是自立語或附屬語？」

(2)其次，再把自立語和附屬語兩大集團，分別區分為會活用的「**變化組**」和不會活用的「**固定組**」。

自立語的總數龐大，而附屬語數量有限，根據物以稀為貴的原理，當然是附屬語的重要性，影響力較大，尤其是對國人而言，自立語多少尚有漢字可尋，大都可猜其意，但附屬語則全是平假名天下，必須加強學習。

はい！ちゃんと分れて！

（好！這麼一來就清清楚楚了）

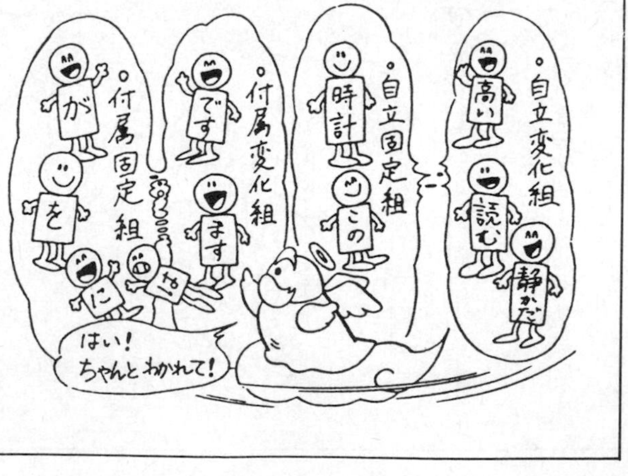
。自立変化組
高い
読む
静かだ
。自立固定組
時計
この
。付属変化組
です
ます
。付属固定組
が
を
に
はい！
ちゃんと わかれて！

※至於這四組的每項細節，會另做詳細介紹。

（**聊天時間**）

教日文的過程中，一定會碰到「什麼是活用？

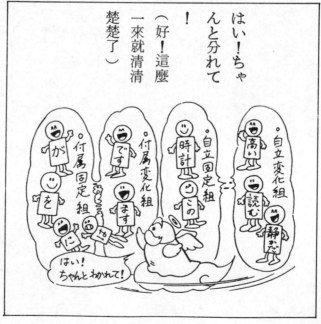

」這個問題。在此，我隨便舉動詞「読む」，形容詞「高い」，助動詞「ます」這三個字爲例。在辭典上我們所能查到的只有原形「読む・高い・ます」，但是在眞正的文章中或交談中，我們所看到（聽到）的，却是

読む（よ）

よま—ない
よみ—ます
よん—でいる
よむ。
よむ—学生
よめ—ば
よも—う

高い（たか）

たかく—ない
たかく—なる
たかかっ—た
たかい。
たかい—山
たかけれ—ば
たかろ—う

ます

ませ—ん
まし—た
ます。
ます—の
ますれ—ば
ませ！
ましょ—う

換言之，「読む・高い・ます」這些單字不會永遠以這副德性出現，它們會因使用場合的不同，亦即後面所接單字的不同，而改變其語尾的形狀，這就是鼎鼎有名的「活用」。

像「時計（とけい）」「しかし」「この」「はっきり」這些不會活用的單字，一輩子也不會變化它們的形狀外觀。

(3) 根據單字的意思和功用再細分

根據單字本身所代表的含義及在句中所扮演的角色，可以將(2)所分類的四組再進一步分得更細。

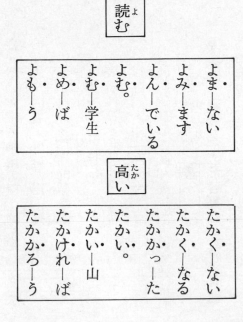

①「自立變化組」的分類

Ⓐ 動詞、形容詞、形容動詞的誕生

自立語當中，這些語尾會變化的單字，根據它所代表的意思、內容，可以分爲下列三類。

○表示動作・作用的單字叫動詞，如 讀む

○表示性質、狀態的單字叫形容詞，如 高い

○同時兼具形容詞和動詞兩方面的特質的形容動詞，如 静かだ

Ⓑ 動詞、形容詞、形容動詞三者，有何功用？

在英文的世界裏頭，動詞的重要性一支獨秀，形容詞根本無法與之抗衡。但學習日文，必須打破此種觀念，對於「述語」這項工作，這三種品詞都有資格擔任，尤其是英文，根本沒有「形容動詞」這種「詞類」。

ぼくたちは 1人でも 述語に なれるんだ！
動詞
形容動詞
形容詞

おれたち三人組は一人だけで、「述語」になれるのだ。

ぼくたちは一人でも述語になれるんだ！（我們三人中任何一個人都可以獨立當述語）

我們這三劍客，個個武功高強，即使單獨一人也可以當述語。因爲有這項共同特徵，而且又都會活用，故合稱「用言」。

○本(ほん)を読(よ)む。（讀書）
　　　述語

○山(やま)は高(たか)い。（山很高）
　　　述語

○森（もり）は静（しず）かだ。（森林很靜）

あの3人は述語作りの名人じゃよ

あの三人は述語作りの名人じゃよ（他們三人可是做句子述語的專家，可則小看哦）

Ⓒ動詞、形容詞、形容動詞誕生的原理、過程如何？

整本辭典六、七萬個單字，由於係按照五十音順序排列，故十種品詞完全打亂，零零星星地散布在一千多頁的辭典中，但只要有下圖的系統，單字由最上面倒下去，自然會歸類到它應有的位置。

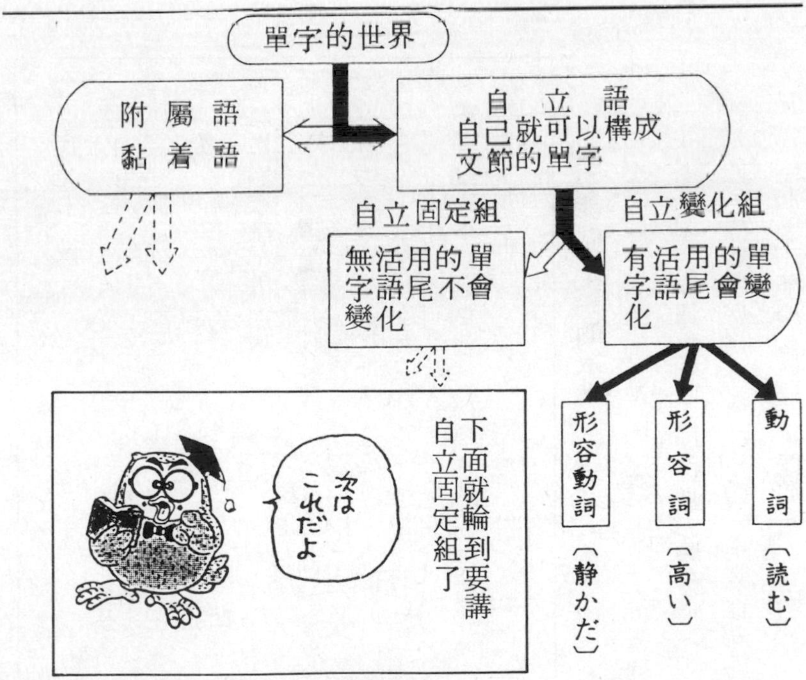
單字的世界
語構成文節的單字
自立語可以自己就
附屬語
附着語
黏語
自立固定組
無活用的單字語尾不會變化
自立變化組
有活用的單字語尾會變化
動詞（読む）
形容詞（高い）
形容動詞（静かだ）
下面就輪到要講自立固定組了
次はこれだよ

②「自立固定組」的分類

Ⓐ名詞、副詞、連體詞、接續詞、感嘆詞的誕生。

語尾沒有活用變化的自立語，首先可以按照它在句子扮演的角色（功能），分為兩類，亦即**「可以做主語」**和**「不能做主語」**。

神様ボクは主語になれます
（神啊！我可以當主詞）
ボクたちは無理だね
（這個工作我們無法勝任）
每種品詞扮演何種角色都早已分工好，絲毫勉強不得。

Ⓑ可以做主語的單字—名詞的誕生

これからは「名詞」と名のりなさい（從今以後你們就稱自己叫『名詞』）
それに君には仲間が多いから『體言』とも名乗りなさい
（另外，因為你們同件數量龐大，再賜個名字叫『體言』）

Ⓒ不能做主語的單字

不能做主語的「自立固定組」單字，還剩下「副詞・連體詞・接續詞・感嘆詞」四種，依其功能角色還可分為「能做修飾語」和「不能做修飾語」兩類。

他の語を飾ることができるかのう！（你們誰有能力去修飾其他單字）
神様ボクたちは修飾できます（神仙公公，我們會修飾別人）
ボクたちはそれもダメだね（我們連這個工作也不行）
他の語をかざることができるかのう！
神様ボクたちは修飾できます
ボクたちはそれもダメだね
はっきり
この
ああ
しかし

◎雖然不能當主詞，但却可以修飾其他單字——「副詞・連體詞」的誕生。

この本（這本書）

はっきり話す（清楚地說）

連體詞「この」修飾體言「本」。

副詞「はっきり」修飾用言「話す」。

「用言」を修飾するものには「副詞」（修飾用言的叫副詞）
「体言」を修飾するものには「連體詞」と名づけよう！（修飾體言的就取名爲連體詞吧！）
『用言』を修飾するものには『副詞』
『体言』を修飾するものには『連体詞』と名づけよう！
この
はっきり

◎既不能當「主語」，也不能修飾其他單字——「接続詞・感嘆詞」的誕生。

ボクは文をつなげます（我可以用來連接句子）

じゃ「接続詞」だね（那麼你一定接續詞囉）

君は「心の動き」を表すから「感動詞」と名乗りなさい（至於你嘛！因爲你是用來表達「內心的活動」，就叫你「感嘆詞」吧）

Ⓓ名詞、副詞、連體詞、感嘆詞在單字世界的族譜系統中，居於何種地位。

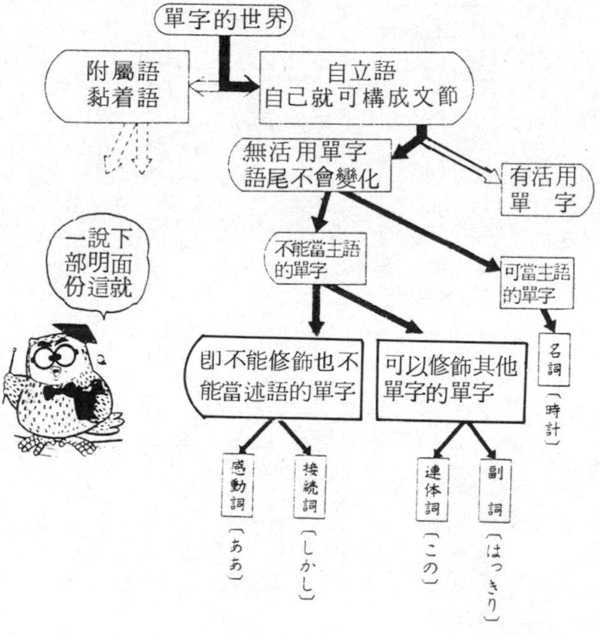

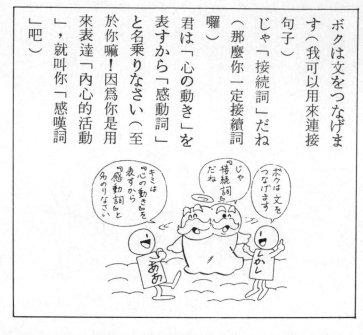

※請事先弄清楚哪些品詞和哪些品詞性質相近，例如「動詞、形容詞、形容動詞」，「副詞、連體詞」，「接續詞、感嘆詞」，「名詞」。

副詞和連體詞，是專門用來修飾其他單字的品詞，考試時，出題的老師總愛問「修飾哪個品詞？」或「在此句中，它在修飾哪個單字？」各位只要抓住下列重點即可。

副詞 ＋ ……… ＋ 用言

連體詞 ＋ 體言

③「附屬變化組」的分類

助動詞的誕生

這一組的單字只有助動詞一種，無法再做進一步的分類（再分還是助動詞）。至於助動詞本身要再細分，請看205頁。

附屬語的總數目很有限，整本辭典六、七萬個單字內，全部附屬語加起來還不滿百，有些附屬語語尾會變化，有些不會，助動詞是屬於會變化的一組。

神様ボクたち変化するんです（神仙公公我們是會變化的…）

じゃ「助動詞」だ（那麼你們是助動詞囉）

神様ボクたち変化するんです
じゃ『助動詞』だ
小さきものに幸いあれ！お前たちがいないと、文が完成せぬ。お前たちは述語をつくれるからのう。
ます
ません
です
だ

幸虧有你們這些小東西！要不是你們，根本無法完成一個句子。因爲你們都跟在述語之後，也算是述語的一部份。

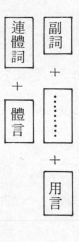

④「附屬固定組」的分類

助詞的誕生

這組單字也只有助詞一種，無法再區分爲其他品詞，但助詞本身還可進一步分類，請看255頁。

ボクたち小さいけどとっても大切な役割してるんです（我們雖然微不足道，但却扮演極爲重要的角色）

みんなを助けているから「助詞」と名づけよう（因爲你們都在到處幫助別人，就叫你們「助詞」吧）

你們的任務是去把單字和單字黏着接連起來，幫助促使句子的意思更爲完全。所以才取名爲「助詞」的。

ボクたち小さいけどとっても大切な役割してるんです
みんなを助けているから『助詞』と名づけよう
お前たちは、単語と単語をくっつけて、文の意味を完全にする助けとなる。よって、助詞（たすける語）と名づける。
を
が
は
に

Ⓐ助動詞、助詞在整個單字家族譜系中，所佔地位如何？

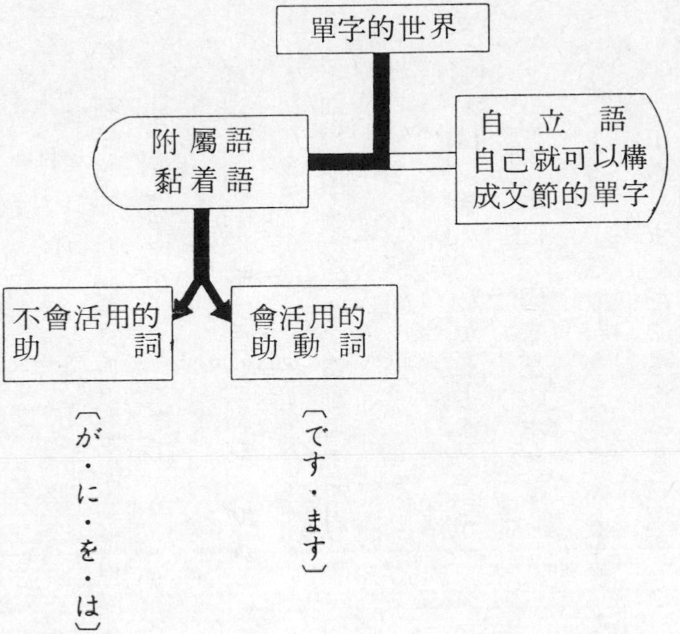

單字的世界
自立語
自己就可以構成文節的單字
附屬語
黏着語
會活用的助動詞
不會活用的助詞
（です・ます）
（が・に・を・は）

※有關各品詞，更詳細的說明，由121頁起討論。

（聊天時間）

「品詞」這個名稱的由來，是淵源自外國。江戶時代把荷蘭文法翻譯成日文的資料當中，曾經出現有「詞品」「九品之詞」的字樣，一般認爲這是品詞二字的濫觴。

古代人稱呼品詞的名稱與今不同。

○平安時代～室町時代

「たすけ字」「やすめ字」→助詞・助動詞

○江戶時代

「名」—體言

「かざし」—代名詞、副詞、接續詞等

「よそひ」—用言

「あゆひ」—助詞・助動詞等

（自我挑戰）

1 請將下列單字，分成「有活用」和「無活用」。

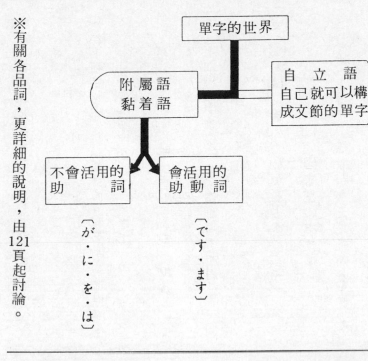

太陽　さらさら　生きる　花だん

高い　はっきり　この　です

2 下列品詞中，哪一個是自立語當中，可以變化（活用）的單字？

名詞　動詞　形容詞　副詞　助詞

3 下面例句中劃線的單字修飾句中的另外哪一個單字？

① はっきり、わかるように言う。

② この本は、図書室の本です。

③ まるで、絵はがきを見ているようだ。

④ 小さな虫がたくさんいる。

這四句的中文意思分別是：

① 設法清楚地說明白。

② 這本書是圖書室的書。

③ 簡直像是在看風景明信片一樣。

④ 有很多小蟲。

八、何謂名詞？

1 名詞是怎麼樣的一種單字

(1)名詞是代表事物名稱的單字。屬於自立語，可以當主語（主詞），沒有活用。

《櫻花》

代表名稱
是自立語
可當主語
沒有活用

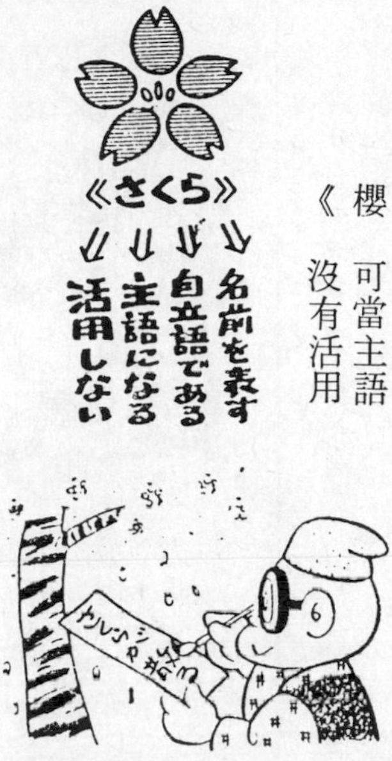
《さくら》
⇒名前を表す
⇒自立語である
⇒主語になる
⇒活用しない

さくらが散る（櫻花凋謝）

(2)**名詞和體言如何區別**

從它們所代表的意義，及文法上的特徵來看，名詞和體言實無任何不同。

体言
名詞
数詞

由習慣定義來看，體言範圍較廣，包括「名詞、代名詞、數詞」，故體言包括名詞，名詞是體言的一部份

(3)**名詞是否可以再進一步細分？**

名詞，從它所代表的事物名稱是「專指」或「通稱」，可以分為「固有名詞」和「普通名詞」。文法上分得更細些—「固有・普通・動作・情態・數量・代・形式・轉化・複合」共有八種不同名詞。

こまかく分けた方が便利だよ

細かく分けた方が便利だよ（再分得細一點比較方便）

アメリカ（國名）・北海道（地名）

山田太郎（人名）

N・H・K（公司名）——固有名詞

木（樹）・本（書）・海・山・川（河）

電車・自動車・自転車・バイク

家屋・人類——普通名詞

固有名詞專指某一事物，而普通名詞代表的對象數量種類雜多，只是同類事物的通稱。

(4) 名詞真的不會活用嗎？它的單字形狀永遠不會變化嗎？

ぼくは雨！
ぼくは雨具！似てるようでもぜんぜん違うでしょ

ぼくは雨！（我是雨）

ぼくは雨具！似てるようでも全然違うでしょう（我是雨具，雖然長得有點像，但指的卻是完全不一樣的東西，對吧！）

若從「雨→雨具」「舟→舟宿」的角度來看，或許有人會誤以為名詞也會活用變化才對。但事實上，這只是發音上的變化「あめ→あま」「ふね→ふな」而已，與「活用」根本扯不上關係。

(5) 名詞還有沒有其他同伴？

名詞除了上述「固有名詞」和「普通名詞」外，還有不是用來表達事物名稱的「代名詞」與「

數量名詞（數詞）」兩個同伴。

数える事ならまかせてくれ！（凡是可以數的都交給我全權處理）

なんでも代わりをひきうけます（不管有什麼要代理的，都包給我就對了）

數詞—一つ（一個）・二つ（兩個）・二番（二號）・八匹

代名詞—これ（這個）・それ（那個）・あれ（那個）・君（你）・わたし（我）・彼（他）

(6) **不像名詞的名詞—形式名詞**

「君の言ったこと（你所說的事）」這一句話中的「こと（事情）」，必須要在前面加一個連體修飾語「君のいった（你所說的）」，否則光講「こと」，人家根本不知道是什麼「事」，這種一定要靠連體修飾語來修飾它，才能表達具體意義的單字，特地取名為「形式名詞」，意謂它只徒具形式，本身沒有實質意義，「連體修飾語＋形式名詞」才有實質意義。

※若沒有～～的部份，意思就不明

それこそ君の望むところだ。→形式名詞

（這正是你所嚮往的地方）

常見的形式名詞計有「こと、もの、ところ、の、わけ、はず、とき、つもり、ほう、うち…」。

(7) **名詞的家譜系成何結構？**

學習日文，最感頭痛的問題就是「名詞的數量無限，根本沒有學完的一天」，就拿閱讀報紙而言，日本新聞記者每年發明的「新名詞」，尤其是「外來語」，數量之多，幾乎逼得辭典必須與年出新版修訂本。

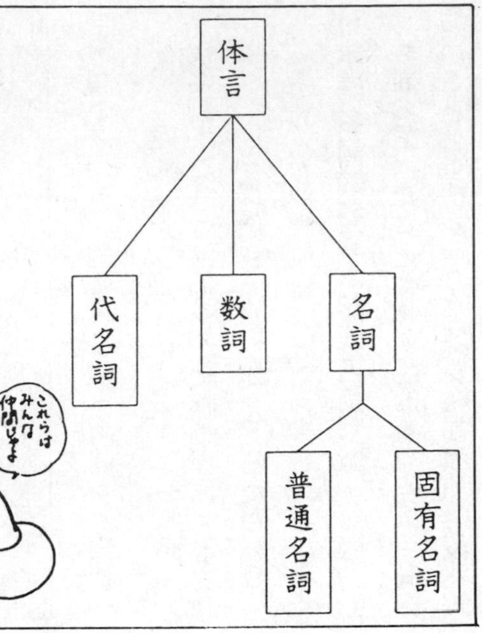

それらはみんな仲間じゃよ

（他們都是同一伙的）

(8)**還有沒有其他不同名稱的名詞**

對於初學者而言，上述名詞就夠了。比較深入一點還有下列幾種。

動作名詞 —有動作內容，却具名詞外觀者

旅行(りょこう)・運動(うんどう)・報告(ほうこく)・減少(げんしょう)

情態名詞 —有形容詞的內容，却具名詞外觀者

愉快(ゆかい)・単純(たんじゅん)・簡単(かんたん)・正確(せいかく)

轉化名詞 —原來不是名詞，透過詞類變化規則，由動詞・形容詞・形容動詞在語尾部份產生變化，變過來的

光(ひか)り・遊(あそ)び・話(はな)し・考(かんが)え・重(おも)さ・正確(せいかく)さ・多(おお)く・流(なが)れ・喜(よろこ)び・硬(かた)さ・強(つよ)み

複合名詞 —由兩個不同品詞結合成爲一個新的名詞者

人類(じんるい)・花見(はなみ)・筆入(ふでい)れ・入(い)り口(ぐち)・書留(かきとめ)

② 何謂固有名詞

(1)**固有名詞**係指不具有共通性的**特定事物名稱**。因此其數量都只有一個，不會有其他事物與之共用名稱。

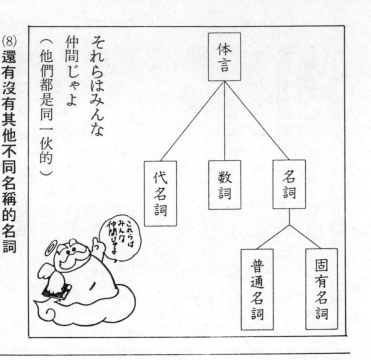

日本・アメリカ（美國）・ソ連（蘇聯）—國名
源氏物語・論語・FMS入門—書名
N・H・K・日立・中鋼—公司名

うわっ！先頭だけでっかいや！
（哇！只有第一個是大塊頭）
英文的固有名詞規定第一個字母要大寫，但日文則無此規定
にっぽん↓日本

(2)既然是固有名詞，就是要把它從相同種類的東西之中突顯出來，以和普通名詞的同伴有所不同。例如「国↓中華民国」、「先生↓楊德輝」。「中鋼」天下只有一家，別無分號，因此

許多固有名詞根本無法譯成外國文字。

大阪 $\overset{?}{=}$ ○○

淀川 $\overset{?}{=}$ ○○

大阪和淀川是日本的地名當然不可能有外國文字與之對應。頂多用羅馬字拼音罷了

名前

山田長政（やまだながまさ）
織田信長（おだのぶなが）
徳川家康（とくがわいえやす）
藤原道長（ふじわらのみちなが）
小野小町（おののこまち）

右圖雖然「山田長政…」「大阪…」都屬於姓名或地名，但每個名稱在地球上只能找到一物與之對應，以與他人區分開，這就是固有名詞。

(3)固有名詞有那些種類？

固有名詞具有下列特質
①不能轉用到其他事物上去
②很難翻譯成外國話

舉凡地名、國名、書名、公司商號名、學校名

、人名、山川名、動植物名…均屬之。

例：地名―台北・東京

　公司名―台塑・ソニー

(4)**不容易區別的固有名詞**

「太陽・月・地球」屬於普通名詞

うそだ！太陽は一つしかないのだ（亂講！太陽明明只有一個才對）

おくれてるなあ空に輝いている恒星は全部太陽なんですよ（你太落伍了閃耀在天空中的所有恒星，全部都是太陽啊）

いんげん（隱元）被用來表示豆的種類

たくあん（沢庵）被用來表示醃蘿蔔醬菜

　→普通名詞

「清水・山田」如果指的是「清淨的水」和「山上的田」，應該是普通名詞，但若被拿來當人名或地名使用，則變爲固有名詞。「川上・谷川」也是。但地名的「清水（きよみず）」與清淨的水「清水（せいすい）」發音不同。

3 何謂普通名詞

(1)普通名詞是指「凡具有某種相同性質內容的人事物，給予一個共通互用的名稱」，例如「阿里山」只有一個，屬固有名詞，但「山」則代表所有可以稱得上是「山」的山，總數可能盡乎無窮，故屬「普通名詞」。

這類普通名詞還有：

川（かわ）・本（ほん）（書）・山（やま）・谷（たに）・海（うみ）・色（いろ）・字（じ）

以「川」而言，雖然有淀川、信濃川・天龍川…許多數不完的川，但都可以叫做「川」。這種通用的一般稱呼，就是「普通名詞」。

みんなまとめて「動物」という語じゃ（不管你們叫猫、狗、牛、羊、象、鹿…歸納起來都叫「動物」）因此「動物」是普通名詞

(2)普通名詞既然是代表所有人事物的共通名稱，應該是世界各國都有相對的譯名才對。

一般市面買得到的「日華辭典」，上面所載的名詞，百分之九十都屬普通名詞。從事翻譯日文工作的人，最感痛苦的還是「專有名詞」。

英	日	中
tree	木	樹
desk	机	桌
boy	少年	男孩
school	学校	學校

(3)「太陽（たいよう）・月（つき）・地球（ちきゅう）」，目前雖各只有一個，但根據天文家透露，將來發現兩個以上的「太陽・月・地球」可能性相當大，因此，應該算「普通名詞」。

自然現象的事物，對不同國度的人，所見都指同一物，但日常生活用品，就可能因爲民情風俗的不同而有認知上的差距了。特別是科技日新月異，許多工業產品，如「雷射」，常人腦子裏根本沒有具體印象，那就得借助圖像來輔助說明了。

わたくし太陽です
（我是太陽）
わたくしサンです
（我是ＳＵＮ）
同種類なのじゃ
（他們都屬於同一種類）

(4)「日本人」「德川家」等單字屬於普通名詞因爲「日本人」是表示人的種類用語，而「德川家」是代表某一家族，其中都包括許多的人。

※至於世界人名、地名大辭典，一般人恐怕買不起，筆者建議可到中央圖書館總館的「日韓室」去查，免得書房到處都是辭典。

仲間を表す語は
普通名詞であるぞよ
（德川家不是指我一個人，而是表示我們全體的普通名詞，知道嗎？）

※對外國人而言，他們一般都把「日本人」和「德川家」當做是固有名詞。

(5)有些固有名詞會變成普通名詞，而有些普通名詞也會變固有名詞。

◎由地名（固有名詞）轉變爲普通名詞

清水（きよみず）（位於京都的某一地名）　固有名詞
↓　　↓
清水（きよみず）（一種陶瓷的名稱）　普通名詞

これは京都の清水で焼かれた茶碗なので「清水」と呼ばれるのだ（因爲這是在「清水」這個地方所燒胚出來的碗，所以取名爲「清水」

※台中附近也有「清水」地名

◎由人名（固有名詞）轉變爲普通名詞。

「沢庵（たくあん）」原本是日本古時候一位「和尚的名字」，但今天却成爲日本人平日常吃的「醬菜」。記得小時候，每天早上到市場買醬菜，跟著母親唸「たくばん」的發音，原來都唸錯了。

從前戰國時代，有一位以頑固著名的人，名叫「稻葉一徹」…於是後世的人，就稱呼頑固的人叫「一徹（いってつ）」，以資紀念。被叫「一徹」的人數於焉大增

◎由普通名詞轉變爲固有名詞。

早苗（さなえ）（稻秧）→田中早苗（たなかさなえ）（人名）

4 名詞的同伙—數詞

名詞當中，除了表示事物之外，還另有一群專用來表示「數量」及「順序」的單字，通稱爲「數詞」。

(1) **表示數或量的數詞**
一つ（一個）・二つ（兩個）・三本（三支）
四本（四支）・五本（五支）・六匹（六匹）
七杯（七杯）…等等

(2) **表示順序的數詞**
第一　第二　三番
四番　五級　六級
七段……等

(3) **表示分數的數詞**
二分の一　三分の一
五分の三……等

(4) **其他種類的數詞**
「いくつ（幾個）、いくら（多少）、何番目（第幾號）」等單字也算「數詞」。換言之，詢問有關數量和順序的疑問詞，當然也屬數詞。

(5) **容易誤認爲數詞的單字**
「上卷、前編、特等」等字雖然也有表示順序的含義，但由於並未直接用數字來表示，因而不能算是數詞。

数詞には数を表す語が必要じゃ
（既然稱爲數詞，當然必須有表示數字的單字才可以）

5 名詞的另一個同伴——代名詞

不說出（或寫出）名稱，而直接指著該「人事物」，用另一個泛用名稱來代替具體的真正名稱，且不致發生誤會，所用的泛用名稱。

ぼくはぼくなのだ（我就是我嘛）おれ（俺）、わたくし（我）ほらねこの指でさすところがいいのだ（瞧，用這手指一指就可以了）

例：

ぼく（我）・わたし（我）・これ（這個）・それ（那個）・あれ（那個）・どれ（哪個）・わたくし（我）・われ（我）・きさま（你・你這個東西）・こいつ（這小子）・あいつ（那傢伙）・このかた（這位）・あの方（那位）

代名詞，顧名思義，就是用來代替名詞的單字。而且如上圖所示，一個人可以用各種不同的代名詞來稱呼，例如「我」可以說成「わたくし」「ぼく」「おれ」。

代名詞根據它所指示的對象不同，可分為「**人稱代名詞**」和「**指示代名詞**」。

(1) 人稱代名詞

指示人物關係所用的單字。但依指的是「誰？」和指的是「位於何處？」還可做進一步的區分。

①依指「誰？」不同而區分

Ⓐ指說話者自己本身（第一人稱）（我）

わたし　ぼく　おれ　わたくし

Ⓑ指聽話者（說話的直接對象）（第二人稱）（你）

あなた　きみ　おまえ　きさま

Ⓒ指說話者・聽話者雙方當事人以外的第三者（說話中提到的旁人）（第三人稱）（他・她）

彼　彼女

ケケケッ誰をさそうかな（嘿嘿…要刺誰，自己說！）

わ…っきみ、きさま、おまえ（哇，你，你這東西，當家的）

どひゃ…！おれ・ぼく！ちがうがな…っ（饒命呀！俺，僕，不對呀，是那邊的人…）

彼、彼女！（他、她！）

②指的都是第三者，但根據遠近位置不同可分

Ⓐ近稱

このかた（這位）　こいつ（這傢伙）

Ⓑ中稱（稍微遠一點）

そのかた（那位）　そいつ（那傢伙）

Ⓒ遠稱（很遠以外）

あのかた（那邊那個人）

あいつ（那邊那個傢伙）

③指示不知道位於何處的第三者ー不定稱

どなた（哪一位）　どいつ（哪個傢伙）

だれ（誰）

不定稱代名詞的用法不外乎下列三種：

Ⓐ表示不明白、不確定、不清楚

Ⓑ置疑或發問

Ⓒ不加任何限制的泛稱

尤其以Ⓒ的意思最特別，例如：誰でも「不論是誰都…」可改譯爲「任何人」。

お…いだれもいないのか…（喂！有沒有誰在啊）
一人ぼっちはさみしいよーっ（孤零零一個人好寂寞啊）
あのな…っ（不知該怎麼說才好，好歹我也是哺乳動物呀…）

日文的人稱代名詞數量遠超過英文，單是以第一人稱「我」而言，英文似乎除了「I」之外，就找不出其他同義字來了，但日文信手拈來「私（わたし）、僕（ぼく）、俺（おれ）、私し（わたくし）、わし、うち…」一大堆。可見日文辭彙的多彩多姿。

中國人在這方面和日本人比起來一點也不遜色，例如「你老爸」事實上指的可能是「我」，美國人很難學到這個境界。

I＝わたし・ぼく・おれ・わたくし・わし・うち
you＝きみ・きさま・おまえ・あなた
he＝あのかた・あいつ・こいつ・このかた……
美國人想半天就是想不出還有什麼其他稱呼法…

(2) 指示代名詞

不是用來指「人」，而是指「事物」「場所」「方向」的指示詞。根據指示者本身所站位置的不同，所使用的字眼也不同。

Ⓐ指接近說話者自己身邊的物體或位置用語

事物—これ（這個）　こいつ（這個東西）

場所—ここ（這裏）

方向—こっち（這邊）　こちら（這邊）

Ⓑ指離開說話者稍微遠一點的物或位置

事物—それ（那個）　そいつ（那個東西）

場所—そこ（那裏）

方向—そっち（那邊）　そちら（那邊）

Ⓒ指離開說話者很遠的東西或位置

事物—あれ（那個）　あいつ（那個東西）

場所—あそこ（那裏）

方向—あっち（那邊）　あちら（那邊）

學習代名詞之後最大的好處，在於省力，任何東西都可以用「これ」一筆帶過，但往往只有在場的當事者才能體會具體代表何物，故有保密的作用。

おーい、それとってくれ、そこ、そこ（喂！那個拿給我一下，就在那裏，那裏呀！）

え？（奇怪？他指的到底是哪一個才對？）

Ⓓ指示連說話者自己也搞不清的「何物」和「何處」

事物—どれ（哪一個）　どいつ（哪一個東西）

場所—どこ（哪裏）

方向—どっち（哪邊）　どちら（哪邊）

例　學校はどこですか。（學校在哪兒呢？）

どれが一番好きですか。（你最喜歡哪一個呢？）

犯人はどこだ！（奇怪？犯人在哪裏？）

⑶指示代名詞採用的「こ・そ・あ・ど」系統和人稱代名詞有何不同

「こ・そ・あ・ど」系統比人稱代名詞更有規律性。而且仍在發展當中，例如粗俗的指示「人或物」時，有「こいつ・そいつ・あいつ・どいつ」。另外，「こういう・そういう」，「こういうふうな（に）…」，「こんな（に）…」都不斷發展成一個完整體系。

	近く	ほどほど	遠く	不定
事物	これ こいつ	それ そいつ	あれ あいつ	どれ どいつ
場所	ここ	そこ	※あそこ	どこ
方向	こっち こちら	そっち そちら	あっち あちら	どっち どちら

人稱代名詞有「第一、第二、第三人稱及不定稱」而指示代名詞只有「第三人稱和不定稱」。右圖中有※記號的「あそこ」很特別，我們可以發現它是「こ・そ・あ・ど」的基本音節，若再連接「れ・こ・ち・ちら」便可構成整個指示代名詞體系。

上面那個表，若再擴大一些，則可形成更完整的「こ・そ・あ・ど」系統。

指示	基本	直接性指示			修飾性指示		
對象	音節	事物	場所	方向	對象	狀態	方法
近稱	こ	これ	ここ	こちら	この	こんな	こう
中稱	そ	それ	そこ	そちら	その	そんな	そう
遠稱	あ	あれ	あそこ	あちら	あの	あんな	ああ
不定稱	ど	どれ	どこ	どちら	どの	どんな	どう
品詞區分		指示代名詞			連體詞		副詞
句中角色		（體言）			（修飾語）		

要區別「直接性指示」和「修飾性指示」的方法很簡單，因爲前者是「指示代名詞」屬於「體言」，故可當主語，後面可接「は」或「が」這類體言專屬的助詞。而後者是「**連體詞**」或副詞，屬於「**修飾語**」，**沒有資格當主語**，但連體詞可以修飾主語。其關係如下：

代名詞＋が（は）

連體詞＋名詞＋が（は）

副詞＋用言

これは蜜柑（みかん）です（這是橘子）

この蜜柑は美味（おい）しいです（這個橘子很好吃）

ぼくたち主語になれないの？（爲什麼我們和代名詞長得這麼像，他們可以當主語，我們却不能呢？）

（自我挑戰）

1 請從下面一段文章中，找出①普通名詞②固有名詞③人稱代名詞④數詞，並分別標示出來。

「太陽を見ているとなみだが出てくる。」と、山田君が言った。ぼくは、先生との約束を守って、見なかった。

遠くに、二わとんびが飛んでいた。明日もきっと晴れだろう。

〔中文翻譯〕

「如果一直看著太陽，眼淚就會流出來。」山田君說道。我，遵守與老師的約定，沒有看。在遠處，有兩隻烏鴉在飛。明天我想一定也是個大晴天吧！

2 下列每一組的名詞當中，請找出與其他單字不屬於同一類的名詞。

① 学校　病気　日本　本だな　テレビ　会社
② 一番　二本　特等　三分の一　第四章
③ わたし　ぼく　きみ　あいつ　山田
④ これ　ここ　それ　あなた

3 請從下列句子中找到動詞，並在旁邊劃線註明。

① 桜　の　花　が　ぱっと　咲い　た。
② 述語　は　ふつう　文の　終わり　に　くる。

〔中文意思〕

①櫻花忽然四處盛開了。
②述語通常都出現在句子的結尾處。

4 下列每個句子各由幾個品詞所構成？請模仿下面例句，用斜線將之分段標示出來。

例　花／が／咲い／た。

① 美しい着物を着ました。

② 冬の夜道を、とぼとぼと一人の男が帰っていく。

〔中文意思〕

① 穿了漂亮的衣服。

② 一個男人在冬天的夜路上蹣跚地回家去。

5 請模仿範例，將下列各名詞恢復到它原先所屬品詞的形狀去。

例　流れ——流れる　　速さ——速い

美しさ——[　　]　　読み——[　　]

考え——[　　]　　遠さ——[　　]

九、何謂動詞？

1 什麼是動詞

①表示某物的「動作、作用」或該物的「存在」所用的單字，謂之動詞。

動作—馬が走る。（馬跑）

作用—石を動かす。（搬石頭）

存在—石がある。（有石頭）

②動詞具有活用，並和形容詞、形容動詞三者合稱**用言**。（因為三個品詞都有活用，且地位與功能相近）

③從活用的角度來看動詞，可以發現**動詞的終止形必定是う段的音**，且其活用變化都只侷限在五十音圖中的某一行內來進行，極有規律。

書く
- 書か・—ない
- 書き・—ます
- 書く
- 書く・—とき
- 書け・—ば
- 書け・

食べる
- 食べ—ない
- 食べ—ます
- 食べる
- 食べる—とき
- 食べれ—ば
- 食べろ

動詞這套規則是日文的一大特色，正如英文動詞的語尾也有「原形」「現在形」「過去形」「過去分詞」「現在分詞」之分一樣。

起きる（おきる）

- 起き—ない
- 起き—ます
- 起きる—とき
- 起きれ—ば
- 起きろ

来る（くる）

- こ—ない
- き—ます
- くる—とき
- くれ—ば
- こい

※ □代表終止形。

④動詞有命令形，而**形容詞、形容動詞沒有命令形。**

咲く（さく）—咲け（命令形）　　美しい—？

書く—書け（命令形）　　静かだ—？

起きる—起きろ（命令形）

走れ（快跑！）

僕達にはあんなに偉そうに言えないね

（我們倆不會像他那樣兇巴巴一副很了不起似地說話呀！）

⑤形容詞、形容動詞具有副詞的用法，這一點動詞就不如人了。（所謂副詞的用法，具體地說，就是「修飾動詞」的意思）

起きる → ？（動詞不能修飾另一動詞）

美しく → 咲く（さく）（很美麗地開）（開得很美）

静かに → 落ちる（靜靜地落下）

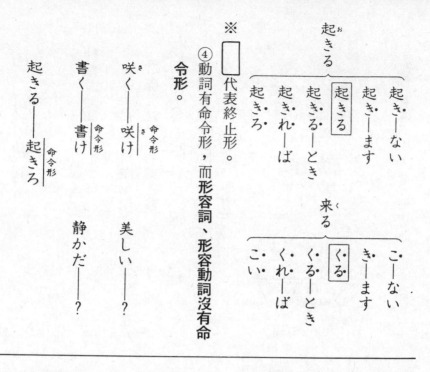

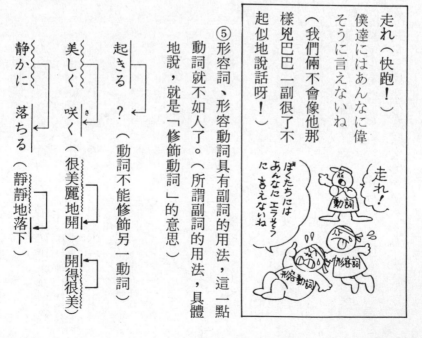

⑥動詞的後面，可以很自由地連接助動詞。

動詞 ➡	助動詞 ➡		
見（み）	ます	看	（表示鄭重）
書（か）か	ない	不寫	（表示否定）
飲（の）ま	せる	叫…喝	（表示使役）
死（し）ぬ	らしい	好像死似的	（表示推定）
乗（の）せ	られる	被騙	（表示被動）
咲（さ）く	そうです	聽說開	（表示傳聞）
食（た）べ	たい	想吃	（表示希望）
行（い）か	れる	可以去	（表示可能）
話（はな）し	た	說過了	（表示過去）
歌（うた）お	う	要唱	（表示意志）
思（おも）わ	ぬ	沒想	（表示否定）
行（い）く	べきだ	應該去	（表示義務）
行（い）く	まい	絕不去	（否定意志）
降（ふ）る	ようだ	好像要下	（表示比況）

身につけるものによっていろいろと変化が楽しめるのだ（根據穿在身上的衣服款式不同，可以享受各種變化的樂趣）

身體（動詞）＋衣服（助動詞）

同一個人的身體可以換穿許多不同款式的衣服，同一件衣服也可以穿在許多不同身上。

身につけるものによって いろいろと 変化が 楽しめるのだ
ない
ます

見ない（不看）　咲かない（不開）
書かない（不寫）　食べない（不吃）
飲まない（不喝）　行かない（不去）
死なない（不死）　話さない（不說）
乗せない（不騙）　歌わない（不唱）

2 何謂活用形

活用，是指日文中的某些單字（用言及助動詞）會隨該單字在句中，後面所連接單字的不同，而改變其外觀形狀（九九%只改語尾部分）。

這種單字形狀的改變，不是絕對「一對一」，往往一種形狀對應許多不同用法，例如「書かない」「書かせる」「書かれる」，每一種活用當中，將使用率最高的一種。抽出來做代表，並以其用法來命名，於是產生了「**未然形**、**連用形**、**終止形**、**連體形**、**假定形**、**命令形**」。這六形可稱得上是「活用的六個孩子」。

前面在給辭典的六、七萬個單字分類時，曾提過自立語和附屬語都可分為「有活用」和「無活用」兩種，凡是有活用的「動詞、形容詞、形容動詞」都具備這六個活用形。

話す（はな）

話さ・ない	未然形
話し・ます	連用形
話す・	終止形
話す・とき	連体形
話せ・ば	仮定形
話せ・	命令形

(1) 何謂未然形

未然形是活用形當中的老大。未然形的最大特徵是，它**後面唯一只能連接助動詞**。「未」代表「沒有」或「不」的意思，「然」代表「是・肯定」的意思，兩者加起來就成了「不是」「還沒有肯定」，具體地說「未然」可以代表「凡是一件事還沒有被實現，或還沒有做」的意思。包括了「否定」↓「不」，和「未來式」↓「將要、會、大概～吧」兩大類。

書か―ない（不寫）
　　　助動詞

落ち―ない（不下）
　　　助動詞

乗せ―ない（不欺騙）
　　　助動詞

来―ない（不來）
　　助動詞

あ！打ち消されちゃった（啊！太陽被否定掉了）

今日は晴れないね（我看今天不會放晴了）

晴れる（晴）↕晴れない（晴無法實現）

風が吹か―ないね（風不吹了吧）（風停了吧）

因此，未然形就是指動詞的後面連接否定助動詞「ない」時，該動詞所必須（應該）呈現的形狀。但千萬記住，接「ない」絕對不是未然形的唯一用法，助動詞「（ら）れる・（さ）せる・ぬ・まい」也可以上接「未然形」。「ない」只是其中較重要的用法罷了。

(2) 何謂連用形

連用形是活用形當中的老二，因其主要用途在於「連接用言」因而得名。在全部六個活用形當中，它最活躍（用法最多）。

下面僅舉其中最重要幾項，說明其用法。

①使句子「暫時中止」，以連接另一個句子（子句）。

鳥が飛び、花が咲く。（鳥飛，花開）

②連接「たい」「ます」等助動詞

話します（說）　書きたい（想寫）

③連接下面另一個動詞

話し続ける（繼續說）

這個用法是「連用形」名稱的來源，因爲「続ける」是「動詞」，也是「用言」，「話す」要連接用言「続ける」，當然必須採用「連用形」的「話し」了。

連用形的用法當然不止這些，只是這三項最具代表性而已。

平日我們要找連用形最簡便的方法，就是在該動詞的後面連接「ます」，連接「ます」的動詞形狀，就是連用形。

書く
↓
書き　ます

連用形

(3) 何謂終止形

終止形其實就是「原形」，顧名思義，它是可以用來結束一個句子的活用形。

花が咲く。（花開）

本を閉じる。（蓋上書）

車に乗せる。（搭車）

お客が来る。（客人來）

①終止形是動詞還沒有變化前的原來形狀，辭典上只列出終止形，故又稱爲**原形**或**基本形**。

②有些助動詞和助詞也可以接在終止形的後面。

助動詞（らしい・そうだ・だろう）

見るらしい（好像看～似的）　降るそうだ（聽說下）

助詞（と・から・が・けれども）

行くと（去的話）

食べるから（因爲吃）

この風船の原形もガムの終止形なのであります
（這個氣球的原形，也就是口香糖的終止形）
わけの分らん事を言うな！
（不要賣弄學問，儘說些人家聽不懂的話嘛）

(4) 何謂連體形

對動詞而言，第四個活用形「連體形」其實和第三個活用形「終止形」長得一模一樣，它最大的功用是使動詞可當「連體修飾語」，而連接在「體言」的前面，這時候的「動詞」，其實已經和「形容詞」沒有什麼兩樣了。

食べる時間（吃的時間）
見る場所（看的地方）
話す内容（說的內容）
考えること（想的事情）

要想造個動詞連體形的實例，一般都在原形動詞下面直接加個「**とき**」，代表「做某動作的時候」即可。例如：

見る（み）→見るとき（看的時候）
食べる（た）→食べるとき（吃的時候）
考える（かんが）→考えるとき（想的時候）
話す（はな）→話すとき（說的時候）

動詞的「連體形和連用形」都是以「う段」的

音結尾，最簡單易學，因為它和原形一樣，根本沒變化。

君さえいてくれれば何時でも連体形に…（大哥，只要跟著你，就成為連體形了…）ばか！オレは鳥のトキだい！）（混帳！你看清楚，我是鳥類的「鴇（とき）」，不是「時（とき）」你搞錯了呀！

(5) 何謂假定形

照順序排下來，假定形又叫做第五變化（如此類推，未然形＝第一變化，連用形＝第二變化，終止形＝第三變化，連體形＝第四變化）。這一形的用法比較單純，它唯一能夠連接的單字就是接續助詞「**ば**」，例如「話せば（假如說～的話）」「行けば（假如去的話）」，因為「**ば**」的意義，就是添加「假如～的話，就會～」，因而取名為假定形。

詳しく話せば、きっと分るだろう。

（說得更詳細的話，想必一定會了解吧）

そこに行けば、美しさがわかる。

（只要去那裏，就可以發現美景）

要造一個假定形的動詞，只要在該動詞的第五變化後面加「ば」即可。

見る—見れば　　食べる—食べれば

買う—買えば　　読む—読めば

但現代的日語，要表示假定語氣，除了「行けば」之外，「行ったら」和「行くと」的說法也極盛行。

(6) 何謂命令形

命令形是第六變化，也就是第六個活用形。它除了可以終止句子外，同時還帶有命令的口氣。

早く起きろ（快點起床！）

正しく書け（正確地寫！）

速く食べろ（快點吃！）

そこで死ね（在這裏死吧！）

雖然命令形也有使句子終止的功能，但命令形兇巴巴的口氣，則是終止形所沒有的。

兩方ともよく似ているげと（雖然你們兩人很像，但是……）命令形何時も威張ってるなあ（命令形總是愛擺架子、愛打官腔）エッヘン（哎哼！）

(7) 活用形和活用語怎麼區分？

會活用變化的單字叫活用語。活用語在活用時所採取的各種不同變化形，叫做活用形。

活用語	活用形
動詞	未然形
形容詞	連用形
形容動詞	終止形
助動詞	連體形
	假定形
	命令形

3 動詞活用的種類

(1) 動詞依其活用規則的不同，可以分成五種不同類型。

① 五段活用的動詞

買（か）う・書（か）く・泳（およ）ぐ・話（はな）す・待（ま）つ・
死（し）ぬ・呼（よ）ぶ・飲（の）む・作（つく）る

書か―ない（不寫）（否定形）
書き―ます（寫）（敬體）（連用形）
書く。（寫）（常體）（終止形）
書く―とき（寫的時候）（連體形）
書け―ば（如果寫的話～）（假定形）
書け（快寫！）（命令形）
書こ―う（寫吧！）（要寫）（意想形）

そーれ！五段飛びだぞ（你看！五段的每一段都跳過了）
由於這類動詞的語尾變化形遍及「あいうえお」五段故得名

以「書く」為例，其語尾活用形「か・き・く・く・け・け・こ」，正好遍及「あ・い・う・え・お」五段，每段都有。故稱為「五段動詞」。

② 上一段活用的動詞

用（もち）いる・起（お）きる・過（す）ぎる・閉（と）じる・落（お）ちる
似（に）る・伸（の）びる・見（み）る・借（か）りる

起き―ない（不起床）
起き―ます（起床）（敬體）
起きる。（起床）（常體）
起きる―とき（起床的時候）
起きれ―ば（如果起床的話～）
起きろ（快起床！）
起き―よう（起床吧！）（要起床！）

上一段活用動詞參加變化的語尾有二個音節，終止形的最後一個字必定是「る」，倒數第二個字一定是「い」段的音節（い・き・ぎ・じ・ち・に

・び・み・り），因其活用形的這個音節（る上面的音節）始終保持不變（如「起きる」），故取名為「一段活用」。與此類似，另外有一批動詞始終維持倒數第二個字是「え」段的音節（え・け・げ・せ・て・ね・べ・め・れ）不變，也是「一段活用」。為區別方便，前者叫「上一段活用動詞」，後者叫「下一段活用動詞」。（細節請看158頁）

③下一段活用動詞

考（かんが）える・受（う）ける・曲（ま）げる・合（あわ）せる・建（た）てる・重（かさ）ねる・食（た）べる・認（みと）める・忘（わす）れる

食べ—ない（不吃）
食べ—ます（吃）敬體
食べる。（吃）常體
食べる—とき（吃的時候）
食べれ—ば（如果吃的話～）

食べろ（快吃）
食べ—よう（吃吧！）（要吃！）
そうか（原來如此）
こいつが（這傢伙）
下一段か（原來是下一段呀！）

「上一段活用」與「下一段活用」的活用規則極為相似，語尾一〇〇%是「る」，唯一不同的是倒數第二個字母分別是「い」段和「え」段，由於「う段」是第三段，身居五段之中，「い」段是第二段，比「う段」上一段，「え」段是第四段，比「う段」下一段，因為這兩種動詞，總是在固定的「い段」和「え段」變化，故分別取名「上一段活

用」及「下一段活用」，良有以也。（詳細請看153頁）

④カ行變格活用動詞與サ行變格活用動詞

来る（く）・する

這兩個動詞在日文總數約一、兩萬的動詞當中，被視為「異類・怪胎・變態」，當其他日文動詞競相趨附「五段」「上一段」「下一段」門下，做極有規則性的正格活用時，唯有「来る」・「する」獨立特行，故稱「變格活用」。其活用形如下

来る	する
こ—ない（不來）	し—ない（不做）
き—ます（來）	し—ます（做）
くる。（來）	する。（做）
くる—とき（來的時候）	する—とき（做的時候）
くれ—ば（來的話～）	すれ—ば（做的話～）
こい（快來！）	しろ（せよ）（快做！）
こ—よう（來吧！）	し—よう（做吧！）

這兩個動詞分別在か行和さ行做與衆不同的特殊變化，故取名為「か行變格活用」與「さ行變格活用」。有別於「五段・上一段・下一段」的正格活用。「變格」是「特殊變化的格式」之簡寫。（細節請看164頁）

(2) 五段活用動詞

①何謂五段活用

日文當中，總數達一、兩萬的動詞，它們的語尾活用變化規則遵循下例模式，亦即遍佈整個五十音圖中的「あいうえお」五段

咲く（さ）

さか—ない（不開）　未然形（否定形）
さき—ます（開）　連用形
さく。（開）　終止形
さく—とき（開的時候）　連體形
さけ—ば（開的話～）　假定形
さけ（快開！）　命令形
さこ—う（開吧！）　未然形（意想形）

未然形有兩種，前面說過，「未然」二字含有「否定（不）」和「對未來的想像、推測、意志」兩種意思，雖然都同樣是指「一件事還沒有實現」，但兩者並不相同，「否定」是指「目前事實」，「意想」是「未來事實的預測」。除了意思不同之外，形狀也不相同，一為「咲かない」，一為「咲こう」。否定形的用法較多，它還可連接使役助動詞和被動助動詞…，但意想形只能連接「推量助動詞う或よう」。

② 五段動詞的具體實例

わ行	言う	買う	思う	笑う	行う
か行	行く	咲く	省く	引く	書く
が行	泳ぐ	研ぐ	急ぐ	嗅ぐ	騒ぐ
さ行	渡す	押す	話す	示す	出す
た行	立つ	打つ	持つ	待つ	勝つ
な行	死ぬ				
ば行	呼ぶ	飛ぶ	選ぶ	喜ぶ	並ぶ
ま行	飲む	読む	休む	頼む	進む
ら行	有る	取る	降る	成る	叱る

か行的五段活用→か・き・く・け・こ

さ行的五段活用→さ・し・す・せ・そ

換言之，か行的五段動詞語尾原形雖是「く」但是使用時，會依各種不同狀況而變化為「か・き・く・け・こ」，總之，不會離開か行，只能在同行變化。同樣的，さ行的五段動詞語尾雖是「す」，但將來會變為「さ・し・す・せ・そ」。

③ 五段動詞和四段動詞有何不同？

四段活用是較早期的活用規則，乃五段活用的前身。譯者在早年所買的第一本日華辭典裏頭的動詞，都寫「自四」「他四」，但目前已改良為「自五」「他五」。自從採用現代化的假名遣以來，原本和「書かない」同屬未然形的「書かう」，改良為「書こう」，故由原來只有「かきくけ」的四段活用，加入了「お段」的音（如：「こ」）而成為現代的「五段活用」。

四段活用動詞完全轉變爲五段活用，其年代大約在江戶時代的中葉。

書か——ない　未然形　　書か——う
書き——ます　連用形　　⇐ 書く
書く　　　　終止形
書く——とき　連体形　　書こ——う
書け——は　　仮定形　　↑ 未然形
書け　　　　命令形

④五段活用動詞的辨認方法

要從衆多動詞當中，一眼認出五段動詞，有一極簡單有效的方法，就是在該動詞後面連接「ない」，若該動詞的語尾變化是「あ」段的音，則該動詞必然是五段活用動詞。若「ない」之上的音爲「い」段的音，必爲「上一段動詞」，若爲「え」段，則爲「下一段動詞」。

走らない
泳がない
飲まない
取らない
勝たない
← 五段動詞

起きない
落ちない
借りない
用いない
生じない
← 上一段動詞

食べない
消えない
上げない
忘れない
始めない
← 下一段動詞

⑤五段動詞的活用表

行	基本形	語幹	未然形	連用形	終止形	連体形	仮定形	命令形
カ	行く	い	かこ	きい	く	く	け	け
ガ	泳ぐ	およ	がご	ぎい	ぐ	ぐ	げ	げ
サ	渡す	わた	さそ	し	す	す	せ	せ
タ	勝つ	か	たと	ちっ	つ	つ	て	て
ナ	死ぬ	し	なの	にん	ぬ	ぬ	ね	ね
バ	呼ぶ	よ	ばぼ	びん	ぶ	ぶ	べ	べ
マ	飲む	の	まも	みん	む	む	め	め
ラ	取る	と	らろ	りっ	る	る	れ	れ
ア	買う	か	わお	いっ	う	う	え	え

⑥變化的實例

泳ぐ（純粹指游泳這個動作的概念）
泳げ（命令別人快游）
泳がない（將游泳這個動作否定，拒絕掉）
泳ぎます（告訴別人某人要做游泳這個動作）
泳げば（假設做游泳這個動作會怎麼樣）
泳ぐとき（當做游泳這個動作的時候）

泳ぐ
泳げ
泳がない
泳ぎます
泳げば
泳ぐとき
（游）（快游）（不游）（游）（游的話）（游的時候）

動詞「泳ぐ」可藉著活用形語尾的變化，或再配合後面所接的「助動詞、助詞、名詞」，表達各種不同的意思。

---

(3) 上一段活用動詞

①何謂上一段活用

也和上述的五段動詞一樣，屬於動詞活用的五個型式之一，其特徵是活用語尾始終只固定在第二段（い段）的音節範圍內變化，凡符合此活用規則的動詞一律稱爲上一段活用動詞。

原本想取名爲「一段活用」，但因另有一批動詞的活用「始終只有在第四段（え段）的範圍內行之」，爲了區別起見，前者稱爲上一段（い段在原形的う段之上），後者稱爲下一段（え在う段之下）

い段一段活用＝上一段活用
え段一段活用＝下一段活用

不管是「上一段」或「下一段」，它們語尾的變化規則完全相同，換言之，除了「る」上面一個音節分別屬「い」和「え」段不同以外，根本沒有兩樣。

起(お)きる

おき—ない　（不起床）　否定形
おき—ます　（起床）　連用形
おきる。　（起床）　終止形
おきる—とき（起床的時候）　連體形
おきれ—ば　（起床的話～）　假定形
おきろ　（快起床！）　命令形
おきよ　（快起床！）　命令形
おき—よう　（起床吧！）　意想形

（起床）（不起床）（起床的時候）（快起床）（一起床就…）

起きる
起きない
起きるとき
起きろ
起きれば
ひゃ～～ 遅刻だあ

（遲到了！）

見(み)る

み—ない　（不看）　否定形
み—ます　（看）　連用形
みる。　（看）　終止形
みる—とき（看的時候）　連體形
みれ—ば　（看的話～）　假定形
みろ　（快看！）　命令形
みよ　（快看！）　命令形
み—よう　（看吧！）　意想形

え？み？見る？見れば？
語幹をさがすのだ！

咦！只有「み」？又變成「見る」？詳細一看結果發現又變成「見れば」，「見る」的語幹眞難找啊！

② **上一段動詞的具體實例**

あ行	居る	用いる	射る	強いる
か行	着る	起きる	生きる	飽きる
が行	過ぎる			
ざ行	閉じる	恥じる	信じる	感じる
た行	落ちる	朽ちる	満ちる	
な行	似る	煮る		
は行	干る			
ば行	浴びる	伸びる	銹びる	詫びる
ま行	見る	試みる	染みる	
ら行	借りる	降りる	足りる	

③ **語幹和語尾不分的單字**

大多數的動詞，語幹（指漢字，不會變化的部份）和語尾（指平假名，會變化的部份）區分得很清楚。但任何事都會有例外，既然是例外，數量就不會太多。下列是語幹與語尾不分的動詞。

着る　似る　干る　見る　射る　居る

着る	射る
き—ない	い—ない
き—ます	い—ます
きる。	いる。
きる—とき	いる—とき
きれ—ば	いれ—ば
きろ	いろ
きよ	いよ
き—よう	い—よう

④ **何謂カ行上一段活用和た行上一段活用**

Ⓐカ行上一段活用是指語尾的變化，始終保持「る」的上面那個音節「き」不變者。例如：「着る・起きる・生きる・飽きる……」凡是語尾最後二個音節爲「きる」者，皆屬カ行上一段活用。

起きる（お）

おき—ない	第一變化把「る」去掉
おき—ます	第二變化把「る」去掉
おきる。	第三變化 }不變
おきる—とき	第四變化 }不變
おきれ—ば	第五變化把「る」改「れ」
おきろ	第六變化把「る」改「ろ」
おき—よう	第一變化把「る」去掉

※一段動詞的命令形有兩個，以「起きる」而言，一爲「起きろ」、一爲「起きよ」，意思相同，故只寫前者，更何況「る・れ・ろ」同屬「ら行」的第三、四、五段音節，較有規則、易背。

※有一種幫人記憶背誦的口訣表，以「きる」爲例，背「き・き・きる・きる・きれ・きろ・き」，「じ・じ・じる・じる・じれ・じろ・じ」……以此類推，唸熟了自然就能掌握要領。

「起きる」の「き」はか行の音だもんね（記住！「起きる」的「き」是屬於か行的音節呀）

くそ…！毎朝うるさいやつだ（討厭…！每天一大早就在窮嚷個不停的傢伙）

『起きる』の『き』はカ行の音だもんね
くそ……！毎朝うるさいヤツだ

Ⓑタ行上一段活用是指該動詞最後一個音節「る」雖然「有時消失，有時不變，有時變成れ・ろ」，但倒數第二音節的「ち」始終不變化者。例如：「落ちる、朽ちる、満ちる…」凡是最後二個音節爲「ちる」者，皆屬タ行上一段活用。

落ちる（お）

おち—ない
おち—ます
おちる。
おちる—とき
おちれ—ば
おちろ
おち—よう

……………………………………

請比較前一頁的「起きる」。便可知道它們的變化規則其實是完全一樣的。

⑤上一段動詞的活用表

任何一本日文的文法書，都會準備下面這種活用表，但「基本形」欄所舉的例子，每本書都會稍爲差異，例如「起きる」改爲「生きる」，下表遺漏「ら行」的「降りる」，讀者可自行練習補上去。

未然	連用	終止	連體	假定	命令
降り	降り	降りる	降りる	降りれ	降りろ（降りよ）

行	基本形	語幹	未然形	連用形	終止形	連体形	仮定形	命令形
カ	起きる	お	き	き	きる	きる	きれ	きろ（きよ）
ナ	似る		に	に	にる	にる	にれ	にろ（によ）
ハ	干る		ひ	ひ	ひる	ひる	ひれ	ひろ ひよ
マ	見る		み	み	みる	みる	みれ	みろ みよ
ア	強いる	し	い	い	いる	いる	いれ	いろ いよ
タ	落ちる	お	ち	ち	ちる	ちる	ちれ	ちろ ちよ
サ	信じる	しん	じ	じ	じる	じる	じれ	じろ じよ

(4) 下一段活用動詞

① 何謂下一段活用

下一段活用原理和上一段活用完全相同，只不過倒數第二音節由上一段的「い段」移到下一段的「え段」而已，以下面「溶ける」和「食べる」二字為例，請注意「け」及「べ」是否保持不變。

溶け—ない（不溶化）	食べ—ない（不吃）
溶け—ます（溶化）	食べ—ます（吃）
溶ける。（溶化）	食べる。（吃）
溶ける—とき（溶化時～）	食べる—とき（吃的時候）
溶けれ—ば（若溶化，則～）	食べれ—ば（吃的話，就～）
溶けろ（けよ）（快溶化！）	食べろ（べよ）（快吃）
溶け—よう（溶化吧！）	食べ—よう（吃吧！）

一般都認為上一段和下一段的動詞，其語尾有兩個，以「溶ける」和「食べる」而言，「ける」和「べる」是語尾，正如剛才的「起きる」「見る」語尾是「きる」和「みる」一樣，這點和五段動詞「只有一個語尾」截然不同。

但也有人奇怪，為何既然「け」和「べ」，「き」和「い」這些倒數第二音節都不變化，還要將之視為語尾呢？語尾不是應該要變化嗎？

我想最大理由是，「る」會消失，若不把「け・べ…」也唸出來，豈不是無法背出口訣「け・け・ける・ける・けれ・けろ・け」了嗎？人家五段動詞的口訣（如「書く」）「か・き・く・く・け・け・こ」或（如「取る」）「ら・り・る・る・れ・れ・ろ」，最後一音節雖然會變化但從不會消失。

活用がイ段に終始するもの
エ段に終始するもの——
……というように
一段活用するものが
二種類あるんじゃよ！

有些活用始終在い段，有些則始終在え段——

所以呢！正因為如此，所以才把一段活用分成兩種

オッホンイ段は上じゃぞ
（嗯哼！い段的位置較上面吧！）
え段は下なのだ
（え段在你的下面「う」的再下面）

②下一段動詞的具體實例

あ行	植える	消える	備える	考える
か行	溶ける	掛ける	付ける	受ける
が行	上げる	曲げる	広げる	下げる
さ行	乗せる	合せる	任せる	寄せる
ざ行	混ぜる			
た行	育てる	建てる	捨てる	慌てる
な行	重ねる	兼ねる	尋ねる	寝る
ば行	食べる	比べる	調べる	述べる
ま行	認める	集める	求める	決める
ら行	忘れる	離れる	遅れる	疲れる

大家休息一下，喝杯茶再仔細瞧瞧下一段活用

植え・——ない　　育て・——ない
植え・——ます　　育て・——ます
植える・　　育てる・
植える・——とき　　育てる・——とき
植えれ・——ば　　育てれ・——ば
植えろ・　　育てろ・

因為一段動詞的「否定形」和「意想形」形狀

一致，都是把「る」去掉，因此可以合併「植え—ない」「植え—よう」在一起，用「未然形」代表即可，但五段動詞則不行，因「書か—ない」不同於「書こ—う」。

③何謂あ行下一段活用

あのう……どの仲間に入ればいいのかはっきりさせたいんだけど
語尾変化が五十音図の何行何段になっているかわかってますか？
ばまやらわ
あかさたな

あのう…どの仲間に入ればいいのか、はっきりさせたいんだけど（勞駕…請你明確告訴我，該加入那一組才好）

語尾変化が五十音図の何行何段になっているかわかってますか（您知道您的語尾變化是屬於五十音圖中的那一行那一段嗎？）

以「植える」的語尾變化而言，始終維持在五十音圖中ア行的え段，而不會移動到其他行的え段。具有這種共同特性的一群動詞，大家都嚴守這個規定，可見「あ行下一段活用」其實就是指一群動詞，其語尾都是「える」者，如「植(う)える・消(き)える・備(そな)える・与(あた)える・考(かんが)える…」，以此類推，大家該知道「さ行下一段活用」指什麼了吧！說穿了，只不過是把下一段活用動詞，再分得更細一些罷了。

④如何在文章句子中找到下一段活用動詞？

其實找五段動詞，上一段動詞……也可依法泡製，任何一個動詞，你若想知道它屬於那一類活用，只要在該動詞下面接個助動詞「ない」，即可分曉。至於爲什麼不加「ます」來做測試呢？因爲「書きます」和「落ちます」的「き」和「ち」都屬「い段」，容易誤會「書く」成「書きる」就糟了。

エ段をさがせ（趕快找え段在那裏）

書く——書かない
落ちる——落ちない
※食べる——食べない
来る——来(こ)ない
する——しない

結果我們發現在「ない」上面的音節（字）中，屬於え段的只有「食べる」而已。因此「食べる」就是我們所要找的「下一段動詞」。

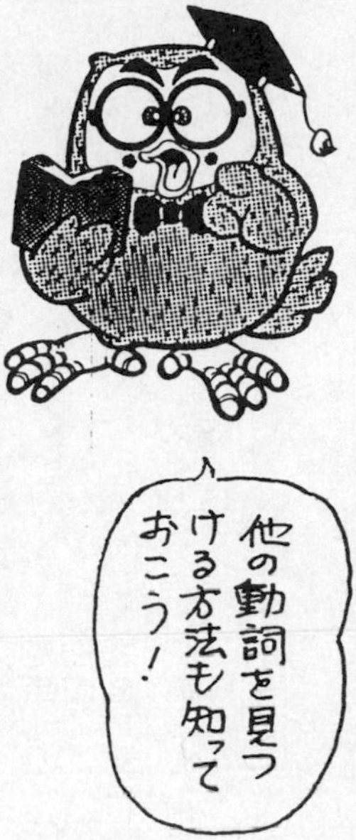

讓我們來學學找其他動詞的方法吧！

原則一：「ない」上面的音（字）若屬「あ段」，則必定是五段動詞。如

書かない　歌わない　咲かない

原則二：「ない」上面的音（字）若屬「い段」，則必定是上一段動詞。如

閉じない　落ちない　いない

原則三：「ない」上面的音（字）若屬「え段」，則必定是下一段動詞。如：

考えない　食べない　忘れない

☆「来る＋ない→こない」，沒有人會和它重覆，故一見「こない」就知道是「か變動詞」。

☆「する＋ない→しない」，「し」和原則二衝突，是個例外，不過我們還可看看「し」的上面是否為採「音讀」的漢字，例如：「愛(あい)・期(き)・反(はん)・対(たい)……」或「運動(うんどう)・調整(ちょうせい)・説明(せつめい)……」，或外來語（片假名）如：「キッス・ダンス・ストップ……」來加以判斷。

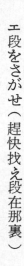

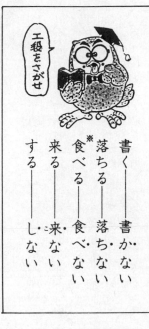

愛しない　期しない　反しない　対しない
運動しない　調整しない　説明しない
キッスしない　ダンスしない　ストップしない

否則搞錯，誤以爲這些動詞是「さ行上一段活用」豈不完蛋。

—（**高級文法**）

○連接「ない」的活用形叫做「未然形」。

○**要將動詞分類，只要用未然形來測試**便可立即分曉。

○動詞後面接「助動詞」之後，仍然是「述語」，只不過使動詞「添增」其他含義，使其能表達更複雜的思想。

○動詞後面亦可接「ている・てある・ていく・てくる・ておく・てしまう・てみる・てやる・てあげる・てくれる・てくださる・てもらう・ていただく」等補助動詞。

⑤下一段動詞的活用表

	基本形	語幹	未然形	連用形	終止形	連体形	仮定形	命令形
ア行	植える	う	え	え	える	える	えれ	えろ（えよ）
カ行	溶ける	と	け	け	ける	ける	けれ	けろ（けよ）
サ行	乗せる	の	せ	せ	せる	せる	せれ	せろ（せよ）
タ行	当てる	あ	て	て	てる	てる	てれ	てろ（てよ）
ナ行	かねる	か	ね	ね	ねる	ねる	ねれ	ねろ（ねよ）
ハ行	経(へ)る		へ	へ	へる	へる	へれ	へろ（へよ）
マ行	求める	もと	め	め	める	める	めれ	めろ（めよ）
ラ行	離れる	はな	れ	れ	れる	れる	れれ	れろ（れよ）

注意：像「出(で)る」和「経(へ)る」這種動詞，全部加起來也只有兩個音（字），故無法區分語幹和

語尾。但五段動詞兩個音（字）也可分出語幹和語尾，因爲五段動詞語尾只有一個音（字），但上、下一段的語尾却有兩個音（字）。

⑥下一段活用動詞當中，包括一群「可能動詞」其特徵爲何？

可能動詞是把五段動詞轉變爲下一段動詞，其轉換手續有二，①先將五段動詞的語尾，由原本的「う・く・ぐ・す・つ・ぬ・ぶ・む・る」向下降一段，成爲え段「え・け・げ・せ・て・ね・べ・め・れ」②統一加上「る」做最後一音（字）。

書く（寫）→書ける（會寫）
読む（讀）→読める（會讀）
打つ（打）→打てる（會打）
飛ぶ（飛）→飛べる（會飛）
買う（買）→買える（會買）
泳ぐ（游）→泳げる（會游）

まちがうな。「できる」「得る」という動詞は、だめだぞ！それは五段活用でないからな。

（請別弄錯。「できる」「得る」這種動詞無法可能動詞化，因爲它們並非五段動詞）

請切記，只有五段動詞才有「可能動詞化」

五段動詞經過「可能動詞化」後，便會產生中文「可以，能夠，會，有能力做該動作」的意思。相當英文的「can」，亦可用「～ことができる」取代。

書(か)ける → 書(か)くことができる
読(よ)める → 読(よ)むことができる

(5) カ行變格活用動詞

① 何謂か變動詞

這類動詞人丁稀少，只有唯一的成員—「来(く)る」。

「くる」這個動詞的活用形如下：

こ・—ない （不來） 未然形
き・—ます （來） 連用形
くる。 （來） 終止形
くる・—とき （來的時候） 連體形
くれ・—ば （來的話～） 假定形
こい・ （快來！） 命令形

細觀其變化，我們發現它活用形的最後音節「る」可變爲「る」「れ」「い」，而「く」可變爲「き」「く」「こ」，具有這種活用規則的單字，唯有「来る」一字而已。

② 爲何取名爲「か行變格活用」

因爲上萬動詞當中，唯有「来る」的活用形，既不像五段動詞的橫掃「五段」，也不像上、下一段動詞的堅守「一段」，而是在か行的「き・く・こ」三段變化，故而得名。

あのおじさんだいぶ変っているのだ
（那個叔叔相當古怪）
まるでカ行変格活用そのものなのだ
（簡直就像是名符其實的カ行變格活用）
ああ！わたしの星の王子さま
（啊！我的星星王子呀！）
こーない・きーます・くる・くるーとき・くれーば・こい！
（不來、來、來、來的時候、來的話、快點來！）

這種活用，由於在三段範圍內變化，有人稱之爲「三段活用」，但一般正統文法都叫它「カ行變格活用」或簡稱「カ變」爲多。

由於活用規則特殊，且沒有同伴，故需專案處理，背熟爲止。

(6) サ行變格活用動詞

① 何謂さ變動詞

さ變動詞也只有一個成員—「為(す)る」。

「する」的活用形規則如下：

さ・—れる	（被做）	（未然形）
せ・—ぬ	（不做）	（未然形）
し・—ない	（不做）	（未然形）
し・—ます	（做）	（連用形）
する・	（做）	（終止形）
する・—とき	（做的時候）	（連體形）
すれ・—ば	（做的話～）	（假定形）
しろ・	（快做）	（命令形）
せよ・	（快做）	（命令形）

分析其活用語尾最後一個音（字）爲

「る」「れ」「ろ」「よ」

而倒數第二音節係分屬於五十音圖サ行中的

「さ」「し」「す」「せ」

這四段來變化。因此也可叫其「四段活用」。

② 爲何取名「さ行變格活用」？

因爲上萬動詞當中，只有「為(す)る」這個動詞，其活用形呈現這種在五十音圖上さ行內「さ・し・す・せ」做特殊的四段變化，因而得名。

めずらしい四段だなあ（眞是罕見的四段變化啊！）

③サ行變格活用的特殊用法

同是孤單老人，サ變動詞遠比カ變動詞神通廣大得多。因爲「する」可以接在「名詞」的後面使「**名詞動詞化**」。

爲了將這種動詞與其他動詞區分起見，特地給它取名爲「**複合動詞**」。

勉強（名詞）＋ する（サ変）＝ 勉強する

研究（名詞）＋ する（サ変）＝ 研究する

旅行（名詞）＋ する（サ変）＝ 旅行する

但國內文法書對「複合動詞」的定義並非如此。

取る（動詞）＋ 付ける（動詞）＝ 取り付ける

出る（動詞）＋ 迎える（動詞）＝ 出迎える

而這本書所謂的複合動詞，應該叫「動作名詞的動詞化」才對，知道就好。

うちのドラも すぐ人に くっついてくる 複合動詞 みたいでしょ!
ゴロニャーン!♥

我家小虎動不動就跑過來黏人簡直就像複合動詞一樣

ゴロニャーン（咕嚕、咪噻，好舒服呀）

注意　**名詞＋サ変⇒複合動詞**

然而，並不是所有名詞都可以接「する」變成複合動詞，名詞種類計有「固有名詞、普通名詞、動作名詞、情態（抽象）名詞、時間數量名詞、代名詞、形式名詞、轉化名詞、複合名詞」，其中只有「動作名詞」才有資格接「する」。

下面所列名詞，若隨便接「する」，會鬧笑話。

台北・学生・世界・事件・簡単・三冊・わたし・こと・遊び・硬さ・花見・書留

のこのこ
かといって誰にでもくっつくわけではないのです

のっしのっし（走路笨重貌）

誰說這隻臭老虎任何人都可以碰，害我被抓得全身傷痕

辭典上詞類標明為〔名・自サ〕或〔名・他サ〕才可加「する」

④ サ行變格活用和サ行變格活用的活用表

	基本形	語幹	未然形	連用形	終止形	連体形	仮定形	命令形
カ変	来る		こ	き	くる	くる	くれ	こい
サ変	為る		さ せ し	し	する	する	すれ	しろ （せよ）

3 動詞種類的另一種分法

(1) 何謂自動詞

花が開く（花開）

雨が降る（下雨）

劇が始まる（戲開演）

上述三例中，表示動作或作用的單字（即旁邊劃—線的動詞）都是屬於主語～本身所做的動作，這種表示主語自身動作或存在的動詞，叫做自動詞，相當於英文的不及物動詞。

自動詞並沒有強迫必須非屬「五段」「上一段」「下一段」……的規定，因此辭典上凡是標「自五」「自上一」「自下一」「自サ」都是自動詞。

另外，「カ変」也一定是自動詞。

我自己就會開花不必別人管
開花當然是我份內的工作，和別人無關

窓が開く。（窗戶開）開的主體是窗戶
自動詞

窓を開ける。（開窗戶）開的主體另有其人，是誰或其他外力打開窗子
他動詞

①要如何才能區分自動詞與他動詞

Ⓐ凡是在動詞的上面接有格助詞「を」的，幾乎都是他動詞（僅有極少數例外）

進む（自五）前進—進める（他下一）使前進
続く（自五）繼續—続ける（他下一）使繼續
出る（自下一）出去—出す（他五）拿出
焼ける（自下一）着火—焼く（他五）燒、烤

船が進む（船前進）……船自己本身前進
船を進める（使船前進）…有某種外力使船前進

この時計は一日に五分ほど進む
（這個鐘一天快五分左右）
この時計を五分進める（把這個鐘撥快五分鐘）

總之，他動詞的上面一定有「を」
話を続ける（繼續說下去）
名刺を出す（拿出名片）
もちを焼く（烤餅）

反之，自動詞的上面只能接「が」，除了少數移動性的自動詞「散歩する・飛ぶ・出る・渡る・通る・歩く・去る」可以上面接「を」來表示經過的場所，否則，「を」永遠不可能擺在「自動詞」

之上。

誰かの力を借りないと宿題もできないのだ（如果不借助別人的力量，我就都不會寫作業了）

なさけない（眞沒出息）

Ⓑ自動詞後面接「**ている**」，而他動詞後面接「**てある**」

門が開いている（門開著）

門を開いてある（門被開著）

開く—自動詞

開く—他動詞

時計の針が進んでいる　—自動詞（鐘的針快了）　進む

時計の針を進めてある　—他動詞（事先把鐘的針撥快了）　進める

因此，藉著動詞後面接的是「ている」和「てある」的不同，也可以區別自動詞和他動詞。

但特別注意，「てある」上面百分之百接他動詞，但「ている」上面却可以接「自動詞」或「他動詞」。下面是接他動詞的例子

先生は新聞を読んでいる。（老師正在看報）

学生がご飯を食べている。（學生正在吃飯）

同時，「ている、てある」若遇上面五段動詞產生撥音便，會變成「でいる・である」，需小心。

「ている」是補助動詞中使用得最頻繁的一個，專門討論時態的書常將「する・した・している」並列一起，學日文若搞不清「現在式、過去式、現在進行式」就完了。

嗯！這傢伙的作業都不是自己做的嘛！混帳東西！

の先生
むむっ！あいつ自分の力でやらなかったな!!
宿題
を

最可靠還是藉著「を」來區別自動詞和他動詞，凡是有「を」的，一定有「外力」。「を」之上為「受詞」。

② 自動詞有那些種類

Ⓐ自動詞和他動詞形狀不同者

自動詞	他動詞
進(すす)む	進(すす)める
焼(や)ける	焼(や)く
起(お)きる	起(お)こす
出(で)る	出(だ)す
続(つづ)く	続(つづ)ける
始(はじ)まる	始(はじ)める
延(の)びる	延(の)べる

今日から形を変えて勉強するのだ！（從今以後，我要改變形象，努力用功了）
ぐわむばるぞ！（＝がんばるぞ）（加油呀！）

今日から形をかえて勉強するのだ！
ぐわむばるぞ!!
……というわけでおかまになってしまったのだ！

Ⓑ自・他同形者

門(もん)が開(ひら)く（門開）（門自己開）
門を開く（開門）（某人開門）
水(みず)が増(ま)す（水增多）（水自己增多）
水を増す（加水）（某人加水）

風が吹く（風吹）（風自己吹）
笛を吹く（吹笛）（笛子被人吹）
人が笑う（人笑）（人自己笑）
人を笑う（笑人）（笑別人）

神経病，想發奮圖強，由他動改自動，也犯不着去做這身打扮呀！

「を」をつけようが「が」をつけようが形は変化しないのだ!!

(2) 何謂他動詞

門を開く（開門）（門是被開的）
餅を焼く（烤餅）（餅是被烤的）

話を始める（開始説話）（話是被説的）

日文的動詞當中，有大約半數，必需要有一個能夠明確表示該動作或作用所達到的目的（即受詞），意思才完整，這種必須有受詞的動詞，叫「他動詞」。

如果沒有人來開我的話，我自己當然不會跑。
人が車を運転する（人開汽車）

だれかが運転してくれないと
ぼくは走れないんだよう！

餅が焼ける　自動詞
餅自己着起火來了。

餅を焼く　他動詞
某人在燒餅

① 如何才能區別自動詞與他動詞呢？

Ⓐ凡是以「受詞＋を＋動詞」的格式表達的

，都是他動詞（少數移動性動詞例外）
例如：「進める・続ける・出す・焼く」可以寫成

船を進める　話を続ける

力を出す　餅を焼く

故都算「他動詞」，相當於英文的及物動詞。

ーというわけで
カッコよく
ドライブなのだ
を
車を走らせる

就是因爲「車子自己不會跑」，所以嘛…我用を就可以駕駛它，使車跑了。

車が走る（×）
車を走らせる（○）

人が走る（○）
人を走らせる（○）

Ⓑ凡是必須有連用修飾語的動詞，就是他動詞。

船(ふね)を進(すす)める（使船前進）

手紙(てがみ)を書(か)く（寫信）

米(こめ)を炊(た)く（煮飯）

あ？ない！（哇！不見啦！）

肝心の連用修飾語がない（居然最重要的連用修飾語不見了）

駐車禁止です！（不准停車）

レッカー車で移動しました（已被拖吊車拖離現場）

あ!? ない!
かんじんの連用修飾語がない!!
駐車禁止です!
レッカー車で移動しました

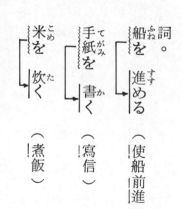

「連用修飾語」是指連接在用言（動詞、形容詞、形容動詞）前面的單字。「名詞＋の以外的其他格助詞」也是連用修飾語的一種，換言之，「受詞＋を」是一種連用修飾語。他動詞的上面必須接連用修飾語。

「船が進む。」和「話が続く。」這兩句的動詞都是自動詞，故只需要「主、述關係」就可完成一個句子，根本不需要「連用修飾語」。

②他動詞有那些種類

Ⓐ和自動詞形狀不同者—進める・始める

Ⓑ和自動詞形狀相同者—開く・増す

ぼくがひっぱってあげるね
なるほどいつもと形がちがうや！
レッカー

ぼくが引張ってあげるね（我來拖你吧！）なるほど何時もと形が違うや！（果然，和我平日的姿勢形狀大不相同）

（自我挑戰）

1 請將下列各句中劃有—的單字還原成爲辭典上查得到的終止形（原形）

①太陽が西の海へ落ちて、夕闇が広かった。
（太陽向西方的海面落下，暮色一片）

②早く来ないと、乗り遅くれるよ。
（不快點來的話，可就搭不上車的喲！）

③びっくりして立竦んでしまった。
（驚嚇得呆若木雞）

④読めない字があれば字典を引きなさい。
（如果有不會唸的字，請查字典）

⑤ボールを遠くへ投げた。
（把球丟到遠處了）

2 模仿示範例句，將劃—的自動詞，轉換成他動詞，並塡寫在□之中。

① 国が治まる——国を□。

② 話が続く——話を□。

③ 木が焼ける——木を□。

④ 事件が起こる——事件を□。

⑤ あせが出る——あせを□。

3 請將下列□中填入適當的平假名，完成整句意思。

朝早く起□ない。

朝早く起□ます。

朝早く起□ば。

朝早く起□とき。

4 請從下列Ⓐ～Ⓙ的動詞當中，選出和①～③活用形相同者。

①読む　②落ちる　③調べる

（　　）（　　）（　　）

Ⓐ見る　Ⓑ思う　Ⓒ晴れる　Ⓓ死ぬ

Ⓔ強いる　Ⓕ出る　Ⓖ行く

Ⓗ起きる　Ⓘ捨てる　Ⓙ飲む

十、何謂形容詞？

1 從單字所代表的意思來看，形容詞所描述的是**事物的性質和狀態**，通常這些性質和狀態，至少在說話的那段時刻，都屬於**不會動**，**不會變化的靜態**，而且是人爲主觀的一種感覺，這和動詞「客觀動態」有很大的不同。

高い（たか）→ 高い山（高山）
→ エベレストは高い。（埃佛勒斯峯很高）

美しい（うつく）→ 美しい花（美麗的花）
→ バラの花は美しい。（玫瑰花很美麗）

形容詞最大的兩項功能—當「連體修飾語」及當「述語」。

埃佛勒斯峯眞高呀！但它的高是靜態的，可不會像我跳彈簧墊一樣一下子變高，一下子又變低

形容詞的語尾極爲單純，不像動詞有近三十種不同形狀的語尾，它只有兩種語尾。

①「い」

②「しい」

2 從單字的外觀來辨識，凡是語尾帶有「い」或「しい」的，都是形容詞

① **以「い」結尾的形容詞**

高い（たか）　低い（ひく）　寒い（さむ）　暑い（あつ）

遠(とお)い　近(ちか)い　深(ふか)い　浅(あさ)い

②**以「しい」結尾的形容詞**

美(うつく)しい　楽(たの)しい　激(はげ)しい　涼(すず)しい

凡屬語尾是「しい」的形容詞，其送假名必須從「しい」送起，儘管它的語尾還是「い」。

形容詞	
語尾是「い」的形容詞	語尾是「しい」的形容詞

③ **凡有看到「かろ」「かっ・く」「い」「い」「けれ」這些活用形狀，就是形容詞。**

形容詞的語尾活用，有它自己一套規矩，和動詞不一樣，尤其是所有形容詞都只遵循唯一的一種規則，不像動詞還有派別之分。

美(うつく)しい

活用	形
美しかろーう（大概很美吧）	未然形
美しかっーた（曾經很美）（眞美） 美しくー咲く（開得很美）	連用形
美しい。（很美）	終止形
美しいーところ（很美的地方）	連體形
美しけれーば（如果很美，就～）	假定形

想い出は
美しかろーう
美しかっーた
美しい
美しいーところ
美しけれーば
……
じ〜ん
金
美しいかねえ…

回憶大概很美吧，回憶眞美好，回憶很美，回憶中美的地方，回憶如果很美的話，就……，美しいかねえ……（很美啊！）

形容詞當然不會有命令形，只有動態的動作才能施加命令，因此一朵花若不美，你絕對無法指著花，對花吼叫「快美！不然把你折掉」。

高い（たか）

高かろ—う	（大概很高吧）	未然形
高かっ—た	（曾經很高）（眞高）	連用形
高く—なる	（變得很高）	連用形
高い。	（很高）	終止形
高い—ところ	（很高的地方）	連體形
高けれ—ば	（如果很高，就～）	假定形

形容詞之所以是主觀的，正如上述的「美」和「高」，並非絕對的，完全看說話者當時自己的感覺。

形容詞總數近八百個，其中有十分之一隨著時代演變已遭淘汰。形容詞雖然沒有命令形，但若將之「動詞化」爲「高くする」「美しくする」，便可以利用「する」的命令形「しろ」「せよ」加以命令了。

高かろ—う
高かっ—た
高い
高い—ところ
高けれ—ば
ひ～っ
形容のしかたが
ないほど
高いなあ

ひ～っ形容の仕方がないほど高いなあ（咻！這種高度，對我而言簡直高得無法形容）

4 **在活用語尾的後面連接「ある」「ない」仍然是形容詞。**

形容詞和動詞活用規則的最大不同點，在於形容詞的否定形不在未然形內，而是歸屬在連用形中的「く」形。

美しくない（不美）

美しくある（ありたい）（希望永遠美麗）

5 形容詞在句子中，扮演何種角色

形容詞最主要的功能在於修飾，它可以修飾「名詞・動詞・形容詞」。形容詞可以使單字或句子變得更加生動活潑。讀者若能在文章句子中多加留意，必可體會作者的意境和匠心獨運。

ただの「山」ではなく（我不光只是「山」而已）

高く気高い山なのだ（應該說是高而且雅的山）

---

① **修飾名詞**

美しい花（美麗的花）

深い沼（很深的沼澤）

激しい戦争（激烈的戰爭）

② **修飾動詞（副詞的功能）**

美しく咲く（開得很美）

深く潜る（潛得很深）

楽しく踊る（快樂地跳舞）

速く走る（飛快地跑）

③ **修飾形容詞**（嚴格說來，應該算是複合字）

細(ほそ)長(なが)い（細長的）…由「細い」+「長い」組成

6 形容詞的連用形具有動詞所缺乏的副詞用法，換言之，形容詞可以透過連用形，當做副詞來修飾動詞，但動詞不能修飾動詞。

動詞と動詞では副詞的用法はできない
それではぼくが修飾しましょう
動
形容
動

（動詞和動詞在一起不能產生副詞的用法，快滾到一邊去。）

（那麼讓我形容詞來修飾你好了。）

美しく咲く（美麗地開）

楽(たの)しく遊(あそ)ぶ（快樂地玩）

7 形容詞的活用表

基本形	語幹	未然形	連用形	終止形	連体形	仮定形
高い	たか	ーかろ	ーかっ ーく	ーい	ーい	ーけれ
美しい	うつく	ーかろ	ーかっ ーく	ーい	ーい	ーけれ

形容詞的語尾活用不像動詞那麼複雜，動詞有「五段」「上・下一段」「か變」「さ變」五種活用形，形容詞則只有一種，不必分類。

但形容詞語尾活用，不像動詞只乖乖地限定在五十音圖某一行的範圍內移動變化，形容詞則橫跨了「か行」的「かろ」「かっ」「く」「けれ」和

「あ行」的「い」。

（他這傢伙的脚横跨兩行）

日文形容詞的語尾活用，除了原來的語尾「い」外還和「か」行有關係

（眞奢侈呀！）

8 形容詞可以當述語

日文形容詞單靠自己之力，便可充當述語。

体育(たいいく)の時間(じかん)は、楽(たの)しい（體育課眞快樂）
（述語：楽しい）

この池(いけ)は深(ふか)い。（這個池塘很深）
（述語：深い）

目差(めざ)す目的地(もくてきち)は近(ちか)い（所要去的目的地很近）
（述語：近い）

※日文形容詞特別値得一提的事。

日文形容詞在功能上，和英文的形容詞有一極大的差異。英文的形容詞只能做 be 動詞的補語，而無法單獨做述語。因此「她很美」必須說成

英文→ She is beautiful

日文→ 彼女は 美しい。

（我當然可以當述語。小意思）

（你們日本的形容詞眞是利害呀！）

（自我挑戰）

1 請在下列句子的□內，塡入適當的平假名。

運動会は楽し□た。

運動会は楽し□う。

運動会は楽し□なる。

運動会は楽し□行事だ。

2 下面劃線的單字當中，哪一個不是形容詞的一部份？

① すばらしい山です。

② めずらしい植物ですね。

③ あれは、どうも島らしい。

④ その考えは、子どもらしい。

（中譯）

① 是座極美麗的山。

② 眞是珍貴罕見的植物呀。

③ 總覺得那個很像島嶼。

④ 那個想法眞幼稚。

十一、何謂形容動詞？

1 形容動詞顧名思義，就是指同時擁有形容詞和動詞的特性，但又不是形容詞或動詞的另一群單字。

静かだ → とても静かだ（非常安靜）

静かにしなさい（請安靜）

親切だ → 非常に親切だ（非常親切）

親切にしなさい（請客氣一點）

形容動詞的基本形最大特徵，就是它語尾必定是「だ」。而「だ」的上面是其語幹。

和形容詞比較結果，可得下列結論。

□い（形容詞）

□だ（形容動詞）

うっ…まるで形容動詞のような人だ
ゴリラと人の2つの性質をもっている！

唔…這個人簡直像極了形容動詞。同時兼備大猩猩和人兩種不同的性質！

2 原形（終止形）的**語尾是「だ」**的單字，便是形容動詞。

便利だ　妙だ　科学的だ　静かだ　スマートだ

正確だ　嫌だ　真面目だ　確かだ　ホーバーだ

親切だ　変だ　不愉快だ　遥かだ　シンプルだ

（果眞不錯，達達達…地響）（だ的聲音）
（混蛋！那是我跑步時的脚步聲！）

形容動詞係日文特有的品詞，中、英文皆無此種詞類，其誕生完全是爲了彌補日文形容詞數量太少，不敷使用的缺點（※日文的形容詞總數大約共六、七百個而已），因此暫由名詞（漢字和外來語）借用一些字（如「便利」「簡単」「シンプル」），在語尾接上「だ」造成新字。

美(うつく)しい—綺麗(きれい)だ　　暖(あたた)かい—暖(あたた)かだ
良(よ)い—良好(りょうこう)だ　　黄色(きいろ)い—黄色(きいろ)だ
易(やす)い—簡単(かんたん)だ　　ひ弱(よわ)い—ひ弱(よわ)だ
正(ただ)しい—正確(せいかく)だ　　四角(しかく)い—四角(しかく)だ
難(むずか)しい—困難(こんなん)だ　　気軽(きかる)い—気軽(きかる)だ
危(あぶ)ない—危険(きけん)だ　　間近(まぢか)い—間近(まぢか)だ

（快點栽培長大成爲茁壯的形容動詞。）
（來支援形容詞，否則就來不及了）

3 **某種單字，若其活用形是「だろ」「だっ・で・に」「だ」「な」「なら」，必定是形容動詞**

静(しず)かだ

- 静かだろ—う（大概很靜吧）（未然形）
- 静かだっ—た（曾經很靜）
- 静かで—ある（很靜）
- 静かに—する（設法安靜）（連用形）
- 静かだ（很靜）（終止形）
- 静かな—ところ（安靜的地方）（連體形）
- 静かなら—ば（如果安靜的話）（假定形）

形容動詞和形容詞一樣，都沒有命令形才對呀！所以你叫鬧鐘「静かだ」是沒用的，「静かにせよ」或「静かにしろ」才有用。

4 「形容動詞」長得和「名詞＋肯定助動詞」實在太像了，如何區分最有效。

比較一下，下列例子

形容動詞	正確だ	簡単だ	無理だ	愉快だ
名詞＋だ	台北だ	道路だ	学生だ	孔子だ

最快速有效的鑑別法，就是在這些字上面，加上「とても」或「非常に」，解釋得通的，是「形容動詞」，解釋起來令人噴飯，不自然的，是「名詞＋だ」。

可以上接副詞性修飾語的，才是形容動詞。

○正確(せいかく)だ　非常(ひじょう)に正確(せいかく)だ（非常正確）

×道路(どうろ)だ　非常に道路(どうろ)だ（非常道路）

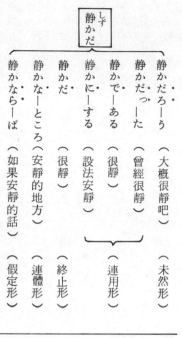

道路だ

⇐

道路（名詞）＋だ（助動詞）

「正確だ」的「だ」是形容動詞的語尾，雖然，「正確」也可獨立，但它屬於情態名詞，「道路」是普通名詞，道路和だ彼此不能合爲一體。

（我是「非常地道路」怎麼樣，聽起來像話嗎？）（神經病？）

5 **形容動詞的語幹，有時候也可以獨立使用。**

見事（みごと）、見事（みごと）。（眞妙！眞棒）

おお、立派（りっぱ）、立派（りっぱ）。（喔！眞棒，眞棒）

静（しず）か。（安靜）

換言之，形容動詞即使去掉語尾，仍還可以使用，這點是動詞永遠辦不到的。

我即使只剩下骨幹，也還可以活得下去。形容動詞和我個性相同呀！

當然，沒有命令形，也是和動詞迥異之處。而且，形容詞和形容動詞的否定式不在未然形內而在連用形，也是和動詞不同之處。

美しくない。（不美麗）（連用形）

静かでない。（不安靜）（連用形）

6 **形容詞和形容動詞有何不同？**

當然最大的不同點在於，形容詞的基本形語尾是「い」，而形容動詞是「だ」。除了這點以外，其他相異處如下：

①連接「**ながら**」「**らしい**」這類單字的方法不同。

遅(おそ)いながら（雖然很慢）—用終止形接

静(しず)かながら（雖然很靜）—用語幹接

美(うつく)しいらしい（似乎很美）—用終止形接

正確(せいかく)らしい（似乎很正確）—用語幹接

うわ！
ぴた!!☆
直接くっつくのだ
らしい
語幹

（哇呀！）

（你是形容動詞，我要和你的語幹直接相連）

②連用形的中止法，形容動詞只有一種，形容詞有兩種。

☆形容動詞只有「〜で」一種中止形

形容動詞
○○○で

○町は静かで、誰(だれ)もいない。

（街上很靜，一個人也沒有）

☆形容詞有「〜く」和「〜くて」兩種中止形。

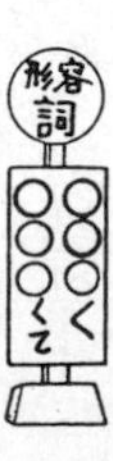

形容詞
○○○く
○○○くて

○姿(すがた)は美(うつく)しく、気(き)は優(やさ)しい。

（不但身材美，氣質也很優雅）

○姿は美しくて、気はやさしい。

（不但身材美，氣質也很優雅）

フエだけじゃないのよ 二つの形でとめちゃうんだから！
ちら！

我是女交通警察，我不但可以用哨子，而且還有另一招也可以叫你停住（中止形）。很管用哩！不信，你瞧

7 形容動詞的活用表

基本形	語幹	未然形	連用形	終止形	連体形	仮定形
静かだ	静か	—だろ	—だっ —で —に	—だ	—な	—なら

（**高級文法**）

由外國引進的單字（外來語）當中，有一些用來表示狀態和心情的單字，常常可以在後面加上語尾「だ」，而變成日文形容動詞的一股生力軍。

ユニークだ（獨特的、唯一的）→unique
マンネリだ（有禮的、謙恭的）→mannerly
シックだ（虛弱的）→sick
スポーティーだ（很輕便的）→sporty
シンプルだ（很簡單）→simple
ロマンチックだ（很浪漫）→romantic
スマートだ（很時髦）→smart

ぼくらの星の言葉も仲間に入れてくれるかな
あの国なら大丈夫！

我們外星人的語言也可以和他們交朋友嗎？

下面那個國家的話，就沒問題。

形容動詞も国際的だねえ！

形容動詞也頗具國際性的嘛！日本語的單字永遠學不完，就是被它這種隨便吸收別國語言的個性所害。

（**自我挑戰**）

1 請在下列句子的□內，填入適當的平假名。

秋の夜は静か□う。

秋の夜は静か□ある。

秋の夜は静か□いたいものだ。

秋の夜は静か□。

2 下面的形容動詞當中，哪些是由形容詞演變而來的？

ひ弱だ　四角だ　真っ黒だ

おだやかだ　親切だ　正確だ

静かだ　暖かだ

十二、何謂副詞？

1 **可以單獨成立一個文節，其最主要功用是在做連用修飾語（修飾用言），而且本身沒有活用者，就叫做副詞。**

すっかりよくなる。（完全康復了）　修飾動詞

かなり遠い。（相當遠）　修飾形容詞

とても静かだ。（非常安靜）　修飾形容動詞

之所以要特別強調「主要功能是當連用修飾語」，因爲副詞當中，也有不是用來修飾用言，而是用來修飾副詞本身的例子。

もっと（副詞）ゆっくり（副詞）歩け（再走得更慢一點）

わたしの美しい動きを修飾する
ちょうどあのスポットライトみたいなものです

副詞可以修飾我的美麗動作。正如同那個聚光燈的效果一樣。

2 **副詞有那些重要的特徵？**

①**副詞無法像名詞那樣地充當句子的主語。**

②**副詞無法單獨地充當述語。**但如果在副詞的後面接「だ」或「です」，就可以當述語。

時間（じかん）もきっちりだ（時間也恰好趕上）

③它沒有接續詞承先啓後的作用。

④副詞具有**修飾其他單字、文節、句子，給予限定範圍的作用。**

具備上述條件的單字，大概也只有副詞而已。

（她眞不是普通的笨手笨脚！）

（…像這樣，副詞不但有修飾的功能，而且還有限定的功能。）

所謂「限定」就是把範圍縮小，例如「とても」有「很，非常，極」限定「程度」的功能。

3 副詞的三大功能爲何？

副詞修飾其他單字、文節、句子的功能，大致可分爲下列三種。

①限定「狀態」的**狀態副詞**

しとしと降る。（靜靜地下著）

すっかりよくなる。（完全康復）

②限定「程度」的**程度副詞**

かなり遠い。（相當遠）

はなはだ悪い。（甚壞）

③限定敍述語氣的**陳述副詞**

ぜひやりましょう（無論如何請一定要做）

まさかするまい（決不會做吧）

副詞不像「動詞、形容詞、形容動詞」有特定的語尾，更沒有活用變化，要分類副詞的種類，無法由形狀來分，而要靠它的「功能」來分。

副詞就是用來限定下列這三種
1. 狀態
2. 程度
3. 敍述語氣

この3つを限定するんじゃよ
1.状態
2.程度
3.述べ方

4 副詞的一些特殊罕見用法

①副詞偶而也可以修飾名詞

やや南（みなみ）（稍南一些）

②副詞偶而也可以修飾副詞

もっとゆっくり（更慢一些）

サーフィンはむずかしいのだ
何事にも例外があるんだなあ

（在雪地裏衝浪實在很困難。）

（任何事都有例外，天下事無奇不有。）

⑧副詞有時也可以修飾整個句子

いったい、誰（だれ）が言（い）い出（だ）したのか。

（究竟是誰說出去的呢？）

5 限定狀態的狀態副詞

這一群副詞主要是用來修飾動詞，使人對於該動作或存在究竟處於何種狀態，有更淸楚的認識。

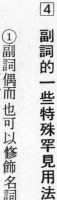

よくなる（康復）

←すっかりよくなる（完全康復）

降る。（下）

←しとしと降る。（靜靜地下）

たたく（敲）

←トントンたたく（咚咚地敲）

語る（談）

←しみじみと語る（仔細地談）

①**擬聲語**（模擬東西發出的聲音或動物鳴叫的聲音）與擬態語（用聲音來模擬動作的狀態）都屬於狀態副詞。

也有人把擬聲語和擬態語合併改稱為「聲喻」——利用聲音來比喻。

Ⓐ**擬聲語**（原則上用片假名表示）

戸をトントンたたく。（咚咚地敲門）

雨がザーザー降る。（雨涮涮地下）

●有時在這種擬聲語後面加助詞「と」，造成更生動的語態。

戸をトントンとたたく。（咚咚地敲門）

雨がザーザーと降る。（雨涮涮地下）

擬聲語是一種副詞。它的單字大都是兩個相同的音反覆出現。

Ⓑ**擬態語**（原則上用平假名表示）

水面がきらきら光る。（水面波光鱗鱗）

紅葉がちらちら落ちる。（紅葉紛紛落下）

●多加助詞「と」加強生動語感，意思不變

水面がきらきらと光る。

粉雪がしんしんと降る。（細雪靜靜地下）

先生はにっこりと笑われた。

（老師微微地一笑）

「きらきら」は音じゃないよ
お星さま
きら きら
お願い！

（星星神明，我求你！）

きらきら（光耀閃爍貌）它並不是聲音。

②相同的字反覆重疊，往往也是屬於擬聲、擬態語。

いよいよ始まる。（好不容易才開始）

ますます栄える。（日益繁榮）

但這類副詞與擬聲、擬態語有點不同，因爲其反覆地表現，純粹是爲了強調。當你唸上兩次，就可以體會出來。

ますます
ざく ざく
栄えるのだ！
台帳

（越來越…）

（生意昌隆）

ざくざく（意謂硬又粗粒的東西大量混雜的聲音，在此表示很有錢的樣子。

※「ざくざく」可譯成「嘩啦嘩啦」。

6 限定「程度」的程度副詞

這類副詞是用來修飾用言（動詞、形容詞、形容動詞）或表示狀態的副詞，使人們對於這些用言和副詞的程度有更精確的瞭解。

出かける（出去）

↓

ちょっと出かける（剛剛出去）

健康だ（很健康）

↓

きわめて健康だ（極健康）

暖かい　　　　寒い

↓相當　　　　↓稍爲有點

ずいぶん暖かい　　少し寒い

遠い（很遠）　　　　前（前面）

↓　　　　　　　　↓更…一點

かなり遠い（相當遠）　もっと前

ゆっくり走る（慢慢跑）　　適する（適合）

↓　　　　　　　　↓最

とてもゆっくり走る　　もっとも適する

（極緩慢地跑）

この川は少し深い。（這條河有點深）

彼女は前よりいっそう美しくなった。

（她變得比以前更加漂亮了）

自分にもっとも適した職業を選ぶべきだ。

（應該選擇最適合自己的職業）

もっとゆっくり話す。（說得更慢一點）

ぼくはゆっくり走るよ
「とてもゆっくり」だろ！副詞に注意しないと様子がはっきりしないぜ

烏龜：「我慢慢地跑」

兔子：「什麼才慢慢地而已，應該說不是普通的慢，而是極度地慢才對吧！說話時不注意副詞的用法，人家就無法具體明確地想像瞭解實際狀況了」

①修飾動詞，使該動詞的程度更精確。

かなり努力する。（相當努力）

ずいぶん歩いた。（走得相當遠了）

もっと登れ。（再繼續爬）

かなり
急いでいるんだけどなあ

我雖然已經盡量趕了，但結果還是「相當地…」

②修飾形容詞、形容動詞，使其程度更明確。

たいへん美しい。（非常美）

ごく近い所。（最近的地方）

速く歩け。（快點走）

はなはだ静かだ。（非常安靜）

この小説はたいへん面白いです。

（這本小說非常有趣）

これははなはだ便利な工具だ。

（這是極爲方便的工具）

提到我的速度嘛！各位只要看看繞在我周圍的副詞，心裡就有個數了。
たいへん（非常、很、太、甚）
とても（很、極、非常）

③修飾其他表示狀態的「狀態副詞」，使該副詞的程度更具體。
かなりゆっくり（相當緩慢地）
ずいぶんはっきり（相當清楚地）
ちょっとゆっくり（稍微慢一點）
もっとゆっくり歩いてください。（請再走更慢一點）
とてもはっきり見える。（看得非常清楚）

かなり（相當、頗）
（副詞這玩意眞討厭如果沒有它的話，誰會知道我的腿那麼短……）

程度副詞的用法當中，以修飾「形容詞、形容動詞」佔的比例最大

④修飾名詞用的程度副詞，可以把該名詞的範圍縮小，使聽話者更具體瞭解。
ちょっと右(みぎ)（再稍微向右一點）
もっと遠方(えんぽう)（再稍微遠一點的地方）
ずっと昔(むかし)（很久很久以前）
やや西(にし)（稍西邊一點）

（再過來這邊一點！）

（那小子不瞭解副詞的功用，所以才無法掌握範圍的程度大小）

有些單字原本並非副詞，例如「非常」原是名詞和形容動詞，透過連用形變化為「非常に」而成為副詞，另外「極める、至る」原是動詞，透過連用形接「て」變成「きわめて、いたって」之後，也成了副詞。可見，原有的副詞數量並不多，而由其他品詞轉成的副詞非常多。較常見的計有「動詞＋助詞（至って）」、「動詞＋動詞（とりわけ）」「動詞＋助動詞（思わず）」「副詞＋助詞（どうか）」「名詞＋助詞（先に）」「名詞＋名詞（時偶）」「名詞重疊（いろいろ）」「數詞重疊（いちいち）」……。

（歡迎、歡迎加入我們副詞的行列）

「非常」原是「名詞」「形容動詞」，「きわめる」原是「動詞」

8 限定敘述語氣的陳述副詞

這類副詞的影響力甚大，它可以要求句中擔任述語的文節，配合此副詞，**採取特定的陳述方式**。因此只要看到陳述副詞，後面會出現什麼「助動詞、接續助詞、終助詞」或何種慣用語？差不多八九不離十，心裡都有準備。

けっして そんなことはしません。

（絕對不做那種事）

まるで 本物（ほんもの）のようだ。

（簡直就像真品一樣）

もし間違(まちが)いだったら（萬一弄錯了的話……）

這種現象，在文法上稱爲「呼應關係」，只要句首出現某個陳述副詞，則在句尾（或複合句的句中）必然會出現與該副詞配對搭檔的助動詞，助詞，構成一種特定的語氣。

就像爬山者，喊「けっして」，而山谷回音「しません」一樣。

①這種有彼此連接成呼應關係的副詞，計有那些？

Ⓐ要求述語必須採**肯定**口氣的陳述副詞

かならず（一定、必定）
きっと（一定）
ぜひ（一定）
つまり（總之，就是）
もちろん（當然，不用說，正是）
まさに（眞的、的確）

…する
…ます
…です
…だ

彼はかならず行きます。（他一定會去）
つまり私は彼がきらいなのです。（總之，我不喜歡他）
もちろん私一人で来ます。（當然我會一個人來）
今日はきっと雨が降ります。（今天一定會下雨）
これはまさに一石二鳥だ。（這眞是一舉兩得）

Ⓑ要求述語必須採**否定**口氣的陳述副詞

けっして（絕對）
ちっとも（一點也）
少しも（一點也）
さらさら（絲毫也）
さっぱり（完全、根本）
どうしても（怎麼也）
とても（無論如何也）
つゆ（一點也）
なかなか（怎麼也）
とうてい（總是，怎麼也）
いっこう（一點也，全然）

……ない
……ません

どうしても分（わか）らない。（無論如何都不懂）

この映画（えいが）はいっこう面白（おもしろ）くない。

（這部電影一點也不好看）

この頃（ごろ）林さんにさっぱり会（あ）わない。

（最近完全沒碰見林先生）

これから決して嘘（うそ）を言（い）わない。（今後決不說謊）

ちっともやらない。（一點都不做）

日本語は少（すこ）しも話（はな）せません。

（日語一點也不會講）

戸（と）がなかなか開（あ）かない。（門怎麼也打不開）

ちっとも!!ん
0点
その先は言わなくともわかってます…

連一題也…對方即使不說下去，我也知道他要說什麼

Ⓒ要求述語必須採用**禁止**口氣的陳述副詞

けっして（絶對）……な・……ならない・……いけない
仮にも（千萬）……なりません・……いけません

危ない所へ決して行ってはなりません。
（決不可去危險處）
この間違いを決して繰り返してはいけない。
（這錯誤決不可再犯）
けっしてそんなことをするな。
（絕對別做那種事）
仮にもそんなことを思い立ってはならない。
（千萬別起那種念頭）

Ⓓ要求述語必須採用**比喩**口氣的陳述副詞

さも（彷彿、好像）……ようだ
まるで（簡直、恰像）……ようです
ちょうど（正如、正像）……そうだ
あたかも（恰似）……そうです

彼はまるで子供のようなことをする。
（他的行爲簡直像孩子）
彼らはあたかも古い友達のように話している。
（他們彼此好像老朋友似地交談著）
桜が散ってちょうど雪のようだ。
（櫻花飄落正如下雪一般）
このお菓子はさもおいしそうです。
（這糖果好像很好吃的樣子）

Ⓔ要求述語必須採用**希望**、**拜託**、**邀請**口氣的陳述副詞

ぜひ（務必，一定）
どうぞ（請）
どうか（請）

…たい
…なさい
…てください
…お願いします
…てほしい
…お（ご）…下さい

ぜひ遊(あそ)びに来(き)て下さい。（請一定來玩吧）
どうぞご安心(あんしん)下さい。（請您放心）
どうかよろしくお願(ねが)いします。（請多關照）

Ⓕ要求述語必須採用**疑問或反問**口氣的陳述副詞

なぜ（爲什麼）
どうして（爲什麼）
はたして（果眞）
いったい（究竟）

…か
…の
…のか

なぜ泣(な)いているか。（爲什麼哭呢？）
どうして来(こ)ないの。（爲什麼不來呢？）
果(は)たして本当(ほんとう)だろうか。（難道會是眞的嗎？）
一体(いったい)君は英語が話(はな)せるのかね。
（你究竟會不會講英文？）

Ⓖ要求述語必須採用**推量**口氣的陳述副詞

恐(おそ)らく（恐怕、也許）
さぞ（想必、諒必）
さだめし（一定、想必）
おおかた（大概）
多分(たぶん)（大概、或許）

…だろう
…でしょう

彼等は定(さだ)めし苦労(くろう)したことだろう。
（他們一定辛苦了吧）
さぞ痛(いた)かったでしょう。（想必很痛吧）

林さんは恐らく来ないだろう。
（林先生恐怕不會來吧）
彼は多分来ないでしょう。
（他大概不來吧）

Ⓗ要求述語必須採用**否定推量**口氣的陳述副詞

おそらく（恐怕）	…まい
まさか（難道）	…ないだろう

まさか本当じゃあるまい。
（難道會是眞的嗎？）
おそらく彼は君に会いますまい。
（他恐怕不會見你吧）
まさかあんなことを言わないだろう。
（決不會說那種話）
（難道會說那種話）（怎麼可能會說那種話）

Ⓘ要求述語必須採用**假設**口氣的陳述副詞

若し（假如，若是）	…ば
万一（萬一）	…たら
仮に（即使）	…ても
たとえ（縱令，即使）	…とも

仮に君が失敗しても、失望してはいけない。
（即使你失敗了，也別失望）
たとえ人が笑っても構わない。
（即使人家取笑也不在乎）
もし明日雨が降れば、僕は家にいます。
（如果明天下雨的話，我要留在家裏）
万一そんなことが起こったらどうしよう。
（萬一發生那樣的事，我該怎麼辦）
万一失敗したらどうしよう。
（萬一失敗的話怎麼辦？）

（對於那對情侶，我認爲應該採用懷疑的述語口氣才公平！）

（我贊成！我要求採用假設語氣。）

②和句尾用詞有呼應關係的陳述副詞整理

上述九種陳述副詞若再濃縮可分爲下面兩大類，陳述副詞的重要性遠超過狀態和程度副詞，因爲它和句尾的語氣配合相當緊密，有些慣用語辭典甚至把它們也歸類進去，例如「なかなか…ない」。

斬釘截鐵的口氣
- 肯定：かならず・ぜひ・きっと・まさに・つもり・もちろん
- 否定：けっして・ちっとも・なかなか
- 禁止：けっして・かりにも
- 比喩：さも・まるで・あたかも
- 邀請：ぜひ・どうぞ・どうか

懷疑假設的口氣
- 假設：もし・まんいち・かりに・たとえ
- 推量：おそらく・さぞ・たぶん
- 否定推量：おそらく・まさか
- 疑問（反問）：なぜ・どうして

十三、何謂助動詞？

1 助動詞是什麼？

日文的附屬語只有兩種，其中「助詞」不會活用，另一群有活用的附屬語便是「助動詞」。其**最大用途是接在動詞、形容詞、形容動詞的後面**，來添增、補充動詞、形容詞、形容動詞的意思，或表達說話者、作者的意志、判斷，使人類語言更加生動活潑，複雜。

(1) 助動詞本身也有活用

れる

咬まれ—ない（不被咬）（未然形）
咬まれ—ます（被咬）（連用形）
咬まれる。（被咬）（終止形）
咬まれる—とき（被咬時）（連體形）
咬まれれ—ば（如果被咬）（假定形）
咬まれろ（被咬吧！）（命令形）

そうだ

楽しそうだろ—う（似乎很高興吧）（未然形）
楽しそうだっ—た（當時似乎很高興）（連用形）
楽しそうで（似乎很高興，而～）（連用形）
楽しそうに（似乎很高興地）（連用形）
楽しそうだ（似乎很高興）（終止形）
楽しそうな—とき（似乎很高興的時候）（連體形）
楽しそうなら—ば（如果似乎很高興的話）（假定形）

(2) 助動詞可添增句子的生動並表達判斷

先生（せんせい）が来（こ）られる。（老師蒞臨）
夜明（よあ）け前に、花が咲くらしい。
（花似乎在黎明之前開）
景色（けしき）は美しかった。（景色眞美啊！）

秋の風は涼しいようだ。（秋風好像很涼爽）
今日の波は静かです。（今天的浪很平靜）
それはたいへんだろう。（那大概很嚴重吧）

我們無法想像，一個句子如果沒有助動詞的話，人類彼此的溝通會是多麼地平淡無味。

助動詞可以引導句子到各種方向
過去
助動詞
斷定
推量

(3) 助動詞可由三種不同角度來分類

助動詞的分類法最常見的有下列三種。利用助動詞的分類，可使助動詞的學習更有效率。

①由意義來分

根據每個助動詞能添增位於它前面的「動詞、形容詞、形容動詞、名詞」何種意思來分，大致可分成十七種。這也是一般文法書最常用的分類法。

②由接續規則來分

哪些助動詞可接在體言（名詞）下面？哪些助動詞可以接在用言的第幾活用形（未然形、連用形、終止形、連體形）的下面？

③由助動詞本身的活用規則來分

助動詞本身又會因後面接的「助動詞、助詞、體言」的不同而產生語尾變化，其變化規則大都模仿「動詞、形容詞、形容動詞」，分別有「動詞型助動詞」「形容詞型助動詞」「形容動詞型助動詞」。

另外一些則屬「特殊變化型」和「不變化型」

助動詞。

（這個嘛！要用哪一種方式來歸類整理才好呢？）

さあてどれで整理しようかな
活用形
接続規則
意義
助動詞

用言　體言

（接續規則）

↓

助動詞　（意義）

（活用規則）

↓

助詞　助動詞　體言

（聊天時間）

◎助動詞當中，有少數幾個助動詞不會活用，例如「う」「よう」「まい」就從來不曾改變它們的形狀過。

間違(まちが)ったことは言(い)うまい。（不要說不正確的事）

明日(あした)、そこに行(い)こう。（明天去那裏吧！）

世の中にはかわったものもいる

天下的事情總是有例外的。助動詞雖然號稱「助」「動詞」，事實上，它也「助」「形容詞、形容動詞」，甚至「助」「名詞」，但取名字，還是用「助動詞」代表。因為「助」「動詞」的機會最多。

◎助動詞當中，肯定助動詞最特殊，它不但不幫助「動詞」，反而幫助「名詞」，動詞要接它，中間還得用形式名詞「の」「もの」「こと」隔開才能接。

あの山(やま)が富士山(ふじさん)だ。（那座山是富士山）

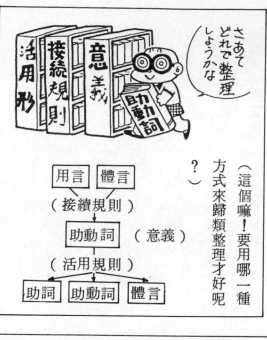

サクラはバラ科の花(はな)です。
（櫻花是玫瑰科的花）
この字(じ)はこう書(か)くのだ。
（這個字是這樣寫的）
とても偉(えら)いのだ。（眞是了不起）

2 由助動詞本身的意義來分，助動詞有幾種？

首先介紹按每個助動詞所能給它所幫助的「用言」「體言」添增的意義來分，共計可分爲十七種。

由意義來分，助動詞可分爲十七種。但各文法書搜集範圍及計算方法不一致，例如肯定助動詞「だ、です、である」究竟要算一個還是三個。「尊敬，被動，可能，自發助動詞れる（られる）」究竟要算四個或二個，有些文法書，連「みたいだ、ふうだ、べきだ、べし」也列入……總之，十七個是其中最重要的助動詞

(1) 被動助動詞

表示句中的主語並非眞正的主語，而是接受外來動作或作用的受詞。其原理和英文的主動句改被動詞極相似，「be + p.p」就相當於「動詞未然形＋（ら）れる」。「れる・られる」就是「被動助動詞」。

被動助動詞的用法如下，它只能接在動詞後面：

Ⓐ 子供(こども)が虫(むし)に咬(か)まれる。（小孩被蟲咬）

虫が子供を咬(か)む。（蟲咬小孩）

Ⓑ 女の子が先生に褒められる。

（女生被老師誇獎）

先生が 女の子を 褒める。

（老師誇獎女生）

主動	先生が
←	⬅
被動	先生に

① **被動助動詞的特徵**

被動助動詞有兩種不同形狀，即「れる」「られる」

未然形にくっついていなければ、受け身の助動詞ではない

被動助動詞一定要接在動詞的未然形後面，換言之，如果不是接在未然形後面，即使長得像「れる」或「られる」也不是被動助動詞

未然形
咬む—咬ま—ない
← 咬まれる

未然形
褒める—褒め—ない
← 褒められる

② **被動助動詞的用法規則**

五段動詞 ＋ れる

先生に呼ばれる。（被老師叫）……呼ぶ

兄に殴られる。（被哥哥揍）……殴る

上一段・下一段動詞
か行變格動詞 ＋ られる

泥棒が警察に捕えられる。（小偷被警察捉）

学生が先生に日本語を教えられる。

（學生被老師教日語）

忙しいところへ人に来られる。

（正忙的時候，來了客人）

其他如：閉じられる（被關）、乗せられる（被騙）

食べられる（被吃）、見られる（被看）

ぼくたちはこっちだ
ぼくたちはこっちだね
上一段
カ行
五段
活用

我們玩這堆
你們玩那堆
各取所需
不准搞錯

さ行變格動詞 ＋ れる

電灯はエジソンに発明される。

（電燈由愛迪生發明）

彼はみんなに愛される。（他被衆人所愛）

三つの部分で構成される。

（由三個部份所構成）

さ+れる

する的未然形有三種
し—ない
せ—ぬ
さ—れる・せる

但，「信ずる」「命ずる」「発する」等例外，後面接「られる」。

（**高級文法**）

有些動詞永遠不採用被動態，需特別注意。例如表示存在的「ある」以及表示能力，狀態的「見える」「聞こえる」「似合う」都不允許在後面接「れる」或「られる」。與其說「不」採用，還不如說「不能」採用爲妥。

③「**れる**」「**られる**」本身的活用形呈何模樣？

れる

呼(よ)ば

れ・ない	（不被叫）	未然形
れ・ます	（被叫）	連用形
れる。	（被叫）	終止形
れる・とき	（被叫的時候）	連體形
れれ・ば	（若被叫的話）	假定形
れろ・（れよ）	（被叫吧）	命令形

請比較第158頁，下一段動詞中的「溶ける」「食べる」二例，可以發現「れる」的活用規則完全和下一段動詞一樣。

られる

乗(の)せ

られ・ない	（不受騙）	未然形
られ・ます	（受騙）	連用形
られる。	（受騙）	終止形
られる・とき	（受騙時）	連體形
られれ・ば	（若受騙的話）	假定形
られろ・（られよ）	（受騙吧）	命令形

被動助動詞「れる」「られる」叫做「下一段動詞型助動詞」。因其語尾形狀完全符合下一段動詞的規格，也因此它的活用規則完全模仿下一段動詞，例如：忘れる。

④句中常有其他單字易與「れる、られる」魚目混珠，區別要領爲何？

Ⓐライオンは「動物の王様」と言われています。（獅子一般被稱爲「動物之王」）

Ⓑ「協力してくれる。」と言いました。（說道：「請大家同心協力」）

Ⓒおじさんは、綺麗な洋服を買ってくれました。（叔叔買漂亮的西裝給我）

Ⓓお客がチップをくれるからね。（因爲客人給我小費的呀！）

Ⓔ力太郎の強さが、繰返し強調される。（力太郎的強大反覆地被強調）

Ⓕいたる所、森に覆われている。（所到之處，盡是一片森林）

Ⓖお菓子を食べられてしまった。（我的點心被人吃掉了）

Ⓗ自分の心臓を覗き込まれたような気がした。（總覺得好像被人看透自己的心）

上面各例句中，只有ⒶⒺⒻ三句才是「被動助動詞」。ⒷⒸⒹ都是授受動詞「くれる」，而ⒼⒽ則是下面要提到的「可能助動詞」。因此光是靠動詞的未然形＋「れる」或「られる」還是不夠。

(2)可能助動詞

能夠表示某種動作或作用，「可以、有能力、會」實現的助動詞，稱爲可能助動詞。

どんなものでも食べられる。（不管什麼東西都可以吃）

（不管什麼東西都）（不要緊！）動詞「食べる（吃）」的後面接可能助動詞「られる（可以）」，等於「食べられる（可以吃）」。

①可能助動詞有幾種？

和「被動助動詞」的外觀，接續規則，活用法完全一樣的「可能助動詞」當然也是只有「れる」和「られる」兩種而已。

②可能助動詞的用法有何限制？

一般而言，可能助動詞只能接在五段動詞以外的其他動詞的未然形下面。

二つ(ふた)部分(ぶぶん)に分(わ)けられる。（可以分成兩個部份）

すぐ覚(おぼ)えられる。（可以立刻學會）

考(かんが)えられない。（不能思考）

何時でも行かれます（我隨時都可以上陣）

あまり使いたくないなあ…（但我實在不太想用你？…）

「行く」是五段動詞，雖然用「行かれる」表示「可以去」並不算錯，但日本人却很少這麼用。

（**高級文法**）

用「見れる」「来れる」「寝れる」來表示「可看見」「可以來」「可以睡」的用法，最近在日本漸漸開始有人採用。文法雖錯，但大家都錯就是對。

它原本的表現方式是「見られる」「来られる」「寝られる」，經過省略縮水而來。

③可能助動詞「れる」「られる」的活用形呈何形狀？

出	れ・ない	（不能出去）	未然形
	れ・ます	（可以出去）	連用形
	れる。	（可以出去）	終止形
	れる・とき	（可以出去時）	連體形
	れれ・ば	（可以出去的話）	假定形

考え	られ・ない	（無法思考）	未然形
	られ・ます	（可以考慮）	連用形
	られる。	（可以考慮）	終止形
	られる・とき	（可以考慮的時候）	連體形
	られれ・ば	（可以考慮的話）	假定形

④在句中，可能助動詞的用例

Ⓐお金に換えられない。
（不能變換成現金）

Ⓑ回りから見られるようになっていた。
（已經可以從四周看到）

Ⓒ指先に声帯の振動が感じられるでしょう。
（在手指的前端大概可以感覺到聲帶的振動吧）

Ⓓ何が楽しみで生きて行かれますか。
（怎麼可能靠興趣一直生存下去呢？）

Ⓔそんな星まで見られますか。
（甚至連那麼遠的星星都可以看得到嗎?）
Ⓕ朝六時には、起きられないでしょう。
（早上六點大概無法起床吧）

像Ⓓ句，表示不可能的事常常用「か」做終助詞。

同時請特別注意「行かれますか」是由「行か」「れ」「ます」「か」組成，包括了「動詞」「助動詞」「助動詞」「助動」的連接邏輯。

(3) 自發助動詞

動作的主人，即使原來根本沒有打算刻意去做某件事，但結果却很自然，情不自禁地去做了，表達這種「情不自禁」的感覺，就會用到自發助動詞。

友の顔が思い出される。
（不由得想起朋友的臉孔）
母のことが案じられる。
（情不自禁地掛念起母親）

① 自發助動詞有幾種?

哇!我還是一樣，兩個耳朵恰恰好，「れる」「られる」兩相好

② 使用自發助動詞時，應注意事項。

在此「自發」這兩個字，並非指「任何動作沒有被人強迫，沒有被施加外力，就自己發生」，換言之，並非所有動詞接自發助動詞就有意義，究竟有無自發的意思，完全決定於它上面所接的動詞是否屬於下列帶有內心活動，感情、感覺意思的動詞而定。

> 思う（想）　聞く（聽）　思い出す（聯想）
> 偲ぶ（懷念・思慕）　感ずる（感動、感覺）
> 忘れる（忘記）　想像する（想像）

反過來說，上述這些動詞接「れる・られる」，八成都有自發（情不自禁）的味道。

色々と考えられる。（不覺想了很多）

昔が偲ばれる。（不由得緬懷往日）

③自發助動詞「れる」「られる」的活用形規則如何

思わ—れ—ない（故意不去想）　未然形
　　—れ—ます（總會想）　連用形
　　—れる。（不由地想）　終止形
　　—れる—とき（情不自禁想的時候）　連體形
　　—れれ—ば（如果無法克制想的話）　假定形

其實，自發助動詞除了終止形以外，很少用到其他活用形。多半以句尾的形態出現。例如：

〜と思われる。（總覺得〜）

〜と考えられる。（總認爲〜）

④自發助動詞的使用實例

Ⓐ難しいことだろうと思われます。
（總覺得是件很困難的事情吧）

Ⓑ昔馴染のように思われました。
（總覺得像是老朋友似地）

Ⓒ美しさが感じられてくるだろう。
（美麗大概會自然而然地感覺出來吧）

Ⓓ間違いないと考えられる。
（總覺得沒有錯）

Ⓔ色々なことが思い出される。
（不知不覺地想起種種事情來）

Ⓕ彼女が如何に美人であったかが十分に想像される。（總是情不自禁地盡力想像她是個絕代美女）

（嗯！我總覺得這一球一定是觸身球！）

日本人凡是表示「不由得」「不知不覺」「情不自禁」「總覺得」這類感覺時必然會用到自發助動詞。

(4) 尊敬的助動詞

表示尊敬對方（動作的主語）動作的助動詞。

お客さんが来られる。（客人光臨）

先生が疑われる。（老師不相信）

尊敬助動詞就用在你所想要尊敬的對象之動詞後面。

① 尊敬助動詞的種類

（我想尊敬您，但是只有兩件禮物而已……）

（嗯！這樣子就很夠了。）

尊敬助動詞—れる・られる兩種

② 尊敬助動詞的使用方法如何？

接在動詞（未然形）的後面

未然形

話す → 話さ—ない ← 話される

先生は、何時もにこにこして話されます。

（老師總是微笑地告訴我們）

先生は、よくわかるように授業(じゅぎょう)をされます。
（老師講授課程讓我們充分了解）

☆文法學者研究結果，認爲原本是「被動」意思的「れる」「られる」之所以會轉變爲「尊敬」。乃是由接受他人動作的這層意義上，對於長輩或長官能夠爲我們做此動作，表示很感謝地接受心意，而發展出來的。

但後來逐漸普及到對長輩任何動作的尊敬，不管該動作是否爲我而做。

見(み)られますか。（您要看嗎？）

行(い)かれますか。（您要去嗎？）

③尊敬助動詞「れる」「られる」的活用規則

尊敬助動詞的活用規則，其實和「被動、可能、自發」都完全沒有兩樣，不同之處在於它的「意義」。

れる

話(はな)さ

れ—ない	（不說）	未然形
れ—ます	（說）	連用形
れる。	（說）	終止形
れる—とき	（說的時候）	連體形
れれ—ば	（若說，則～）	假定形
（れよ）		

られる

来(こ)

られ—ない	（不光臨）	未然形
られ—ます	（光臨）	連用形
られる。	（光臨）	終止形
られる—とき	（光臨的時候）	連體形
られれ—ば	（若光臨則～）	假定形
（られよ）		

同じ助動詞だけど活用のしかたがね…
自発
可能
尊敬
受身

我們四種助動詞雖然意思互不相同，但都同屬下一段動詞型助動詞，故活用規則都一致。而且上面都一律接動詞的未然形

④在句中如何使用

由於尊敬助動詞的用法相當簡單，因此經常被用於日常生活中當尊敬語。

例如：對客人說

○「見(み)られますか。」（您要看嗎？）
○「行(い)かれますか。」（您要去嗎？）
○「歌(うた)われますか。」（您要唱嗎？）
○「食(た)べられますか。」（您要吃嗎？）
○「試(ため)されますか。」（您要試一試嗎？）
○「あなたも知っておられるのではありませんか。」（您不是也已經知道了嗎？）

因爲尊敬助動詞「れる、られる」是連接在表示所要尊敬對象的動作之動詞後面，故可與其他「被動、可能、自發」助動詞區分清楚。

尊敬の助動詞「れる・られる」はうやまう相手の動作を表す動詞についているので他の「れる・られる」と区別できるのだ

(5) 使役助動詞

表示「叫、命令、讓、允許、使」某人去做某件事所用的助動詞，叫做「使役助動詞」。

早期，當還沒有發展出使役助動詞之前，要表示促使某件動作實現，多半是採（咲く→咲かす・

読む→読ます）的方式，但語尾用「す」，如果將來要改爲否定形，就會有「咲かさない」連續兩個「あ」音，音韻學上不理想，因此，才另外發展出「せる」「させる」這種形式的使役助動詞。

本を読ます。→本を読ませる。（叫…讀書）

人を怒らす。→人を怒らせる。（使…發怒）

ノートを出さす。→ノートを出させる。（叫…交筆記）

只要在動詞的後面連接「せる」「させる」，就會產生「讓」「使」「叫」「令」的意思。驚く（驚嚇）驚かせる（使…驚嚇）

① **使役助動詞共有幾種**

せる　させる　しめる三種

水を飲ませる。（讓…喝水）

エサを食べさせる。（讓…吃餌）

花を咲かしめる。（使花開）

② **使役助動詞如何使用？**

使役句中必須有被使役的對象（被動者）和發出命令的使役者（主動者）。

母親が子供にピアノを習わせる。

（母親叫孩子學習鋼琴）

父は私に行かせる。（父親讓我去）

父は私を行かせる。（父親令我去）

前者相當於「let」，雖然是「我」要去，但須要經過「父」的允許。後者相當於「make」，我不一定想去，但「父」命令我去。

使役者（母親）～させる叫（小孩）學習，被使役者（小孩）～させられる被（母親）強迫學習

如果是小孩自己主動練習鋼琴，應改為 **子供が** ピアノを習う。（孩子學鋼琴）

③ **使役助動詞「せる」「させる」「しめる」的活用規則如何？**

せる ……接在五段、サ變動詞的未然形下面。

読む ← 読ま

- せ—ない（不逼…讀） 未然形
- せ—ます（叫…讀） 連用形
- せる。（叫…讀） 終止形
- せる—とき（命令…讀的時候）連體形
- せれ—ば（若叫…讀的話）假定形
- せろ（せよ）（快叫…讀） 命令形

させる ……接在上一段、下一段、カ變動詞的未然形下面

食べる ← 食べ

- させ—ない（不叫…吃）
- させ—ます（叫…吃）
- させる。（叫…吃）
- させる—とき（叫…吃的時候）
- させれ—ば（若叫…吃的話）
- させろ（させよ）（快叫…吃）

しめる

……主要用於文章中，會話中很罕見。接在所有動詞的未然形下

習う
←
習わ
・しめ・・ない（不逼…學習）
・しめ・ます（叫…學習）
・しめる。（叫…學習）
・しめる・とき（叫…學習時）
・しめれ・ば（如果叫…學的話）
・しめろ（しめよ）（快叫…學習）

（你們兩個只能夠接在動詞未然形下面！）

（是的！遵命）

しめる是古代流下來的說法，因此現代較罕見

④在句中，使役助動詞的例句辨認法

Ⓐ彼は自分に言い聞かせた。
（他對自己自言自語）

Ⓑ子供に大金を持たせるな。
（不要讓小孩帶很多錢）

Ⓒ家来に言い付けて取りに行かせる。
（命令僕人去拿）

ⒶⒷ二句中的「せる」都不是使役助動詞，而是動詞原有的語尾。換言之，能夠在辭典上直接查到的「言い聞かせる」「持たせる」，縱使它有使

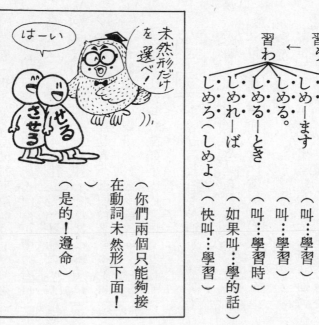

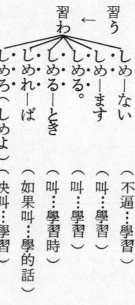

役的內容，也不能算是使役助動詞。

使役正好是被動的相反，使役句中的主語是「主動者」，而被動句中的主語是「被動者」，反過來說，被動句中的主動者用「先生に」「虫に」表示，而使役句中的被動者（被使役者）也是用「子供に」「家来に」表示，很容易弄混。

被動的使役句寫法如下：

させる →させられる（被迫～，被叫～）

毎日先生に宿題をさせられる

（每天被老師強迫寫作業）

(6) 否定助動詞

否定就是「不」，用來添加「不」的助動詞，就叫否定助動詞。

どこに行くのか分からない。（不知道去哪裏）

そんなことは知らん。（不知道那種事）

日文橡皮擦叫「消しゴム」，而「否定」日文叫「打ち消す」（把你擦掉，不算！）（哇，媽呀！帶有「ない」記號的橡皮擦好厲害）

「ない」必須接在動詞的未然形下面。

話さ—ない（不說）

落ち—ない（不掉）

溶け—ない（不溶）

こ—ない（不來）

し—ない（不做）

請特別注意，只有接在動詞後面的「ない」才是「否定助動詞」，其他接在「形容詞、形容動詞

」及「肯定助動詞だ」後面的「ない」，都應該視為形容詞的「ない」，或叫「補助形容詞」的「ない」。

補助形容詞的「ない」上面可以插入助詞「は」「も」。

美しくない → 美しく（は）ない。

静かでない → 静かで（は）ない。

接在動詞後面的否定助動詞「ない」上面絕對不能插入「は・も」。

話さ—ない → 話さ⊗ない

不行就是不行，哭也沒用。

食べない（○）

食べはない（×）

① **否定助動詞有幾種？**

ない　ぬ（ん）兩種

其中「ない」的活用模仿形容詞，比較單純，但「ぬ」的活用不規則，稍嫌麻煩，需特別注意。

② **否定助動詞用法如何？**

○**表示否定**

答が出せない。（無法回答）

学校には行かない。（不去上學）

○**表示義務**（雙重否定）

行かなければならない。（不去的話不行）

③ **否定助動詞的活用規則如何？**

ない ……和形容詞的活用規則相似。

呼ば—

なかろ—う	（大概不叫吧）	未然形
なかっ—た	（沒有叫）	連用形
なく—なる	（變得不叫）	連用形
ない。	（不叫）	終止形
ない—とき	（不叫的時候）	連體形
なけれ—ば	（如果不叫的話）	假定形

ぬ……不規則（特殊）型變化

勉強せ
・ず・（不用功而且～）連用形
・ぬ。（不用功）終止形
・ぬ－とき（不用功的時候）連體形
・ね－ば（不用功的話）假定形

ん

沒有活用

最常見就是在「ます＋ぬ」時，把「ませぬ」的音轉訛成「ません」。不然就是在「五段動詞＋ぬ」時，轉音爲「五段動詞＋ん」，如「行かぬ」→「行かん」。

④在句中否定助動詞的使用實例

Ⓐ起（お）きない子は無理（むり）に起（お）こすな。

（別強迫叫不起床的小孩起床）

Ⓑ速（はや）く話（はな）さないのがよいのです。

（不要講得太快就可以了）

Ⓒどうして、丁寧（ていねい）に書（か）かないのだ。

（爲什麼不小心謹愼地寫呢）

Ⓓぼくには、理解出来（りかいでき）ない。

（對我而言，無法了解）

Ⓔ勉強（べんきょう）しないのはよくない。

（不用功不好）

※特殊用法

とんでもない。

（出乎意外，不可挽救，哪裡的話）

なくてはならない人です。

（是位不可或缺的人）

這些「ない」已經變成一個連語，外表上看起來似乎已經沒有否定的「ない」之含義，但多少還是有關連的。

(7) 推量助動詞

凡是用來表示「對於自己不清楚的事物之推測，或是對於過去和未來的事，因自己的無知或不在現場，而做各種想像，都可使用「推量助動詞」。

わたしと「推量の助動詞」くんとは大の仲良しなんです
人相・手

相士道：（我和這位推量助動詞仁兄的關係最密切了。）因爲我雖然號稱半仙，鐵口直斷，但其實我大都是根據對方的衣着、談吐、氣色，來推測答案，經驗豐富嘛，自然就不會與事實太離譜了，對不對？

明日は晴れるだろう。（明天大概會放晴吧）

明日は台風が来るだろう。（明天颱風可能會來吧）

あの建物は、山小屋らしい。（那棟房屋像是山中小木屋）

それは苦しかろう。（那大概很苦吧）

間もなくやって来よう。（大概不久就會來吧）

① 推量助動詞有幾種？

う　よう　らしい　だろう　まい　そうだ

② 推量助動詞的用法

だろう

で＋ある（あろ）＋う＝だろう

是由格助詞「で」、動詞「ある」的未然形、推量助動詞「う」三者組合而成，可以稱爲「複合助動詞」。通常都用在句尾。

今夜は冷え込むだろう。（今晚氣溫大概會驟降吧）

う　**よう**　這兩個助動詞常被用來做爲推量助動詞的代表例。

（討厭）恋人と思われよう

＝

恋人と思われるかも知れないわ

（也許被認爲是情人吧）

③推量助動詞的活用規則如何？

以「う・よう・だろう」爲例。

う

接在五段動詞、形容詞、形容動詞的未然形下面，但「う」自己本身語尾沒有活用。特別注意的是，五段動詞的未然形有兩種：

書か—ない（不寫）…未然形（否定）

書こ—う（寫吧）…未然形（推量）

咲く → 咲こ—う（動詞）

美しい → 美しかろ—う（形容詞）

静かだ → 静かだろ—う（形容動詞）

よう

接在五段動詞以外其他動詞的未然形下面，但「よう」自己本身不變化（無活用）

落ちる → 落ち—よう

溶ける → 溶け—よう

来る → こ—よう

する → し—よう

だろう

接在除了形容動詞外的用言活用形終止形下面。

読む → 読む—だろう

美しい → 美しい—だろう

哎唷…！你們三個的活用規則和接續規則怎麼都不一樣，眞傷腦筋。

④在句中有那些用法？

這三個推量助動詞一般都用於句尾做推量表現，但彼此用法上稍有差異。

- 單純的推測

そこなら静(しず)かだろう。
（那邊的話，大概很安靜吧）
鮮(あざや)かに読(よ)みとれるだろう。
（大概能清楚地讀懂吧）

あの人は昨日(きのう)七時から十二時まで働(はたら)いていただろう。
（他昨天七點到十二點都一直在工作吧）

- 對於演變趨勢的推測表現

これなら成功(せいこう)しそうだ。
（若是這樣，看來可能會成功）
今夜(こんや)は晴(は)れそうだ。
（看樣子今晚可能會放晴）

- 做爲文章體的表現（非口語）

今夜(こんや)は天気(てんき)が悪(わる)かろう。
（今晚天氣大概將會變壞）
景気(けいき)も来年(らいねん)には好転(こうてん)しよう。
（景氣明年大概也會好轉吧）
君が言(い)えば、誰(だれ)も反対(はんたい)しまい。
（如果你說，大概沒有人會反對吧）

(8)意志助動詞

表示有決心要實行或實現某種動作，所用的助動詞，叫意志助動詞。

ぼくが行こう。（我要去）

私は、なるべく食べよう。（我要儘量地吃）

私は、二度と山には登るまい。

（我決心不再爬山）

（嗚嗯，我決心不再拿鴨蛋！）

（一定要用功！）

※「のだ」可譯爲「就是，正是，就會，才，一定，都」，日文最不易理解的就是這種慣用片語。

雖然「う」「よう」「まい」和前面的「推量助動詞」字形完全相同，但裏頭增添了說話者或作者本身的意志在內，故稱爲「意志助動詞」。兩者的區別有如英文的「I shall」和「I will」，前者代表推量（我將…）後者代表意志（我決心要……）

① 意志助動詞的種類有那些？

う　よう　まい　三種

② 意志助動詞和推量助動詞如何區別？

利用句中是否「以第一人稱做主語」，以及是否「存在有積極的意志」這兩點來判斷。

（私が）君に送ろう。（我送給你吧）

（私は）君を信じよう。（我決定相信你）

（哇…好可怕的意志力呀！）

（我決心要考取東大）

（是誰說要以考取東大為目標的？）
（就是我本人！）
意志助動詞的句子主詞一定是第一人稱

另一種更簡便的區別要領，就是在句子上面加上「ようし」這個日本人通常用來表示決心的口頭禪，有「好吧！就這麼決定了，絕不反悔」的意思。解釋得順，就是意志助動詞，否則，只是推量助動詞。

（ようし）君に送ろう。（好吧！決定送給你）

（ようし）君を信じよう。（好吧！決定相信你）

上面兩句加上「ようし」後，很自然，故表「意志」。

（ようし）それは苦しかろう。

（好吧！那大概很苦吧！）

（ようし）台風がやって来よう。

（好吧！颱風好像會來吧）

上面二句加上「ようし」格格不入，很彆扭，故表「推量」。

（好吧！我決定助你一臂之力）
（啊！你講「ようし」，那也是意志助動詞之一）

③「う・よう・まい」本身語尾無活用，因此不管在句中怎麼使用，都不會改變形狀。

Ⓐそうだ、自分（じぶん）で働（はたら）いて、お金（かね）をつくろう。（是的，我決心自己工作賺錢）

Ⓑぼく自身（じしん）、もっと強（つよ）くなろう。（我自己本身要變得更堅強）

Ⓒ正（ただ）しいことは、はっきりと主張（しゅちょう）するようにしよう。（我決心更堅定地努力主張正義）

Ⓓ戦争（せんそう）がすむまで、二人（ふたり）とも生（い）きていられたら、そのとき、このことはよく相談（そうだん）しよう。（到戰爭結束爲止，如果我們兩人都能繼續活著，到那時，再決定好好討論這件事吧）

Ⓔみんなで山（やま）に登（のぼ）ろう。（大家決定要爬山）

像「う・よう・まい」這種語形不變化的助動詞，算是助動詞中的特例，其他助動詞都有活用。

(9)希望助動詞

用來表達說話者希望某動作或狀態能夠實現，帶有祈求願望的助動詞，叫做希望助動詞。

Ⓐ冷（つめ）たい水（みず）を飲（の）みたい。（想喝冰水）

Ⓑ代表（だいひょう）に選（えら）ばれたい。（希望被選做代表）

Ⓒ人（ひと）は常（つね）に上品（じょうひん）でありたい。（人總是希望自己變得很高雅）

Ⓓ弟（おとうと）はすぐ遊（あそ）びたがる。（弟弟動不動就想玩）

Ⓔただ聞（き）きたがる人（ひと）には困（こま）ったものです（對於什麼事都想問的人，實在很傷腦筋）

①希望助動詞有那些種類？

たい

たがる

満天のお星様どうか願いをかなえて下さい
満天じゃないの2つだけ

（滿天的星星神仙們，請無論如何一定要答應我的願望）

（不是滿天星星，只有「たい、たがる」二個而已）

② 「**たい**」「**たがる**」**的用法如何？**

它們可以接在動詞和動詞型助動詞（れる・られる・せる・させる）的連用形下面。

連用形

行く→行き—ます

遠く（とお）へ行き—たい（想去遠處）

　　　　行き—たがる（希望去遠處）

連用形

れる→れ—ます

選（えら）ばれ—たい（想被選）

選（えら）ばれ—たがる（希望被選）

連用形だけなの悪いなー
られる
れる
連用号
未然号

對不起，想要接「たい」「たがる」只能搭我這輛連用號，眞對不起啊…即使像「れる」「られる」專門強迫它上面的動詞要改未然形，碰到我，它們也得改連用形。

③「たい・たがる」的活用規則如何？

たい

先生になりたい。（想當老師）

なり—
たかろ—う（大概想成爲～）
たかっ—た（曾經想成爲～）
たく—て（想成爲～，而～）
たい（想成爲～）
たい—とき（想成爲～的時候）
たけれ—ば（如果想成爲～的話～）

※在此例句中「先生になる」的「になる」三個字對於學習日文到某一程度的人，相信就不會老是想將「なる」解釋爲「變成」或「成爲」，而可靈活地用「是、能、當、就、已經、達到、更加」代替。

たがる

なり—
たがら—ない（不想成爲～）
たがろ—う（大概想成爲～）
たがり—ます（想成爲～）
たがっ—た（曾經想成爲～）
たがる。（想成爲～）
たがる—とき（想成爲～的時候）
たがれ—ば（如果想成爲～的話）

※「たがれば」非常罕用。

④在句中，「たい」「たがる」的使用實例

Ⓐ先生がお手隙（てすき）ならお会（あ）いしたいです。
（老師如果有空的話，想去拜訪老師）

Ⓑぼくは、どこか違（ちが）う所（ところ）に行（い）きたいんだよ。
（我眞想去任何沒去過的地方呀！）

Ⓒ早(はや)くよくなって走(はし)りたい。
（快點好起來，想跑步）

Ⓓ遊(あそ)びたければ、そうしなさい。
（如果想玩的話，請如此做）

Ⓔ海(うみ)へ行(い)きたがっている
（一直想去海邊）

「たい」如果接在「せる・させる」後面時，寫成：

遠(とお)くへ行(い)かしたい。（想叫他去遠處）
来(こ)さしたい。（想叫他來）

雖然看來怪怪的，但可算是文法上的習慣用法。當然也可以寫成標準的格式。

行かせたい。＝行かしたい。
来させたい。＝来さしたい。

⑽ 肯定（斷定）助動詞

表示判斷肯定的意思叫肯定助動詞。

これは、アブラナの双葉(ふたば)だ。
（這是十字花科植物剛出芽的嫩葉）

これは、ぼくの本(ほん)です。（這是我的書）

像上述，表示正確無誤「一定是，肯定是，絕對是」的判斷，就要使用「だ」「です」。

① 斷定助動詞有幾種？

だ（常體）
である（文章體）
です（敬體）
であります（演說體）
でございます（最敬體）

當你覺得充滿自信時，用「だ・です」一定沒錯。

② 「だ・です」的用法如何？

「だ・です」一定要接在體言（名詞）的後面。

ぼくは小学生だ。（我是小學生）
二足す三は五だ。（二加三是五）
日本で一番高い山は富士山です。
（日本最高的山是富士山）

如果「だ・です」的前面是活用語的話，請在活用語和「だ・です」之間插入準體言「の」，並將活用語改「連體形」。

すぐ行くのだ。（馬上就去）
正直に話すのです。（一定要老實說）

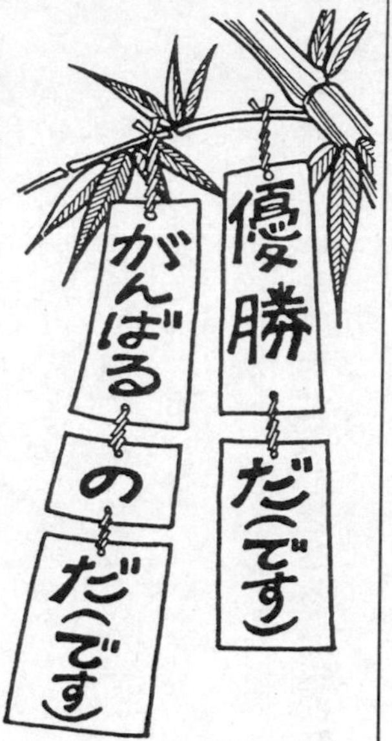

私は優勝だ。（我是優勝者）

私は頑張るのだ。（我一定要堅持到底）
肯定助動詞だ（です）上面只能接名詞，若想接「用言」，請記得一定要用「の」隔開。否則就犯了文法上嚴重的錯誤。

連接方法一不一樣，整個句子意思和發音就不同了。

③「だ・です」的活用規則如何？

「だ」的活用規則和形容動詞一樣，故稱爲「形容動詞型助動詞」。

但「です」是屬於不規則的「特殊型助動詞」。

在還沒有看它們的活用規則之前，請比較下列二句的微妙差異。

彼は先生だ。（他是老師）
彼は先生になる。（他當老師）

前者是描寫目前狀態，而後者是描寫過去狀態（不是老師）變成現在狀態。

だ

学生
- だろ・─ **う** 是學生吧
- だっ・─ **た** 曾經是學生
- で・─ **ある**（ない） 是（不是）學生
- だ。 是學生
- な・─ **のに**（ので） 明明（因爲）是學生，却（所以）…
- なら・─ **ば** 如果是學生的話
- 沒有命令形。

です

先生
- でしょ・─ **う** 是老師吧
- でし・─ **た** 曾經是老師
- です。 是老師
- です・─ **のに**（ので） 明明（因爲）是老師，却（所以）…

沒有假定形（若要用假定或命令形改用だ）

沒有命令形

④在句子中的用例

Ⓐこの単語が主語だ。（這個單字是主詞）

Ⓑそろそろ出発の時間だ。

（就要到出發的時間了）

Ⓒ誤魔化そうとするのがいけないのだ。

（想要掩飾是行不通的）

Ⓓ今年は、雨の多い梅雨でした。

（今年是雨量很多的梅雨季）

Ⓔ君を信用したのが、間違いなのです。

（相信了你，眞是大錯特錯）

☆「だ」放在句尾這種表現方式叫做「だ体」，它和文章體的「である体」兩者合稱「常體」。

「です」放在句尾的句子，稱爲「です體」，它和「ます體」兩者合稱爲「敬體」。

另外還有在衆人面前講話用的「であります體」

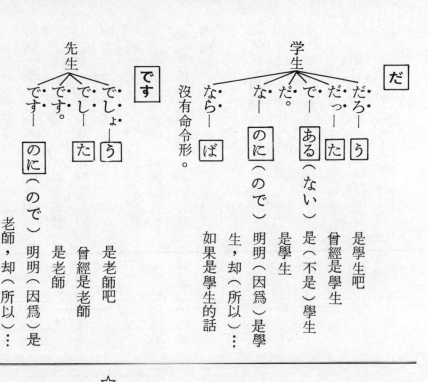

叫做「演說體」，以及日本公司總機小姐，百貨店店員，和修養十足的日本老女人，常用的「でございます體」，叫做最敬體。

這套日本人依場合不同，使用不同文體的「敬語」，後面詳述。

⑾傳聞助動詞、樣態助動詞

說話者把從別人處聽到的事情，或對於自己不太確定的事情，向別人說明時使用的助動詞，叫傳聞助動詞。

另外，用輕鬆平淡，不很正式穩重地描述事情的狀態或模樣時所用的助動詞，叫樣態助動詞。

明日は、雨が降るそうだ。（聽說明天會下雨）
林さんは先生だそうだ。
（聽說林先生是老師）……傳聞助動詞
明日は、雨が降りそうだ。
（明天好像會下雨）……樣態助動詞

---

①傳聞助動詞、樣態助動詞各有那些種類？

○傳聞助動詞—そうだ
○樣態助動詞—そうだ・ようだ・らしい

（晴天嗎？）
そうだ（是啊！）
（你那個「そうだ」到底是傳聞？還是樣態？）

②傳聞和樣態兩種助動詞都寫成「そうだ」，要如何區別最方便？

傳聞的「そうだ」上面接終止形
樣態的「そうだ」上面接連用形
晴れるそうだ → 傳聞助動詞
晴れそうだ → 樣態助動詞

③活用變化規則如何？

傳聞的 **そうだ** 變化較少，只有兩種。

そうで―ある	連用形
そうだ	終止形

樣態的 **そうだ** 採「形容動詞型」活用

そうだろ―う	看起來好像〜吧	未然形
そうだっ―た（たり）	已經（時而）好像要〜	連用形
そうで―ある	好像〜	連用形
そうに―なる	好像快要〜	連用形
そうだ	好像〜	終止形
そうな―とき	好像〜的時候	連體形
そうなら―ば	看起來〜的話	假定形

④傳聞、樣態助動詞在句中的實際用例

傳聞助動詞

○鉄索は、鉄のつなという意味だそうだ。
（聽說鐵索就是鐵纜的意思）

○来年は景気がよくなるそうだ。
（聽說明年景氣會好轉）

○そこにも雨が降ったそうだ。
（聽說那邊也下了雨）

樣態助動詞

○お金があまりなさそうだ。
（好像不太有錢的樣子）

○雪が来そうだ。（好像快下雪了）

○生活が苦しいようだ。（生活好像很苦）

○この先に村があるらしい。
（前面似乎有村莊）

そうだ
テストには「そうだ」の区別ができるかどうかを見るものが多いよ。君は できるよな！

考試中，經常會出題測驗我們是否能區別兩種「そうだ」，各位應該沒問題吧。

⑿過去助動詞，完成助動詞

用回憶的心情，想起已經過去的事情，或動作已經發生過了，結束了的事情，採用**過去助動詞**。

另外有一種情況，動作和作用不但已經結束了，但其結果仍然一直存留至今，甚至還會在今後繼續出現時，採用**完成助動詞**。

昔（むかし）、竹蜻蜓（たけとんぼ）を作（つく）ったことがあった。

（從前，曾經做過竹蜻蜓）……過去

会議（かいぎ）は今（いま）、終（おわ）った。

（會議現在全部結束了）……完成

すべては過去のことです
完了でもないのです

一切都已經成爲過去的事情了，但是並不意味一切都結束了

---

① 過去助動詞和完成助動詞有幾種？

全部只有一種 →た

② 「た」如何使用？

接在用言或助動詞的連用形下面。

話す → 話し―ます（連用形）

昨日、やっと話した（昨天總算說了）

だ→だっ―た（連用形）

難（むずか）しい試験（しけん）だった（眞是好難的測驗啊！）

ぼくは助動詞だよ
助詞とまちがわないでね！
た

（我可是助動詞呀！）（不要把我弄錯，誤以爲我是助詞）

③「た」的活用變化規則如何？

話す—話し　連用形

- たろ—う（說了吧）　未然形
- た。（說了）　終止形
- た—とき（說了的時候）　連體形
- たら—ば（說了的話～）　假定形

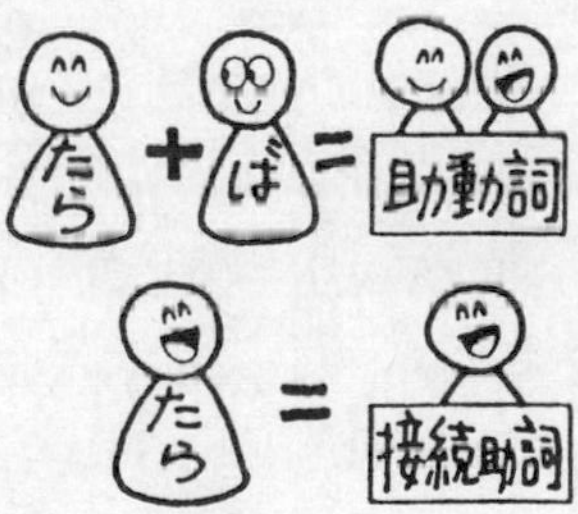
たら
ば
助動詞
たら
接続助詞

若是「たら＋ば」的話，たら是助動詞。但因爲「ば」經常省略，若光是「たら」的話，可把它當作接續助詞，與「と・ば・ては・なら」都有「若是～」，「～的時候」之意

④何謂「音便」？

當五段動詞的語尾是「う・く・ぐ・つ・ぬ・ぶ・む・る」，而且該動詞後面連接助動詞「た」或接續助詞「て、ては、ても、たり」時，爲了發音上的方便，把原本該採用「連用形」，語尾變成「い・き・ぎ・ち・に・び・み・り」的音，故意轉變爲「っ・い・い・っ・ん・ん・ん・っ」，同

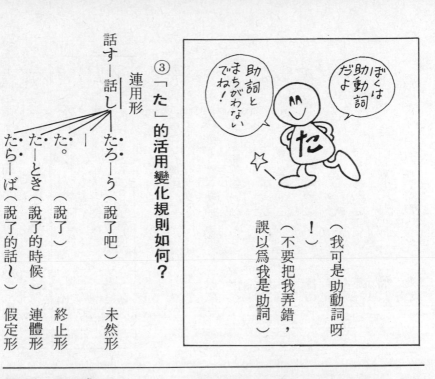

時，若語尾是「ぐ・ぬ・ぶ・む」，「て→で」，「た→だ」。

か・（が）……い音便		
わ・た・ら……促音便	＋	て（で） / た（だ）
（ま）・（ば）・（な）……撥音便		

→五段動詞語尾所屬的「行」

一般連用形	音便連用形	原形
書きます	書いた	書く
泳ぎます	泳いだ	泳ぐ
言います	言った	言う
持ちます	持った	持つ
作ります	作った	作る
読みます	読んだ	読む
飛びます	飛んだ	飛ぶ
死にます	死んだ	死ぬ

⑤在句中，「た」的使用實例

○テストで百点を取った（考試得了一百分）

○旅行先で出した手紙が、今朝着いた。（旅行之前寄出去的信，今天早上已經到了）

○酷い雨だったね。（眞是好大的雨呀！）

○桜の花が見事に咲いた。（櫻花已美麗地綻開了）

（高級文法）

十一時ごろに帰って、食事をした。（十一點左右回家，吃了飯）

這句話中的「て」有些人認爲是「た」的連用形，因此認爲「た」應該有連用形才對。但，事實上，「て」是接續助詞才對。

⒀表示比喻或舉例說明的助動詞，表示不確切肯定的助動詞

①爲了描述某件事物，怕別人無法瞭解，故意用另一個典型的事物來做連想描述，稱爲比喩助動詞。

君はまるで鬼のようだ。（你簡直像鬼一樣）

彼女の肌は白くて雪のようだ。

（她的肌膚白得像雪一樣）

②舉出具體實例來協助說明的助動詞，叫例示助動詞

先生のような立派な人になりなさい。

（要成爲一個像老師那麼卓越的人）

図のように二つに折りなさい。

（如圖所示地那樣折成兩段）

③表示理由或根據並非很充分，多少存著無法肯定，不敢斬釘截鐵下斷言的判斷，又稱爲不確實判斷助動詞。（主要用於句尾）

あの子は、寒がっているようだ。

（那個孩子似乎很怕冷的樣子）

顔色が悪いようだ。（臉色似乎很壞）

④「比喩、例示、不確實判斷」助動詞有幾種？

就只有　ようだ　一種

わあ 雪のように まっ白な ドレスね！
ホント 塩のように まっ白で あります
良い表現
悪い表現

合適的比喩：「哇！白得像雪般的禮服呀！」

不當的比喩：「我覺得白得實在像鹽巴」

⑤如何區分「ようだ」這個具有三種用法的助動詞？

Ⓐ比喩用的「ようだ」通常都會和「ちょうど（正像）」「まるで（簡直、恰像）」「いかにも（的確、實在）」這幾個副詞前後搭配呼應。因此，若在句子前面加上這些副詞，若覺通順，就是「比喩」的用法。

まるで夢の国にいるようだ。
（簡直像是活在夢幻之國一樣）

いかにも上級生のような態度だった。
（的確像個高年級學生的舉止）

Ⓑ例示的「ようだ」，只要在句前加上「例えば（譬如）（舉例而言）」，即可分曉。

（例えば）鯨のような形の雲だ。
（比如是朵像鯨魚那樣的雲）

Ⓒ表示不肯定判斷的ようだ，大都位於句尾。

お金がないようだ。（好像沒錢的樣子）

⑥「ようだ」的活用規則如何？

ようだ

下面「ようだ」的變化形之中，以「ような」和「ように」最重要。

雪のような肌（像雪一樣白的肌膚）

蝶のように舞う（像蝴蝶般地飛舞）

	・・・ようだろ—う（大概像雪一樣吧）	未然形
	・・・ようだっ—た（曾經像雪一樣）	連用形
	・・・ようで—ある（像雪一樣）	連用形
名詞＋の＋	・・・ように—用言（像雪那樣地～）	連用形
雪の	・・・ようだ（像雪一樣）	終止形
	・・・ような—とき（像雪般的時候）	連體形
	・・・ようなら—ば（如果像雪般的話）	假定形

（參考）

「ようだ」另有「樣態助動詞」的用法，通常它上面不是「名詞＋の」，而是「活用語連體形＋ようだ」

明日は晴れるようだ。（明天好像會放晴）

今晩大分寒いようだ。（今晚似乎會很冷）

私は風邪を引いたようだ。（我好像感冒了）

「ようだ」另有一種「向對方表示願望」的輕微命令用法，以「ように」放在句尾來表現。

二人でよく相談するように。

（希望兩人好好地商量）

「ようだ」另有一種表示「動作之目的」用法，一律以「ように」形態出現，「ように」上面代表「目的」，而下面代表「動作」。

風邪を引かないように注意する。

（小心不要感冒）

⒁鄭重助動詞

當說話者用很愼重的說話態度，向聽話者表示自己謙虛有禮的心情時所用的助動詞叫鄭重助動詞。

おめでとうございます。（恭喜）

すぐに出発いたします。（我們馬上就要出發）

私はその本を面白いと思います。

（我認為這本書很有趣）

これはボルトであります。（這是螺絲）

（老師早安！）
（嗯…你這個學生相當有禮貌，很好，很好）
おはようございます特別強調ます是用來尊敬對方的

ます屬於一種預測對方行為，所使用的字眼。

①鄭重助動詞的種類

ます　です

②**「ます」如何使用？**

「ます」接在動詞或助動詞「れる・られる」「せる・させる」「である」之後面。

	連用形		連用形	
読む—	読み‖←	読みます		
見られる—	見られ‖←	見られます		

（連用形先生呀！我要找你。）
連用形的用法不止接「ます」，但因接「ます」很普遍，因此常以此為教學範例

③**「ます」的活用規則如何？**

読み→【動詞的連用形】
言われ←【助動詞れる・られる的連用形】

・ませ・ん	未然形・否定
・ましょ・う	未然形・勸誘
・まし—て（た）	連用形
・ます・	終止形
・ます—とき	連體形
・ますれ—ば	假定形
・ませ・	命令形
・まし・	命令形

其中「ませ」唯一只能接「ん」，「ましょ」只能接「う」

故　ませ＋ん＝**ません**
　　ましょ＋う＝**ましょう**
｝可視為一個整體

④**在句中的使用實例**

○そんなことはございません。
（沒有那回事）

○今年（ことし）も頑張（がんば）りましょう。
（今年大家也加油吧）

○間（ま）もなく始（はじ）まります。
（馬上就要開始了）

○ちょっと前（まえ）に帰（かえ）られました。
（稍早不久才剛回去了）

⑤**「です」如何使用**

「です」有兩種，肯定助動詞的です已介紹過，係位於體言之後，表示「是」，為「だ」的敬體。但鄭重助動詞的です，係直接接在形容詞終止形之後，或將形容動詞語尾的「だ」或「體言＋だ」的「だ」改為「です」，與「動詞連用形＋ます」效果功能相同。

⑥**です的活用規則如何？**

（静か）形容動詞語幹
體言（学生）
｝
でしょ—う（未然形）
でし—て（た）（連用形）
で—ない（連用形）
です。（終止形）
です—ので（連體形）

形容詞
助動詞：ない、たい、た
｝→です。

只有上面接「體言」的です，才會產生「是」的意思，其他情況的「です」都只是尊敬而已。

⑦表鄭重的「です」在句中的實用例

あの映画は面白いです。（那部電影很有趣）

この部屋は大きくないです。（這房間不大）

昨日の試験は難しかったです。（昨天的考試很難）

私はさしみを食べたいです。（我想吃生魚片）

彼は親切ですか。（他爲人親切嗎？）

このへんの交通は便利ではありませんでした。（從前這一帶的交通不方便）

（聊天時間）

「ます」的命令形「ませ」「まし」只能接在「いらっしゃる」「くださる」「なさる」等少數「敬語動詞」的後面，一般動詞絕對不會去接「ませ」。

（給我一百分！）
（鴨蛋！）
「下さる＋ませ」並未照一般連用形規則，成爲「下さります」而用「下さいます」，同理，「いらっしゃいませ」「なさいます」算是敬語動詞特有的規則。

3 若由接續規則來給助動詞分類，會得到什麼結果？

所謂接續規則，是指類似「助動詞、助詞，用言、體言」這些單字，會使位於其上的其他單字（具體而言，指「用言、助動詞」這些「活用語」）產生何種變化（活用形）。

助動詞根據它是接在體言或用言第幾活用形變化下面來區分，大致可分爲下列四種。

○接在不活用單字（體言）下的助動詞
○接在未然形下的助動詞
○接在連用形下的助動詞
○接在終止形下的助動詞

(1)不活用的單字＋助動詞

です……学生です・のです・だけです
だ……行くのだ・からだ・ばかりだ・くらいだ
ようだ…冬のようだ・このようない
らしい…学生らしい・までらしい・だけらしい

最不像助動詞的助動詞，就是這種，因爲大多數的助動詞上面都是接會活用變化的「用言」或「助動詞」。這些「體言或助詞」＋「助動詞」相當特殊。

不變的東西我最喜歡。（不變就是好）

(2)活用語未然形＋助動詞

せる　させる……書かせる・来させる
れる　られる……使われる・発明される
ない　ぬ（ん）……行かない・行かぬ・行きません
う……歌おう・行こう・なかろう・だろう
よう……しよう・来よう・食べよう
まい……忘れまい・しまい・行かせまい

（我可要使你們笑了哦！）
（好啊！有何不可！）
「使別人笑」，表示別人本來不想笑，故意用方法逗人家笑

但這種未然形，尚可根據它上面所接的動詞種類不同，做更進一步的細分。

○五段、サ變動詞的未然形＋「せる・れる」

○上一段・下一段・カ變動詞未然形＋「させる・られる」

○五段以外的其他動詞未然形＋「まい」

○五段動詞的未然形＋「う」

○五段以外其他動詞的未然形＋「よう」

(3) **活用語連用形＋助動詞**

ます　連用形(れんようけい)に続(つづ)きます。

た（接在連用形下面）

私が落(お)ちたところはここです。

（我掉的地方是在這裏）

そうだ（様態）また、崩(くず)れそうだ。

（還會再倒塌的樣子）

たい　私はカメラを買(か)いたい。

（我想買照相機）

たがる　彼はあの映画(えいが)を見(み)たがる。

（他想要看那部電影）

連用形下面接的助動詞不止「ます」「そうだ」，其中，「た」會使它上面的五段動詞產生「音便」，特別注意

(4) **活用語終止形＋助動詞**

まい……彼は多分行くまい。
（他八成不會去吧）
そうだ（傳聞）……雨が降るそうだ。
（聽說會下雨）
らしい……日本へ行くらしい。
（好像要去日本）
だろう……雨が降るだろう。
（大概會下雨吧）
でしょう……この机は重くないでしょう。
（這張桌子大概不重吧）

這幾個助動詞最單純，因爲別的單字，不管是動詞、形容詞、形容動詞或助動詞，都可以不必變化直接連接它們。

(様態) Ⓐ雨が降りそうだ
(伝聞) Ⓑ雨が降るそうだ
ちがいがわかるかな?
聞くところによると終止形に続くそうだ
いやいやそれだけではあるまい

貓頭鷹：「你們知道這兩句話，什麼地方不同嗎？」

逃　犯：「根據我所聽到的，要接在終止形下面」

福爾摩斯：「不對，不對，絕不是只有那樣，還有一種そうだ，要接在連用形下面」

(5)活用語連體形＋助動詞

ようだ　雨が降るようだ。

（好像要下雨的樣子）

べきだ　学生(がくせい)は校規(こうき)を守(まも)るべきだ。

（學生應該遵守校規）

※對於「動詞、形容詞」而言，「終止形、連體形」實無區分之必要，但對「形容動詞」及同型助動詞而言，因連體形語尾是「な」，與終止形的「だ」顯然不同，必須嚴格區分。

※「べきだ」很多書不列入助動詞，但因相當重要，在此補充，名為「義務助動詞」，相當英文的「onght to」「must」。

4 根據助動詞本身的「活用規則」（或稱「活用型式」）來分，可以分成幾種？

助動詞根據本身語尾形狀是否會產生變化，分成「變」與「不變」兩種，而「變」的部分，根據它變化的規則是模仿用言中的「動詞、形容詞、形容動詞」當中哪一種？還可做進一步的分類。依此方法，大致可分成下列四種：

○不變化的助動詞
○動詞型變化的助動詞
○形容詞型變化的助動詞
○形容動詞型變化的助動詞

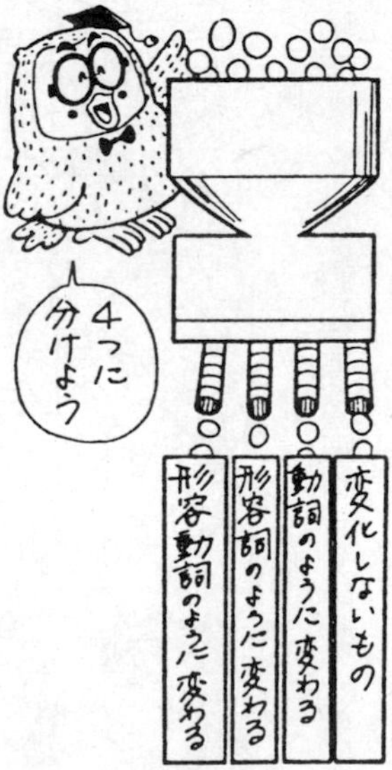

分類的好處，在於幫助你在頭腦中可以很快地想出來每個助動詞語尾變化的規則。

(1) **語尾永遠不變化的助動詞**

う

よう

まい

不管你澆多少水，不管你晒多少陽光，不會改變就是不會改變

(2) **動詞型變化的助動詞**

せる　させる
れる　られる } 模仿下一段動詞的活用規則變化

である
たがる } 模仿五段動詞型的活用規則變化

這些助動詞最大共同特徵在於它們的語尾都是「る」。

(3) **形容詞型變化的助動詞**

たい
ない
らしい } 這三個助動詞本身語尾「い」，和形容詞的語尾一模一樣，因此有樣學樣，形容詞的語尾怎麼變，它們就怎麼變！

這三個助動詞都沒有命令形。且「らしい」缺未然形、和假定形。但似乎又有些人認爲應該有假定形才對。

(4) 形容動詞型助動詞

だ（肯定）
ようだ（比況）
そうだ（樣態）
そうだ（傳聞）
べきだ（義務）

這五個助動詞本身的語尾「だ」和形容動詞的語尾一模一樣，因此其活用變化形完全模仿形容動詞。但其中，傳聞助動詞「そうだ」只有連用形「そうで」和終止形「そうだ」。

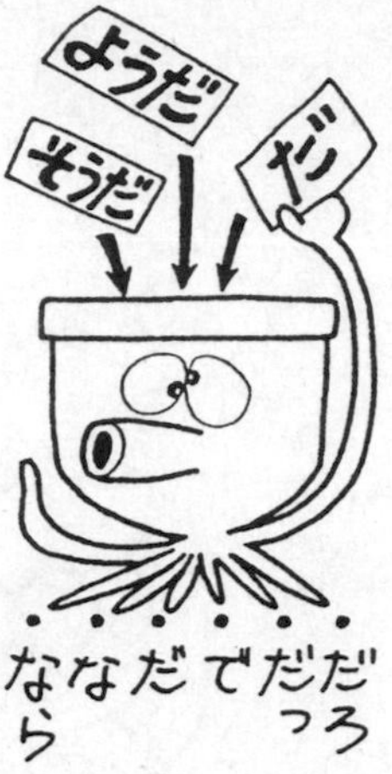

(5) 不規則（特殊）型助動詞

ます
です
た
ぬ

這四個助動詞的語尾活用自創一格，既不像「動詞、形容詞、形容動詞」有固定的語尾活用規則，也不像「體言」不活用，因此請當「專案處理」。正如動詞中的「くる」與「する」一樣。

	未然形	連用形	終止形	連體形	假定形	命令形
ます	ませ ましょ	まし	ます	ます	ますれ	ませ まし
です	でしょ	でし で	です	です	○	○
た	たろ	○	た	た	たら	○
ぬ(ん)	○	ず	ぬ(ん)	ぬ(ん)	ね	○

（自我挑戰）

1 請將下列(1)～(4)四種說法，與Ⓐ～Ⓓ四種說話的細節心理狀態配對一下。

(1) 嵐（あらし）が来（く）るそうだ。

(2) 嵐が来る。

(3) 嵐が来るらしい。

(4) 嵐が来（き）そうだ。

Ⓐ 肯定暴風將要來的說法。

Ⓑ 由別人處聽說暴風要來的說法。

Ⓒ 猜測暴風要來的說法。

Ⓓ 親眼看到暴風要來的景像、模樣。

2 請利用「れる・られる」將下列二句改爲被動句。並規定以劃—的字做主詞（主語）。

① 兄（あに）が妹（いもうと）の机（つくえ）を汚（よご）した。
（哥哥弄髒妹妹的桌子了）

② 電車（でんしゃ）がバスを追（お）い越（こ）した。
（電車追過了公車）

（補充說明）

助動詞前面可接的單字計有「動詞・形容詞・形容動詞・名詞」四種。但有下列限制：

- 必須接動詞 —（ら）れる・（さ）せる・ます・ぬ・まい・たい・たがる
- 除動詞外，亦可接形容詞・形容動詞 —た・ない・らしい・ようだ・そうだ・そうだ・う（よう）
- 只能接名詞 —だ・です・である

十四、何謂助詞？

1 助詞是什麼？

凡是永遠跟在別的單字（指「名詞」「用言」）後面，來**表示這些單字和句中其他單字之間的關係**（主語？受詞？補語？連體？連用修飾語？……），或是，**添加上面所接單字某種特定意義**，凡具備這兩種功能，本身不會變化（活用）的單字，就是「助詞」。

花が咲く。（花開）表示「花」是「主語」

山へ行く。（去山上）表示「山」是「目的地」

兄と遊ぶ。（和哥哥玩）表示「兄」是動作共同者

やればできるはずだ。（如果做的話，就一定會）

表示要達到「できる（會）」的結果，必須先具備的「條件」—「やる（做）」

暗いから気をつけろ。（很暗，要小心）

表示「要小心」的「原因」，是因爲「很暗」

朝まで勉強する。（用功到天亮）

（表示時間範圍的終點）

由上述例句，我們可以發現「助詞」有二大特徵。

①它是**附屬語**—助詞自己本身單獨存在沒有意思，必須接在其他單字（自立語）的後面，例如「體言」「用言」後面，才有意思。

②它**沒有活用**—助動詞雖然也和前面①相同，必須接在「體言」和「用言」後面才具意義，但助動詞本身語尾會變化（例如「ない」→「なかっ」或「なく」），而助詞永遠不會變化，例如「が・を」永遠是「が・を」，不會變成其他形狀。

（我雖然不會變化，但是，我可非常黏人呀！）

（哇！受不了，太黏了呀）

2 助詞有哪些種類？

助詞根據它上面所能連接的品詞種類，以及連接之後所產生的功能，所表示的關係，還可做進一步地細分。

助詞的分類說法紛云，有人主張分爲六種，多出「係助詞和間投助詞」兩種。

本書採用日本文部省編彙的「中等文法」分類方法，將助詞分爲下面四種：

① 格助詞
② 接續助詞
③ 副助詞
④ 終助詞

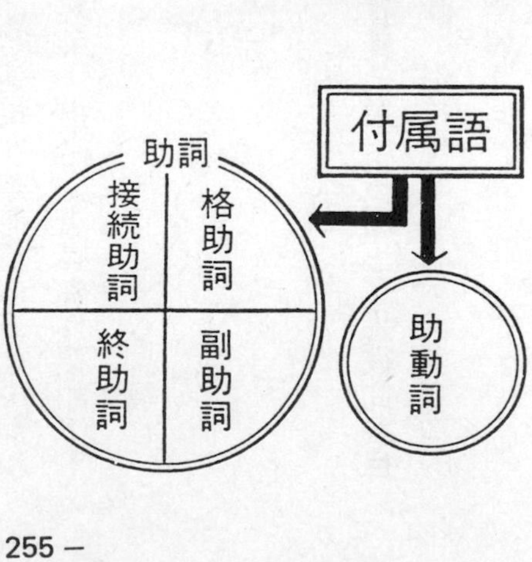

3 助詞到底有多厲害？

常聽學日文的人說：「如果不知道日文助詞的功能，便無法了解眞正的句子意思，甚至若弄混了，還會鬧大笑話呢！」

例如：「魚□食べる」這麼一個簡單的句子。□裏面，看你塡入的是「が」或「を」，**整個句子的意思就完全不一樣。**

魚(さかな)[が](人(ひと)を)食(た)べる

(魚要吃人)

助詞「が」提示上面的名詞「魚」是主詞。因此「食べる」這個動作是「魚」所做的

(人が)魚[を]食べる

(人要吃魚)

助詞「を」提示上面的名詞「魚」是受詞，因此「食べる」這個動作另有主人

魚が食べる。(魚吃)　魚是主語

魚を食べる。(吃魚)　魚是受詞

雨が降る。(下雨)……下的是「雨」…強調「雨」

雨は降る。(雨要下)……提到「雨」，雨怎麼樣，雨不是「停」而是「下」……強調「下」。

「が」強調主語，而「は」強調「述語」，差異很大。

4 助詞和接尾語有何不同?

助詞和接尾語都是連接在其他單字後面，而增添該單字某種特定意義。但是兩者區別要領如下：

花(はな)+が=花が

海(うみ)+へ=海へ

大人(おとな)+げ=大人げ

重(おも)+さ=重さ

助詞即使是接在其他單字後面，還是彼此各自獨立，各有各的功能，但接尾語的話，就和上面的單字結合成爲一個整體了。

即使黏連在一起還是沒有變

くっついても変化しない
助詞はあくまでも助詞なのです
語句
助詞

助詞永遠還是助詞，不會消失

一黏在一起就變化了

くっついたら変化します
接尾語は一体化するのだ
語句
接尾語

接尾語必然會和上面單字結合為一體

5 何謂格助詞

格助詞連接於名詞之下，以提示這個單字（名詞）在句子中，對其他單字而言，處於何種關係（存在有何種關係）。謂之「格助詞」。

牛―□―食べる

在「牛」之下，若填入「が」，或填入「を」，則依填入的格助詞不同，「牛」與「食べる」之間的關係便完全改變。若填入「が」，則「牛」成為句中的「主格」，也因為有這種功能，因而取名「格助詞」。

カ

格助詞對於整個句子的結構，有非常大的影響「力」。格助詞可謂句子的關鍵或超人。

(1) 格助詞共有幾種？

が　バスが来(く)る。（公車要來）

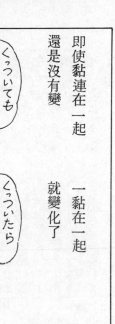

の　私の家。（我的家）

に　本屋に行く。（去書店）

へ　西へ行く。（朝西去）

を　着物を着る。（穿衣服）

と　兄と行く。（和哥哥去）

から　すき間から光が漏れる。（光線從縫隙透過）

より　富士山より高い。（比富士山高）

で　庭で遊ぶ。（在院子玩）

や　川や湖。（河或湖）

我們這一票格助詞人丁旺盛哦！而且都有共同的特徵－「體言＋格助詞」，因此你們在句子中若想找名詞的話，只要找我們就對了。（格助詞上面都是名詞）

※請注意和格助詞有關的單字係位於格助詞上面的單字，因此有人稱格助詞為「後置詞」，有別於英文的介系詞，因英文的名詞一律位於介系詞之後，而被稱為「前置詞」。

日文……名詞＋格助詞　　後置詞

英文……介系詞＋名詞　　前置詞

(2) 格助詞在句中扮演何種功能？

因格助詞共計有十個，每一種格助詞都有其特定的功能（用法），甚至有些格助詞具備好幾種用法。

が　表示主語（主格）（主詞）

鳥が飛ぶ。（鳥飛）

話が終わる。（故事結束）

本があります。（有書）

頭が痛い。（頭痛）

喔！你說我是這個句子的主語，眞的嗎？

の

既可充當連體修飾語，也可以表示主語。

東の空（東邊的天空）

友達との約束（和朋友的約會）

親の言うこと（父母所說的話）

これが父の絵です。（這是家父的畫）

私の買った本はこれです。（我所買的書就是這本）

「の」說：「我的身體雖小，但功能可是很重要的喲」

「親が言う」因爲變成「形容詞子句」來修飾眞正的主詞「こと」，故將「が」改爲「の」，因此「の」具有提示子句中的主語之作用

に

主要用來表示**場所、方向、時間、目的**。

場所　学級園にバラがある。（校園裏有玫瑰）

方向　東京に行く。（去東京）

時間　学校は九時に始まる。（學校九點開始上課）

目的　ノートを買いに行こう。（去買筆記吧）

●其他用法

原因　雨に濡れた。（被雨淋溼了）

對象　神に誓いました。（對神發誓）

比較　母に似た子。（像母親的小孩）

使役對象　宿題を学生にやらせる。（叫學生做作業）

變化結果　水が気体になる。（水變成蒸氣）

間接受詞　本を弟にやる。（把書給弟弟）

被動句眞正主語　犬に咬まれた。（被狗咬了）

（幸虧有你「に」，時間才能抓得準確。）

に的用法在辭典上所列共二〇多種，其實眞正常用的用法不過一半。

へ　表示動作或作用所對準的方向

遠くへボールを投げる。（把球擲向遠處）

山へ行く。（去山上）

舊式文法常區分「へ」與「に」說「へ」代表「**方向**」，「に」代表「**目的地**」。

東京に行く。（去到東京）

……着重於「位置」

東京へ行く。（往東京）……着重於「方向」

現代的日本語，對「に」和「へ」在表達「場所」方面，已經不再嚴格區別「位置」與「方向」的差異，可以互相通用。其實，這是情勢所逼，迫不得已的措施，因爲「新人類」才不甩這一套呢！

を

主要係表示動作或作用目前所瞄準的對象是什麼？或是目前正在被使役做此動作的對象是何者？

○水（みず）を飲（の）む。（喝水）……動作的對象

動作的對象如果改為「酒」，就變成「酒を飲む」

○花（はな）を咲（さ）かせる。（使花開）……使役的對象

「水を飲む」的動詞「飲む」不是「水」所做，但「花を咲かせる」的動詞「咲く」卻是「花」的動作。

ねらいは何だ？
を

動作目標對象是什麼呢？

何を咲かせるのでしたっけ？
を
「花を」だ！

我記得你剛才不是說要讓 什麼 開的嗎？

我是說讓「花」開的呀！不是「鼻を」

說得更淺顯些，就是「受詞＋を」和「被使役對象＋を」。這是「を」的兩大用法。不過，前面「に」的用法中，也有「被使役對象＋に」的格式，二者區別如下：

弟に本を読ませる。（叫弟弟讀書）他動詞
花を咲かせる。（使花開）……自動詞

●其他用法

○表示動作的出發點

七時に家を出る。（七點離開家）

○表示動作進行的期間

夏休を遊びすぎた。（玩過一整個暑假）

と

表示**動作或作用的對手**，**共同者**，或表示動作、作用的**變化結果**，**內容引述**。

兄と一緒に花を植えた。（和哥哥一起種花）

夕方から雨は雪となった。
（傍晚開始，由下雨變成下雪）

水が氷となりました。（水變成冰了）

※表示變化結果的「と」可以換成「に」，但「と」比較重視「結果」，「に」則強調「過程」。

★共同者を表す

表示動作的共同執行者

毎日兄と遊んだ。（每天和哥哥玩）

妹は母と買物に行った。（妹妹跟媽媽去買東西了）

★変化も表す

也可以表示變化結果

雨が雪となった。（下雨變成了下雪）

七時には着くと言っていた。（表示說的內容）
（已經說過「七點要到達」）

学者になろうと思う。（表示想的內容）
（想要當學者）

自分が正しいと思っている。（表示看法內容）
（認為自己是對的）

※格助詞只有在這種用法，採「用言＋格助詞」，或慣用語「～しようとする」可以上接推量助動詞，算是例外，除此之外「體言＋格助詞」佔九五％以上。

另有「表示比較的對象或基準」用法

昨日までのぼくと違うよ。
（可和昨天以前的我大不相同呢！）

から　表示動作、作用的**起始點**（包括時間、空間及原料、動機、根據、來源的出處）亦可表示**範圍及順序**。

明日からテストが始まる。
（從明天起開始考試）

十五日から二十日まで旅行をする。
（由十五日起至二十日止要去旅行）

一行目の文から読みなさい。
（從第一行的句子開始往下唸）

看到我，就表示「開始」囉！「から」相當於中文的「由、從、自」或英文的「from」

「から」若接在接續助詞「て」的後面，就成為「～してから」的慣用句，表示「做了某事之後，再做某事」，相當於「after～」

考えてから話しなさい。（想了以後再說）

より 表示**比較的基準**，或與否定詞配合，表示**限定對象範圍**。

ここよりいいね。（比這裏好哩）

こうするより仕方がなかったのです。

（除此之外，其他沒有別的辦法）

※表示「限定」的用法，也是「用言＋格助詞」的少數特例之一。

好看不如好吃。
美景不如美食。

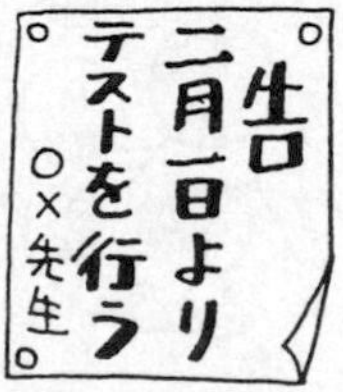

公告
從二月一日起舉行考試
○×老師○
より＝から

より屬於古語，和現代語から用法相同，亦可表示動作或作用的**起點**，通常**僅限用於文章中**。

で 表示動作、作用「執行、進行」的**場所**、**地方**，或表示使用的**方法**、**工具**、**材料**。

校門の前で待ち合わせましょう。（我們在校門前集合吧）

自転車で行く。（騎腳踏車去）

鉛筆で書く。（用鉛筆寫）

この机は木でできている。（這張桌子是用木頭做的）

場所は校門の前で
方法は自転車で行くんだ!

集合的場所嘛是「在」學校門前
集合的方法嘛，是「用」脚踏車去

※「で」和大多數的格助詞一樣，以「名詞＋格助詞」的形狀，大多用來修飾「述語」，因述語多屬用言，故又稱「連用修飾語」，只有「名詞＋の」例外，必須接在體言之前，形成「連體修飾語」。

●其他用法：

明日で締め切りです。（到明天截止）

……表示期限

かぜで学校を休みました。（因感冒向學校請了假）……表示原因、理由

や

對事物表示**並列**、**舉例**，和「と」的用法有點類似，都有「和、與、及」之意，但「と」舉例完整，而「や」則暗示所舉之例只不過是衆例中較重要者，暗示還有其他項目「族繁不及備載」。

海や山（海和山等等）

長いのや短いのやいろいろある。（有長的啦、短的啦各種各樣）

バナナやリンゴ あまいのや大きいのや いろいろあるよ!
名詞だけではなく形容詞にもつくよ!

（香蕉啦，蘋果啦，甜的啦，大的啦，各種各樣…什麼都有。）

（不但能接名詞，也可以接形容詞呢！）

註：原作者的文法觀有點不夠精確，其實「や」當格助詞用時，前面一律接「名詞」，這也是為什麼要在「長い」和「短い」這兩個形容詞後面加準體言「の」名詞化的原因。

●通常以「～や～や～など」的形式出現為多。

金(きん)や銀(ぎん)や銅(どう)などは貴金属(ききんぞく)と呼(よ)ばれている。

（一般稱金、銀、銅……等為貴金屬）

(3) **格助詞主要接在什麼品詞下面？**

格助詞九五％接在名詞下面，形成「**名詞＋格助詞**」的形式。

這種結合形式當然最穩固，雖然「と」「より」有些小小例外情況

（高級文法）

最早使用「格助詞」名稱的文法學家是山田孝雄先生。

但這位先生把助詞分成「格助詞、副助詞、係助詞、終助詞、間投助詞、接續助詞」六種，稍嫌囉嗦。

6 何謂接續助詞

接續助詞主要是接在一個句子的述語後面，**扮演和接續詞類似的功能，將前句與後句連接成一個句子**。日文句子的述語有四種：

…＋

用言	體言
動詞 形容詞 形容動詞	だ です

＋

助動詞

＋

接續助詞

＋

另一個句子…

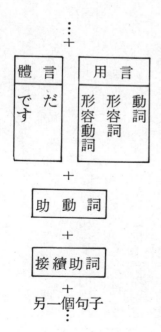

雪がないのでスキーができない。

（因為沒有雪所以無法滑雪）

(1) **常用的接續助詞有那些？**

ば　今すぐ行けば間に合うはずだ。
（如果現在立刻去的話，應該來得及）

と　着くとすぐ出発した。
（一到的時候，就立刻出發了）

ても（でも）　恐くても行きます。
（即使害怕也要去）

けれども（けれど）　うまいけれども高い。
（雖然很好吃，但是太貴了）

が　値段は高いが、品物は良い。
（價格雖高但是貨色很好）

のに　雨が止んだのに風が強い。
（雨雖然已經停了，但風仍很強）

ので　時間がないので止めます。
（因為沒有時間，所以算了吧）

から　暑いから窓を開ける。
（因為很熱所以開窗）

して　今にして思えば、やるべきだった。
（到現在才體會到，當時應該做才對）

ながら　二人で話しながら歩いていく。
（二人邊走邊談）

たり（だり）　大きかったり小さかったり。
（時大時小）

つなぎ方によって意味がかわるのだ

根據連接的方法不同，意思當然也不相同

(2) **接續助詞有哪些功能？**

接續助詞總數大約十～二十個，其功能大致可分爲：順接、逆接、單純接續三種。

ば　連接在有活用單字的假定形後面，表示**順接假定條件**。意謂「如果…的話，就會…」

ミスさえしなければ、百点だったのに。
（如果不是疏忽大意的話，明明就可拿一百分的呀）

もし失敗すれば、生きて帰れない。
（若失敗的話，就無法生還）

分からなければ、よく聞きなさい。
（要是不明白的話，就仔細注意聽）

活用語
ば
順接

と　連接在活用語的終止形下面，表示**條件**

三分待つと出来あがります。
（只要等三分鐘就可以完成）

油断すると失敗する。（一疏忽就失敗）

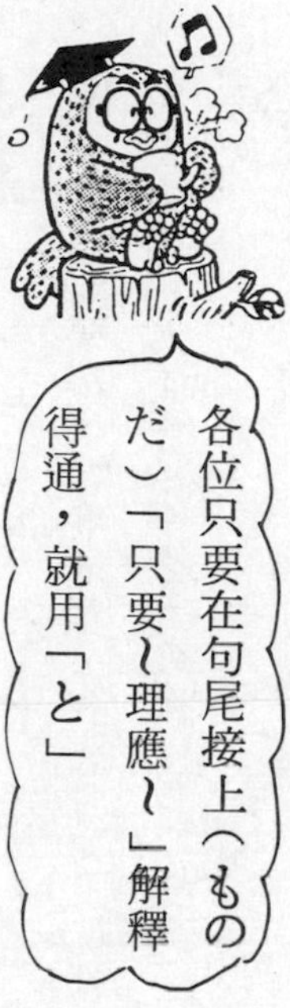
各位只要在句尾接上（ものだ）「只要～理應～」解釋得通，就用「と」

●其他用法

校門を入ると、チャイムが鳴った。

（一進入校門，音樂鐘就響了）

表示兩個動作同時發生。

正しく言うと、どういうのですか。

（正確說的話，應該如何說才好呢？）

表示順接假定條件。

活用語
と
条件

如果～的話就～

只要～就～・一～就～

正好～就～・當～就～

ても　連接在動詞、形容詞的連用形下面，表示**逆接**。

雨が降っても、必ず行きます。

（即使下雨，也一定要去）

何と言っても、君を許しはしない

（不管說什麼，都不原諒你）

動詞・
形容詞・
一部の助動詞
でも
逆接

●它也可以接在動詞和形容詞型活用的助動詞後面

帰りたくても、帰ってはいけない。

（即使想回去，也無法回去）

●「ても」有時可寫成「っても」

遊ばなくっても、死にはしない。

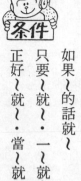

（即使不玩，也不會死）

けれども　連接在活用語的終止形下面，表示逆接。

雨が止んだけれども、風は強い。
（雨雖然已經停了，但風很強）

高いけれども、品物はよくないね。
（雖然很貴，東西却不好呀）

活用語
けれども
逆接

●けれども語氣平淡、態度坦然、爽快，說了就算，沒有太強烈的不滿，不像「のに」似乎充滿了怨嘆。

失敗したよ～っ
あっさりしてるなおまえ…
けれど
のに

（失敗了吧……）
你不要說得那麼「あっさり（輕鬆、冷淡、乾脆、簡單）」好嗎？我可不服氣……

努力したけれど、失敗した。
（雖然努力了，但却失敗了）

努力したのに失敗した。
（明明已經努力了，但却失敗了）

が　接在用言的終止形下面，表示單純的接續。具有「逆接確定」，「前言」，「並列」的作用，是一種可以靈活連接句子與句子的接續助詞。

値段は高いが、品物は悪い。
（價格雖高，東西却不好）……逆接確定

次に政治ですが、最近かなり変わりました。
（其次談到政治，最近變化很大）……前言
海にも行くが、山にも登る。
（既去海邊，又去爬山）……並列共存

用言
が
・下一句是上一句的補充說明
・單純的接續

● **格助詞的「が」和接續助詞的「が」如何區分？**

這兩個「が」長得完全一樣，但差異極大，最簡便的區分法是利用接續規則。

格助詞—名詞＋「が」
接續助詞—用言（終止形）＋「が」

のに

連接在活用語的連體形後面，表示**逆接確定條件**。

努力したのに、失敗した。
（明明用了功，但卻失敗了）
安いのに、買わなかった。
（明明很便宜，卻沒買）

用言
逆接
のに

のに有時意思和「けれども」、「が」類似，都有逆接確定的用法，但它還帶有不能如願的遺憾和怨嘆的口氣

十日も経つのに、まだ本を返してくれない。
（明明已經過了十天，可是卻還不還書給我）
呼んでいるのに、返事もしない。
（一直叫他，可是他卻不回答）
こんなに寒いのに薄着でいる。
（這麼冷，卻穿著薄衣）
表示不滿和責怪。

明明努力了，但國語測驗却慘遭滑鐵盧的最佳寫照

ので

連接在活用語的連體形後面，表示**順接確定條件**。

勉強するので、遊ばない。
（因爲用功所以不玩）

早起きしたので、気分が良い。
（因爲早起所以精神好）

●日常慣用的「んで」，其實就是由「ので」經過發音上的變化而來的，東京人習慣把「の」唸成「ん」。（就像投球也會變化一樣。）

から

連接在活用語終止形下面，表示**順接確定條件**。

外は寒いから、コートを着る。
（因爲外面很冷，所以要穿大衣）

危ないから、廊下は走るな！
（因為很危險，所以不要在走廊上跑）

活用語
から
ムム！上に何かわけが…！

（嗯，奇怪，上面是什麼原因、理由呢！）

●接續助詞的「から」如何與格助詞的「から」區分，和剛才的「が」一樣，可以利用接續規則來分。

格助詞　名詞＋から
接續助詞　活用語的連體形＋から

另外「と」也有相同困擾，解決方法都相同。

して

既可接在名詞後面，也可以接在形容詞，形容動詞的連用形，或助動詞「ぬ」的連用形「ず」的後面。表示單純的連接。

親子二人してスイミングに通っている
（母子二人一起，經常去游泳）
愛なくして何が人生か。
（如果沒有愛的話，人生還有什麼意義？）
期せずして、あなたの意見と一致した。
（沒想到竟然和你的意見不謀而合）

名詞・形容詞
形容動詞
助動詞「ず」の連用

［單純的連接］

●有時候也可以接在「から」「に」「を」的下面
恰好からして、気に入らない。
（從外表看來並不合意）

一瞬にして、崩れてしまった。
（一瞬間就倒掉了）

二人して的「して」含有同心協力的味道

二人しての「して」には心を合わせての意味がある

ながら

接在動詞或動詞型助動詞的連用形下，同時**兼具順接和逆接兩種意義**。

テレビを見ながら本を読む。
（一面看電視一面讀書）
話を聞きながら字を書く。
（一面聽故事一面寫字）
約束しながら、来なかった。
（雖然約好了，但却沒有來）

動詞・一部份助動詞
「ながら族」は二つの事をする
逆接
順接

你是「ながら族」，可以同時做兩件事

たり

主要接於用言的連用形下，用來表示**同類動作或狀態的並列**，與格助詞的「と」「や」功能相似，但「と」「や」負責「體言」的並列，而「たり」負責「用言」的並列。往往採用「**～たり～たり**」或「**～たり～たりです**」的格式。

見(み)たり聞(き)いたりしたことを書(か)いておこう
（將所見所聞寫下來吧）
押(お)したり引(ひ)いたりすればうまくいく
（有時壓入有時拉出的話，就會順利進行下去）
面白(おもしろ)かったり楽(たの)しかったりで、よい一日(いちにち)を過(す)ごせた。
（既有趣又高興地讓一天過去了）

把兩件以上的事情（動作或狀態）並列一起敍述，沒有前後順序之別，就用「たり」

除了「並列」之外，「たり」另有「隨意舉例」用法，意謂「譬如像～之類」「諸如～」，在衆多動作行爲之中找一代表性事實，引伸其他類似行爲。常用「～たりなど」格式。

廊下(ろうか)を走(はし)ったりなどしてはいけない。
（不要在走廊上跑或幹什麼的…）

●たり常造一些成語

願(ねが)ったりかなったり（事從心願，稱心如意）
飛(と)んだり跳(は)ねたり（蹦蹦跳跳）
似(に)たり寄(よ)ったり（大同小異，半斤八兩）

(3) 接續助詞・接續詞有何不同?

接續助詞和接續詞，雖然譯成中文，看不出有何不同，甚至有些接續詞和接續助詞連形狀都一模一樣。但是

（我要接在你後面，使你屁股變形）接續助詞是一種必須連接在活用語某種活用形（語尾變化）後面的「附屬語」

例如：「捜したが見つからなかった」（找過了，但沒看到）

（我把大家連繫在一起）接續詞是用來連接「文章、句子、子句、文節、單字」的自立語。它不會使上面所接的活用語產生變化。例如：「捜した。が、見つからなかった」

有人以接續詞上面有句號「。」，下面有逗號「、」來與接續助詞區別，此法不甚妥當。

①接續詞可位於句首或二句之中，而接續助詞只能位於句中。

②接續詞可接在兩個體言單字之間，接續助詞辦不到。如：「英語あるいは日本語」

③接續詞和接續助詞重複的字只有「が・けれども・ところが」，其他字形皆不同，接續詞常由許多字合併，故較長，如「それなのに」「しかしながら」「ですから」，雖然「のに」「ながら」「から」都屬接續助詞的痕跡，但已變成另一個單字了。

7 何謂副助詞

副助詞和「主語」扯不上關係，它是專門用來**添加句中位於其後（不一定緊接）的用言某種意義**，換言之，就像副詞的功用一樣，可以修飾用言，故取名爲「副助詞」。

朝(あさ)まで勉強(べんきょう)する。（一直用功到早上）

ぼくは、知(し)らない。（我嘛，不知道）

副助詞雖然既可接在「體言」下面，又可接在「用言」下面，但它主要的功能在於使述語的意義變得更明確。

也由於它和述語有如此密切的關係，因此當我們在閱讀理解文章時，更應該小心。

用副助詞來照地上（因述語都位於句尾），使述語能夠更明亮（意思更清楚）些

(1)**副助詞常見的有那些？**

☆は　今日はよい天気だ。（今天是好天氣）

☆も　雨も降る。（也要下雨了）

☆こそ　愛こそすべてだ。（唯有愛才是一切）

☆さえ　痛みさえ感じない。（甚至不覺得痛）

☆でも　お茶でも飲もう。（喝茶或什麼的…吧）

☆しか　諦めるしかない。（只好死心）

まで　銀河の果てまで見える。（甚至可以看到銀河的盡頭）

だけ　ちょっと読むだけです。（只稍微看一下）

ばかり　威張るばかりではいけない。（光會吹牛不行）

くらい　どのくらい必要ですか。（大約需要多少呢？）

ほど　五分ほど休もう。（大約休息五分鐘吧！）

など　ネクタイなどは如何ですか。（領帶之類怎麼樣）

なり　言葉なりともかけるべきだった。（即使是口頭也好，總應該提出的）

（☆記號者，有些文法學者，另歸「係助詞」項。）

(2)副助詞各具那些用法？

副助詞可以接在各種單字（體言、用言、副詞及一部份格助詞、副助詞）下面，添加上面所接單字某種特定意義，然後像副詞般地來**修飾下面的述語單字**。

は 可接在體言及活用語的連用形下面，表示**特別提出一件事物**來做為下面敍述（述語）的**主題範圍**。

バラの花は美しい。（玫瑰花很美）

嗚嗯…！我只有說玫瑰花很美，但小心…，它還帶刺呢？

借りはしたが、読まなかった。
（借是借了，但還沒看）

各位讀者，也有人說「は」是主格的助詞，與「が」相同，但「は」具有加強句尾述語口氣的作用，因此，不足採信。

但以「は」「が」的奧妙差異，外國人十年八年還不見得搞清，大多數日文老師都會勸學生，把它當成一樣，也錯不到那裏去！何況「が」「は」確實經常可互相通用。

も 大都接於名詞之後，表示**其他還有類似的事物**，不只這件事物的意思。

今日も雪が降った。（今天也下了雪）

あの店は味もよい。（那家店的味道也不錯）

キキョウの花も咲いている。（桔梗的花也開了）

（你也和我一樣呀！）（其實我自己也是…）

有些「も」不只「也」的意思，還加上「甚至也」這種更強烈的口氣。這時的「も」等於「さえ」之意。

蟻までも写っている。
（甚至小到連螞蟻這麼小也照得到）

こそ　接在名詞和助詞之下，來**強調上面的字**。

今度こそ頑張りなさい。
（這回可要加油囉）

苦しい中でこそ遣り遂げる価値がある。
（正因處於痛苦中，才值得貫徹始終）
君だからこそ貸すのだ。
（就因爲是你，才借給你的）

（嗯…嗚…我是來助你一臂之力的呀）
（吃得苦中苦方爲人上人）

有時候也會成爲平常會話的一個慣用說法

こちらこそ。（我才是呢！）
ようこそ。（歡迎駕臨）

さえ

主要接於名詞、格助詞或活用語的連用形下面，**提出一個特別顯著的例子，來暗示其他情況也一樣。**

信用(しんよう)さえも失(うしな)った。（甚至連信用也喪失了）

親(おや)にさえ言(い)えない。（甚至連父母也不能透露）

話(はな)しさえすれば、楽(らく)になる。（只要談談，就輕鬆多了）

連「信用」都喪失的話，更別談「冠軍」「朋友」「正式球員」……這些次要的東西

名詞
信用＋さえ（連信用都…）

格助詞
親に＋さえ（連對父母都…）

話す
↓
連用形
話し＋さえ（連談話都…）（只要談談就…）

●「さえ」亦可與「ば」搭配，表示「只要～就可以，其他沒有必要」。

水(みず)さえあればいい。（只要有水就可以）

練習(れんしゅう)しさえすれば、上手(じょうず)になる。（只要練習就會熟練）

でも

主要接在名詞或「名詞＋格助詞」的下面，**很隨便，概略地舉例事物**，表示「譬如～」「～或什麼的」，不加以硬性要求、規定，有就好。

バンでも何(なん)でも良(よ)いです。（無論是麵包或什麼的都好）

何(なん)とでも言(い)いなさい。（隨便說說什麼吧）

快要餓死了，麵包也好，或其他任何可以吃的東西也好，隨便什麼都可以。

名詞
パンでも（譬如麵包或什麼類似麵包的食物）

名詞　助詞
「何＋と」＋でも
（譬如內容爲「什麼…」隨便都可以）

☆舉出一個最簡單、最明顯、條件最差的例子，來暗示其他情況當然更不用說了。表示「就連～也」。

そんなことは赤ちゃんでもできるぞ。
（那種事情，我想就連嬰兒也會吧）

しか

主要連接在名詞或動詞的連體形，形容詞的連用形下面，經常下面固定和否定助動詞「ない」「ん」搭配，構成「～しか…ない」，表示將除了**「しか」上面提到的事情以外的其他範圍全部封殺否定掉**。意謂「除了～以外、沒有…」或「只～」。

あと一時間しか残っていない。（只剩下後面一小時）

食べるしか能がないやつだ。（是個除了吃其他都不會做的傢伙）

浅くしか掘れません。（只能挖很淺）

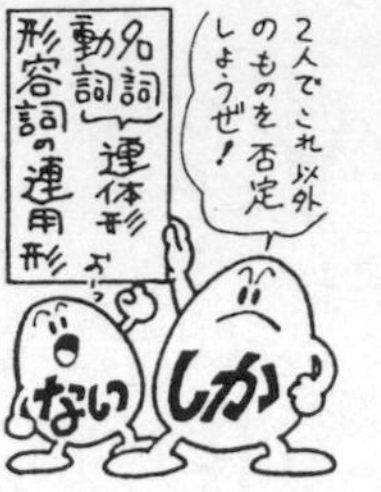
2人でこれ以外のものを否定しようぜ！
名詞
動詞 連体形
形容詞の連用形
しか
ない

靠我們兩個人就要把除了我手上拿的牌子以外的東西全部否定掉。

動詞
食べる＋しか（除了吃以外…都不）
（光是吃）

形容詞
浅い ← 浅く＋しか（除了淺以外…都不）（只到淺）

まで

主要接在名詞或活用語的連體形下面，表示事物的「停止點、終點」，可以指「空間、時間」。最後延伸到極端的特例，表示「甚至連～」。

駅まで行く。（去到車站）

君までぼくを裏切るのか。（居然連你都背叛我）

帰るまでにやる。（一直做到要回家才停）

到此為止，不能再前進了。「まで」本來是物理位置的終點，後來引伸為精神上感覺的「末路」，表示到某一種極限的狀態程度。

●ここ（名詞）＋まで

まで

動詞
帰るまで（到要回家那一刻為止）

●「まで」也可以接在助詞的後面

金を借りてまで行くのか。

（難到已經到了借債的地步了嗎？）

それほどまでに心配してくれるのか。

（眞的擔心我到那種程度嗎？）

だけ

主要接在名詞或用言的連體形後面，表示**「限定事物的範圍」**。

君のことだけを考えている。

（儘是想著你的事情）

あなたが来るだけで嬉しい。

（只要你來就高興）

勉強すればするだけ賢くなる。

（只要用功就會變聰明）（愈用功愈聰明）

狭まくなるなあ。

（變得好擠呀！）

「だけ」有限定範圍的作用

来る＋だけ（動詞）　こと＋だけ（名詞）

（**高級文法**）

「だけ」的原始來源，是由名詞「丈」（高度的意思）轉變過來的。

因為高度本身具有「程度的界限」意義，似乎是由這層意義延伸出**「限定事物範圍」**的另一層意義來。

ばかり

主要接於名詞和用言的連體形後面，用來**「限定事物的範圍」**或表示**「某個動作正要開始或剛剛結束的狀態」**。

本ばかり読む。（一直讀書）（光唸書）

もう食べるばかりになっている。

（就快要吃飯了）

傷腦筋…！
光是書，除了書以外
什麼也沒有，與「だ
け」的「限定範圍」
互通

名詞
本＋ばかり（光是書）（只是書）

動詞
食べる＋ばかり（快要吃）

● ばかり亦有表示「大約數量」的用法，可取代「を」

五百グラムばかり買う。
（買大約五百克左右）

・少しばかりですか。（就只這麼一些嗎？）

くらい 主要連接在名詞或用言的連體形後面，用於「舉出一個實例，使事物的程度，能藉著相互比較而更加清楚」。

この家ぐらいの広さがほしい。
（希望像這個房子那麼廣濶）

見れば分るくらい簡単だ。
（簡單到只要一看就明白的程度）
（一看就會那麼地簡單）

食べるくらい何とかなる。
（只要還能吃就有救）

你飛到像那架飛機那般高看
看吧！
よーし！
（好，你走著瞧）

●くらい也有表示**大概數量**的功用

十分ぐらい歩く。（大約走十分鐘）

●經常接在「こ・そ・あ・ど」這套代名詞系統單字的後面，常有輕視，不在乎的口氣

・これぐらいは我慢できるでしょう。

（像這麼一點點應該可以忍耐吧）

名詞 家＋ぐらい　　動詞 わかる＋ぐらい

※「くらい」「ぐらい」沒有區別。

ほど　主要連接在名詞和用言的連體形後面，表示大概某種「**程度的比較**」或「**分量**」。

二週間ほど旅に出ます。

（出去旅行大約二週）

あの人ほど優しい人はいない。

（沒有像他脾氣那麼好的人了）

読めば読むほど面白くなる。

（你如果讀的話，就會變得像你讀的程度那麼有趣）

（愈讀就會愈有趣）

動詞 読む＋ほど

冷えれば冷えるほど気持ちいいな（愈冷愈爽）。

程程にしなさいよ！（適可而止吧！）

「ほどほど」是副詞，表示「恰如其分」。

「越～越…」日文用「～ば～ほど…」表示，前一個「～」採假定形，第二個「～」採終止形。「…」才是結果。

考えれば考えるほど怒る。（愈想愈氣）

見れば見るほど似っている。（愈看愈像）

高ければ高いほど品がよくなる。

（愈貴東西愈好）

●「ほど」也可以接在助動詞「れる・られる」「た」「たい」「ない」的後面。

褒られるほどの仕事をしたい。

（想做類似能被誇獎的工作）

触ってみたいほど美しい。

（美得幾乎想讓人不禁去摸摸看）

助動詞
れる＋ほど

など 主要接在名詞或文節・活用語的終止形後面，用「**例如・譬如**」的心態來舉出**實例**。

一人でプールなど行くな。

（別一個人單獨去游泳池之類的地方）

他人に渡すなど絶対にしない。

（千萬別交給別人或什麼的）

車がほしいなどとは以ての外だ。

（說什麼想要車子云云，簡直豈有此理）

一人で行っちゃいけないのはプールだけでしょ？
だーめ！海も川も池もよ！

媽！你說不准一個人去的地方，只有指游泳池一處，是吧！）（不行！海、河、池…凡是有水的地方一律不行去）

※在日常會話，常用「なんか」來取代「など」，兩者的意思完全相同。

なり

主要接在名詞、副詞等單字後面。表示**列舉某事物，並預料有比這更適當，或**表示選擇列舉事物中的任何一個均可之意，亦即「**大概範圍**」。

・せめてお茶(ちゃ)なりとも用意(ようい)すべきだった。
（起碼也應該準備茶或什麼的…）

・少(すこ)しなりと食(た)べないと天気(てんき)にならないよ。
（如果你不隨便多少吃一點的話，我可會生氣的喲）

あわわ！お茶なりとも出せば良かった
さよなら

（啊哇哇…！最起碼端個茶或什麼的，也好啊！）
（再見！）

なり・なりと・なりとも都含有「最起碼～，哪怕～也好，至少～，最低限度～，不管～」這種「最低條件」或「無心地提出幾個例子，供對方參考選擇」，含有「～也好～也好、～或～」之意。

名詞 食事＋なり（起碼吃頓飯）

副詞 少し＋なり（哪怕一點點也好）

(3) 為什麼每一本文法書所寫的副助詞種類都不盡相同？

以狹義而言，副助詞只指「ばかり・まで・など・ほど・だけ・なり」等助詞，但因學者們個人想法及分類方法而有所不同。

本書配合日本小學文法課程，將係助詞「は・も・こそ・さえ・でも・しか」也納入副助詞範圍。

8 何謂終助詞？

在句子的結尾，使句子完全結束，表示「**感嘆**、**禁止**、**疑問**、**反問**、**解釋**、**焦躁情緒**、**主張**、**願望**……」等各種說話者主觀感情或情緒上的助詞稱爲終助詞。

以接續助詞來說，不但不能使句子結束，反而會繼續延伸下去。

冬（ふゆ）の日本海（にほんかい）はよく荒（あ）れます↓が、（↘ので、／↙から、）～⇩繼續下去

冬天的日本海波濤洶湧↓但是、（↘所以、／↙所以、）⇩繼續說

但如果在右句接上終助詞如「か」，整個句子就會結束。

冬の日本海はよく荒れますか。

（冬天的日本海波濤洶湧嗎？）

（嘿！嗶嗶，終點已經到了）

(1) 終助詞有哪些？

か　あれが山（やま）ですか。（那是座山嗎？）

な　悪（わる）い本（ほん）を読（よ）むな。（別看不好的書）

なあ　いいなあ。（眞好呀！）

よ　あれは馬（うま）だよ。（那是馬吧！）

とも　もちろん打（う）つとも。（當然要打呀！）

さ 誰でもいいさ。（不管是誰都好，沒啥了不起）

ね 春だね。（啊！春天到了吧）

の メロンが好きなの。（西瓜好吃嗎？）

わ 違うわ。（不對呀！）

や 早くしろや。（你快做吧！）

ぞ 早いぞ。（你可要快喲！）

比較常用的終助詞，就這十一個，其他還有「い・かしら・ぜ・が・げと・のに・に・こと・もの・から・て・って・だっけ・ったら・ってば・とは・かな・ことか・ことよ・ものか・ものを・やら…」比較少用，可查字典。

(2) 終助詞有那些功能（用法）？

終助詞的數量頗多，每一種都有特定的含義，但，使句子結束則是所有終助詞的共同特點。

か 放在句尾表示疑問、質問、反問。

あの人が本当に素晴しい人ですか。（他真的是個很優秀的人嗎？）

これはバラですか。（這是玫瑰花嗎？）

これが人間のすることでしょうか。（這難道是人做得出來的事嗎？）

●「か」還有徵求同意的用法

一緒にやりませんか。（不一起做嗎？）

な 主要接在活用語的終止形下面，表示**禁止**和**希望**。

愚痴を言うな。（別發牢騷）　（禁止）

許可なく音楽室へ入るな。（禁止）
（未經許可不准進音樂室）

山へ行きたいな。（希望）
（多麼想去山上啊！）

合格したいな。（希望）
（多麼希望及格啊！）

（不准過來！）
（不要說得那麼絕情嘛！我眞想去呀！）

なあ

表示感動或將表示希望的「な」拉成長音。

ああ、今日はいい天気だなあ。
（啊！今天眞是好天氣呀！）

早く来るといいがなあ。（早一點來就好啦！）

よ

接在各種單字之後，表示加強語氣。但男女之間使用方法有別。

犬だよ。（你看！一條狗）（男）
犬だわよ。（你看！一條狗吔）（女）
静かだよ。（好安靜呀）（男）
静かだわよ。（好安靜喲）（女）
いいよ。（好呀！）（男）
いいわよ。（我覺得很好呀！）（女）
明日帰るよ。（明天我要回去了，聽到沒？）（男）
明日帰るわよ。（明天可要回去了喲）（女）

除了表示自己的看法外，尚有「命令、請求、催促、勸誘」的口氣。

よく聞きなさいよ。（請仔細聽呀！）
少し休もうよ。（稍微休息一下吧！）

「よ」是以告訴對方的口氣表明自己看法的終助詞。男女用法有些微不同。

●よ後面尚可接「なあ」「な」這兩個終助詞。

明日だよなあ。（是明天沒錯吧）

これでいいよな。（這樣就可以吧）

とも

接在活用語的終止形後面，表示說話者對自己所言有**絕對的把握**，不容對方懷疑。

必ず出席するとも。（我保證一定出席）

まだ、十分戦えるとも。（當然還可以全力應戰）

就全權委託我吧！看我的！沒問題，一定打全壘打。

●**終助詞的「とも」和接續助詞的「とも」如何區分？**

終助詞的「とも」位於句尾，而接續助詞的「とも」位於句中，極易分辯。

金はなくとも知恵さえあればよい。（縱使沒有錢，但只要有智慧就好了）

さ

主要接在動詞終止形的後面，很乾脆地，**不負責任地，態度隨便地說出自己心中的想法。**

今日中に読むさ。（我今天裏面念就是了嘛！）

勝っても負けても同じことさ。（不管贏也好輸也好反正都一樣嘛！）

仕方がないさ。（反正我也無能爲力嘛！）

ま、三振ぐらいどうってことないさ
しかたないさ
気にしない気にしない
さ
あのな〜
カントク
81

（這個嘛，反正只不過三振而已，也不會說怎麼樣嘛！反正我也沒有辦法）

気にしない（不在乎，不介意）

かんとく（監督）　あのな…（他這傢伙）

動詞　読む＋さ　　名詞　こと＋さ　　形容詞　ない＋さ

●「さ」有時也可表示「反駁」，「質問」的**口氣**

どうしてさ。（究竟是爲什麼嘛！）

何さ。（什麼嘛！）

ね

接在各種單字後面，帶有**想聽聽看對方**對自己說話內容之**意見**如何的心情，或**表示自己的想法**，但願對方也能了解的心情。

男女的表現方式有差異。

（男）調子はいいかね。（情況還不錯，你覺得呢？）

（女）調子はいいわね。（情況還不錯嘛，你說呢？）

（男）これで間違いないね。（這樣準錯不了啦，對不對！）

（女）これで間違いないわね。（這樣就對啦，你說呢？）

（嘢吼！心情眞舒暢呀！你覺得呢？）
（心情眞好呀！你說呢？）
（如果接「わ」，那一定是女生說的，因爲「わね」是女生專用的）

（男）静かだね。（眞安靜呀！不是嗎？）
（女）静かね。（眞安靜呀！你說呢？）
●右邊這兩個例子，除了一面徵求對方同意的心情之外，另有輕微表示感動的成份存在。

の

接在活用語的連體形下，**用輕柔緩和的口氣表達強烈的肯定**。女性較常用。

私がやるの。（我要做嘛）
思い出の品としてもらったの。（人家給我的紀念品嘛）
あなたが好きなの。（人家就是喜歡你嘛）
これでいいのよ。（這樣就可以了吧）

もらっ＋た＋の
　　　　助動詞

（你幹的好事，真想揍你一頓）（嗯—嗚，她講話的口氣，怎麼總讓我有股衝動想說「請便」）

● **終助詞的「の」和格助詞的「の」如何區別？**

格助詞的「の」上接名詞。

わ

接在活用語的終止形下面，帶有表示「眞的是這樣子，我沒騙你」的**柔和判斷味道**。

間違(まちが)いないわ。（不會錯的啦）

嬉(うれ)しいわ。（我很高興呀！）

絕對違うわ。（絕對不一樣啦！）

これはきっと女性用だわ！まちがいないわ絶対そうだわ！
……わかった わかった！

（這個字一定是女性專用的啦！不會弄錯的啦！絕對正確啦！）

（…知道了，知道了！）

「わ」和「の」都帶有女人撒嬌的口氣，但男性偶而也可使用，唯「音調不同」「意義不同」，須小心，以免貽笑大方。

出(で)るわ、出(で)るわ。（出去了，出去啦）

走(はし)るわ、走(はし)るわ。（跑啦！跑啦！）

や

接在形容詞或形容詞型活用的助動詞之下，或接在動詞的命令形之下，帶有**勸對方或希望對方照自己說的話來做**之意。

もう止(や)めようや。（咱們該停止了吧！）

休日(きゅうじつ)ぐらいはゆっくりしたいや。（至少假日嘛希望能輕鬆一下）

君も早(はや)く来(こ)いや。（你也早點來吧！）

なんとかしようや。（來想點辦法吧！）

早く行けや。（趕快走啊！）

散歩に行こうや。（去散步吧！）

「や」的用法與「よ」同，但よ比較文雅。故「や」不可用於長輩。

終助詞的「や」和名詞的「矢」發音都是「や」，此漫畫籍此來說明「や」含有「催促別人照自己意志行事的勸誘味道」，例如「そうしようや（你就這麼做吧）」，「早く来いや（你快點來吧）」，「やめようや（算了吧！停止吧！）」

そうする（就這麼辦，照你的），わかったよ（明白了呀！）

● 終助詞的「や」和接續助詞的「や」，格助詞的「や」如何區分？

接續助詞的「や」接在「動詞」之下，格助詞的「や」接在「體言」之下，而終助詞的「や」接在「助動詞」或命令形之後。

ぞ

接在活用語的終止形下面，強調發言的內容，帶有**提醒、強調自己的判斷，自言自語**各種用法。

うまく出来るぞ。（這下子做得很棒吧）

早(はや)いぞ。（可真快啊！）

これは重大(じゅうだい)な問題(もんだい)だぞ。（這可是個重大問題呀）

これで間違(まちが)いないぞ。（這麼一來就不會弄錯了吧）

ぞ－強調自己的主張或判斷

ぞ－對別人提醒警告

ぞ－自己判斷的自言自語

●「ぞ」也有副助詞的用法，如何區分？

凡不是接在活用語後面的「ぞ」，絕對不是終助詞的「ぞ」。甚至有些已經和疑問詞合併成爲副詞了。例如：

どうぞ。（請）

なにとぞ合格しますように。

（希望一定要及格）

「ぞ」不可用在文章中，是男性在會話中對晩輩使用的用語。與「ぜ」有點類似。

（自我挑戰）

1 下面例句中有劃線的單字當中，有一個用法與其他不同，請指出來。

① Ⓐ 父が帰ってくるらしい。
Ⓑ アメリカへ行くらしい。
Ⓒ ゆり子さんは女らしい。
Ⓓ 外はとても寒いらしい。

② Ⓐ これは、ぼくの本です。
Ⓑ どうして、昨日は来なかったの。
Ⓒ 庭に落ちていた百円は、ぼくのです。
Ⓓ この鉛筆は君のですよ。

③ Ⓐ 明日は楽しい運動会だ。
Ⓑ だから、そんなことはするなと言ったんだ。
Ⓒ あなたは、何時も朗らかだ。
Ⓓ あの星が北斗七星だ。

2 請在下列例句中選出和範例①②句劃線部份的單字，用法相同的一句。

① 雨はまだ降らない。
Ⓐ あまいものに目がない。
Ⓑ 気取ったところが少しもない。

Ⓒ自信(じしん)を失(うしな)わない。

② Ⓐ試験(しけん)は、明日(あした)ですか。
Ⓑ雨(あめ)など降(ふ)るものですか。
Ⓒ私がどうしてやれますか。
Ⓓこのことを、どう思(おも)いますか。
Ⓓまた今日も雨か。

3 下面二個例句的「れる（られる）」，何者是「被動助動詞」？何者是「尊敬助動詞」？

① 先生に酷(ひど)く叱(しか)られた。
② 先生が急(いそ)いで来(こ)られた。

十五、何謂感嘆詞？

1 感嘆詞是什麼？

用來表達**感情**、**呼喚**、**回答**（**應對**），**問候寒喧**，**吆喝呼叫聲**…的單字，謂之感嘆詞。

まあ、すてき。（喲，眞漂亮呀）

おい、待(ま)て。（喂～！等一下）

はい、私です。（是，是我）

こんにちは。（你好）

あっ、危(あぶ)ない。（啊！危險）

うん、あの人に電話を掛けるのを忘れていた。

（喔！我忘了打電話給他）

像上述劃線部份，所表達的意思和構成句子的主要成份「**主語**、**述語**、**修飾語**、**被修飾語**」完全沒有關係，被當成句子中的**獨立語**來看待。

（我即使自己一個人也沒有問題！）
もしもし（喂！喂！）
おはよう（早安）
都是感嘆詞

2 感嘆詞有那些種類

感嘆詞依其意義和功用來分，可分爲下列五種。

① **表達感情者**

例如「**驚嚇**、**悲哀**、**欣喜**…」

おやっ　おやっ、十二時(じゅうにじ)だ。

（噯呀！已經十二點啦！）

まあ　まあ、きれいな花だこと。（嘿！多美的花喲！）

やあ　やあ、ひさしぶりだね。（呀！好久不見了）

おっと　おっと、危ない。（噯呀！危險）

あっ　あっ、大変だぞ。（啊！不得了啦！）

ああ　ああ、いい天気だ。（啊！眞是好天氣）

おどろき（驚嚇）

悲しみ（悲傷）

喜び（欣喜）

② 用於招呼

もしもし　もしもし、お母さんですか。（喂！喂！媽媽嗎？）

おい　おい、君。（喂，你！）

おうい　おうい、そこの人。（喔—喂，那邊的人）

こら　こら、待て。（喂！等一下）

ちょっと　ちょっと、学生さん。（等一下，這位同學）

おい・こら這種呼叫人的聲音，如果語調口氣太粗暴往往會讓人嚇一跳而造成不愉快，若無惡意，聲音柔和些

③表示「應答」的用法

はい（有、到、是的）

いいえ（不、不是、沒有）

ええ（好啦、好吧、嗯）

うん（嗯、好、是的、是、喔）

④用於「寒暄、打招呼」的「客套話」

こんにちは。（早安、你好）

おはよう。（早安）

さようなら。（再見）

しつれい。（對不起，再見吧）

じゃあ。（那麼就告辭啦）

ありがとう。（謝謝您）

いらっしゃい。（歡迎光臨）

こんばんは。（晚安）

「おはよう」怎麼不說得清楚些呢？只會「咳咳雞」地叫，各國對公鷄啼聲的模擬皆不同

⑤吆喝呼叫聲音

日本人在某些場合自然發出來的聲音。

よいさ。（呀呼嗨，唱歌中間插入聲）（呀呼嗨）

（よいしょ）。（使勁或傳遞東西的吆喝聲）（嗨喲）

どっこいしょ。（搬起重物時的吆喝聲）（哼地一聲）

ほいきた。（推或擔重物的吆喝聲）（唉唷

，讓開）
それ。（同そら）
そら。（催促對方注意）（喂、瞧）
「それ、行け！」（喂！快去）當中「それ」就是感嘆詞。

大象用力哼地一聲，兔子就慘叫「哎唷」

3 感嘆詞在句子當中如何使用？

①**感嘆詞只有用在會話句中**，因此「科技學術文章」或「教科書」上用不到，但「漫畫」「小說」「電影」中用得特別多。

「ああ、いい景色だ。」
（啊！多美的風景呀！）
「ねえ、海に行きましょう。」
（喏！我們去海邊吧！）

●日本女孩徵求對方同意，同時又表現出女性溫柔、撒嬌的性情，以「ね」最出名。

②**感嘆詞大都位於句首，而且在感嘆詞的後面要打個「、」。**

さようなら、またあした。（再見，明天見）
ありがとう、楽しかったです。
（謝謝，玩得眞愉快）

●感嘆詞既不能當主語、述語，也不能修飾別人，或被人修飾，沒有活用。是人類感情最自然直接的表達，可以單獨成句。

（**高級文法**）

感嘆詞有時也被稱爲感動詞、間投詞、終止詞。有許多感嘆詞是由其他品詞轉變過來的。

代名詞―あれ・それ

形容詞―よし・あやし

動　詞―しまった（完蛋了）

（**自我挑戰**）

1 請將下列句子中的感嘆詞找出來

① 「ねえ、いっしょに行こうよ。えっ、いやなの？」

② 「ありがとう、君の親切は一生忘れないよ。」

③ 「さようなら、また、いつか会おう。」

④ 「はい、私が井上です。えっ、それは本当ですか。」

⑤ 「おっと、あぶない。気をつけろよ。」

（中譯）

① 「親愛的，一起去嘛。啊！怎麼？不願意嗎？」

② 「眞謝謝，你的好意。我是一輩子也忘不了的。」

③ 「再見！下次找個什麼時候再見面吧！」

④ 「是的！我是井上。啊！什麼？那是眞的嗎？」

⑤ 「哎唷！好危險。要小心呀才好呀！」

2 請在適當的地方註上逗號

① おやっへんだぞ。

② こらまてそこの者。

（中譯）

① 哎喲！眞奇怪啊！

② 喂！站住，那邊那個傢伙。

十六、何謂接續詞？

1 接續詞是什麼？

具有**連接**「**單字**、**句子**、**段落**」的功用，且為「**自立語**」者，叫做接續詞。接續詞**自己本身**一個單字也**可以構成一個文節**。

雨が激しく降ってきた。けれども、遠足に出かけた。

（下起傾盆大雨來了。然而，還是去遠足了）

肌はじりじりと焼けてきます。それでも、**歯**を食いしばって頑張りました。

（皮膚快要晒成黑色。但儘管如此，還是咬緊牙根堅持下去）

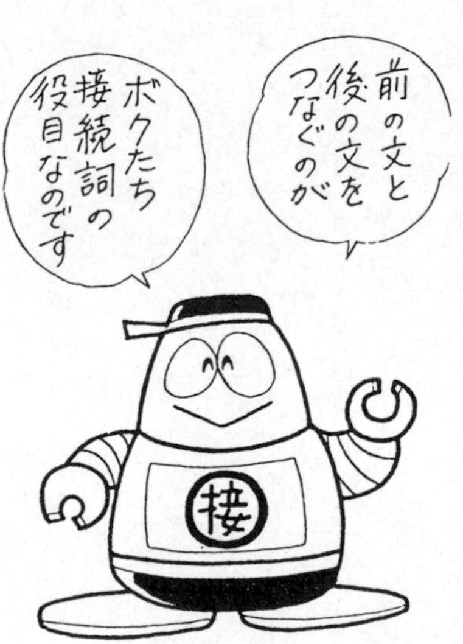
前の文と後の文をつなぐのが
ボクたち接続詞の役目なのです
接

（把前一個句子和後一個句子連接起來）

（是我們接續助詞的職責）

2 接續詞如何分類？

接續詞可以依照其「**用法**」和「**意義**」兩種方法，再分類。

幾乎每種品詞都可以進行分類，接續詞當然也不例外，分類的好處在於方便學習。

接続詞の仲間にもいろいろとあるんじゃよ
1意味で
2何をつなぐか
=
2つの分け方

（你們接續詞這一群，還有各種各樣的喲）

1. 意味で（由意義）

2. 何をつなぐか（連接什麼東西？）

2つの分け方（這兩種分類方法）

一般文法書都是採用「由意義」來分類的方法。本書也以此爲準。但若依「用法」「連接法」來分。可分成：

①**連接「單字」**——国語および英語

②**連接「文節」**——台風が来て、それで延期した。

③**連接「句子」**——頭が痛い。それでも学校に行った。

④**連接「文章段落」**——一個段落結束後，……ところで、話しをもとへ戻して生産コストについてもう少し考えてみましょう。（現在，把話說回來，我們再來檢討一下生產成本的問題）

3 接續詞可以分爲幾種？

按照「意義」來分，接續詞可分爲八種。

①**順接的接續詞**

前面一句話表示「**原因**、**理由**」，而後面一句話表示符合邏輯常理，順當的「**結果**」所用之接續詞。

だから、それゆえ、そこで、それで、ゆえに、すると、したがって

因此，所以
因而，從而

原因
理由
ガッチャ
つながりがあるぞ！
順接
結果
結論

咔喳！這兩個可以連在一起。

大雨が降りました。たがら、遠足は中止になりました。
（下大雨了。因此，遠足就停辦了）

夜遅くまで勉強した。それで、今眠たいのです。
（晚上讀到很晚。所以現在很睏）

正義は勝つのだ。それゆえ、君も勝たねばならない。
（正義一定勝利。因此，你一定也要贏）

火のないところに
煙は出ないというが……
ぽい！
ギャウ！
「原因」があるから
「結果」があるのじゃ

在沒有火的地方就不會冒煙…這句話的意思就是……轟……因爲有「原因」就會有「結果」的道理

② **逆接的接續詞**

表示前一句和後一句是相反的，**不合邏輯的**，無法做合乎常理連接的接續詞。

しかし、ところが、けれども、が、でも、されど、それなのに・ただし・だって

然而，可是，不過，但是

雨が降った
遠足は中止だな
内容がちがうなあ

（下雨了，遠足應該是取消才對吧！）

（一定是通知單的內容寫錯了吧，眞是的，下雨還拿雨傘遠足，神經病！）

みんな疲れていた。しかし。歩き続けた。

（大家都已經疲憊不堪。但是，還繼續走下去）

休みたいと思った。けれども、頑張って歩いた。

（那時眞想休息。但，還是堅持走下去了）

ひ〜〜 休みた〜い
ふら ふら
けれども
がんばるのだ!!

（咻…眞想休息一下，然而，我一定要堅持）

ふら、ふら（蹣跚，搖晃貌）

③並列的接續詞

將前一句的事情和後一句的事情，兩者對等排列在一起的接續詞。

また（又、並且）

および(及、與、和、跟)
ならびに(及、與、和、與)
あわせて(同時)
かつ(並且)
そしてまた(而且,又)

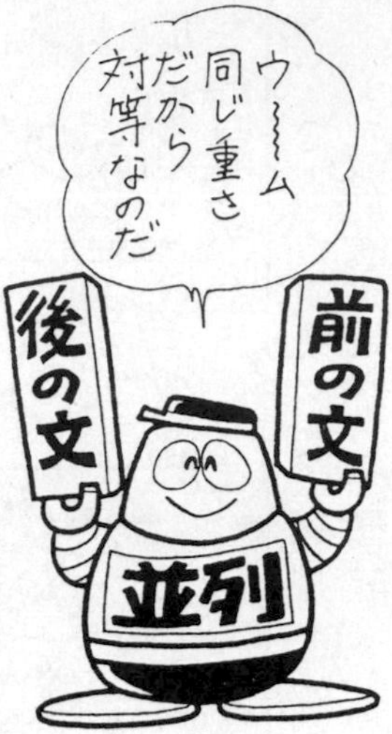
ウ〜ム
同じ重さだから
対等なのだ
後の文
前の文
並列

嗯!因爲前一句和後一句的份量一樣重,所以是對等的並列

海に行く人もいれば、また、山に行く人もいる。
(有人去海邊,同時也有人去山上)

電車でも、また、バスでも行ける。
(搭電車,還有搭公車都可以到)
ここで写真をとること、ならびに、スケッチをすることを禁止する。
(在此禁止攝影和素描)

「禁止」という述語においては
両方とも同じなのだ
写真
スケッチ
禁

就「禁止」這個述語來說,不管是「拍照」或「畫圖」,兩者的罪都是一樣重的,因此要用對等的並列接續詞「ならびに」。

④**添加的接續詞**
除了前一句話所敘述的事情之外,更**添加上後面一段話**的事情,做更完整的描述。

そのうえ（而且、加上） また（又，還有）
しかも（並且） さらに（再，更進一步）
なお（再者） そして（而，又，然後）
それに（更兼，而且） それから（其次，還有） おまけに（加之、況且）

（「添加」就是「補充」的意思）（一個鴨蛋還不夠，再來一個！）（我的媽呀！連國語也零分）

雨が降り、そのうえ、風まで吹いてきた。
（下雨，而且連風也開始刮起來了）
形を調え、さらに、色をつけた。
（把形狀弄妥，更進一步塗上顏色）
手を洗い、そして、口を濯いだ。
（洗手，然後接著又漱口）

（喔！好像要追擊我似地，連風也刮起來了，咻咻）

添加與並列不同，添加是爲了使某種狀況或行動，描述得更具體起見，而把含有相同性質的事物累加一起，做更進一步地補充。

另外有一種表示「附帶提出」「追加敍述」注意事項的但書，特例所用的「なお（又、另），ただ（祇是，惟）ただし（但）」。

店員募集。ただし、高卒以上の男性。
（招聘店員。但限高畢以上男性）

「泣きっ面にハチ」のタイプの接続詞なのです♪

「泣き面に蜂」是句日本成語、諺語（ことわざ），也可寫成「泣きっ面に蜂」，直譯為「哭著的臉又被蜂螫」，意謂「禍不單行」「屋漏又逢連夜雨」。添加接續詞就是這種類型的接續詞。

⑤ **選擇的接續詞**

讓人在前句話內容和後句話內容，**兩者之間挑選其中之一**所用的接續詞。

または、あるいは、ないし（或者）
それとも、もしくは（還是）
なかんずく（其中尤其是）

ラーメンかカレーライスか
両方なんてダメだよ

拉麵呢？還是咖哩飯？兩樣都要，不行，只能選一種

右へ行こうか、それとも、左へ行こうか。
（要向右轉呢？還是，向左轉？）
電車、または、バスでもおいでください。
（請搭電車或公車來）

起こるかもしれません。あるいは、全く何事も起こらないかもしれません。
（也許會發生，或是，也許什麼事也不會發生）

「生か死か」のタイプの接続詞なのです
まあ！うつくしい接続詞ってことかしら

（選擇的接續詞是屬於「要活或要死」這種兩者不可兼得型的接續詞。）（啊！多麼美麗的接續詞啊！）

「もしくは、なかんずく、ないし」等接續詞，在寫文章時，經常被用到。

君がなすか、もしくは、君の友達がなすか、どちらでもよい。
（你來做呢？或者是你的朋友來做呢？兩者隨便那一種都可以）

⑥**轉換話題的接續詞**

把前一句話的內容打住，而用來**改變話題**的接續詞。

さて（那麼，却說，且說）ときに（可是）
ところで（可是）では（那麼就）
それでは（如果是那樣的話，那麼說）

「さて」很像中國章回小說的轉折敍述手法，「且說…」「話說…」，所有這類接續助詞可以放在句首也可放在句中。

さて、孫悟空は……（話說，孫悟空嘛…）

話題突然一下子改變了！

（好，好，妳打得很棒，我待會再來）

（啊，對了，剛才我們說到那裡，那麼我們就慢慢地來練習吧！）（這傢伙眞過份，我以後不再找你當教練了）

久しぶりですね。ところで、お姉さんは元気ですか。

（好久不見了呀。啊！對了，令姊還好嗎？）

海は楽しかったです。ところで、君が行った山の方はどうでしたか。

（我們在海邊玩得眞快樂。啊！對了，你們去山上玩，玩得如何？）

大阪は天下の台所と言われました。では、東京は何と呼ばれていましたか。

（大阪一向被稱爲天下美食的厨房。啊！對了，那麼東京又以什麼而聞名於世呢？）

●當使用轉變話題的接續詞時，請記住，眞正句子的重心是在後面那句話。

⑦說明的接續詞和補充說明的接續詞

後面的句子是用來使前一句敍述的事情**說明得更詳盡徹底**。或後面的句子是用來把前面所說的內容，做個**簡單的綜合結論**所用之接續詞。

というのは（之所以這麼說，是因爲～）
なんとなれば（之所以會如此，是因爲～）

なぜなら（爲什麼會這樣呢？其理由是～）
いわば（就某種意義來說，可以說～）
たとえば（比如說，譬如，比方）
要するに（總之，總而言之，簡言之）
つまり（就是說，亦即是，意思就是說）
すなわち（則，就是，亦即說）

カントク！なぜボクはいつも補欠なのでしょう!?
なぜならば！
ガチャ☆!
打てば三振 守ればエラー
足はおそいわ 肩は弱いわ まだまだあるぞ！
ひえ～っ

領隊（監督）！爲什麼我老是當候補球員呢？
（爲什麼會這樣子呢？其理由在下面～）

打擊老是三振，守備老是失誤，跑得又慢，臂力又不夠，傳球傳不遠，還有…還有一大堆缺點呢！）

私は急ぎました。なぜなら、列車に間に合いそうもなかったからです。
（我趕得要命。爲什麼嗎？因爲那時幾乎趕不上火車的緣故呀！）

海水にはいろいろなものが溶け込んでいます。たとえば、金、銀、銅などです。
（海水中溶有各種物質。比方來說，金、銀、銅等都是）

人を馬鹿にしたり、騙したり、蔑んだりしないことです。要するに、人には優しくしなさいと言うことです。
（不要把別人當傻瓜，不要欺騙人，不要看不起人。簡言之，就是待人要溫厚的意思）

（**自我挑戰**）

●請在下列①～④各句中的[　]內，填入適當的接續詞。

① 下水道の工事を完成しました。[　]、雨が降っても安心です。

② あなたが願うのは、正義を行うことですか。[　]悪を行うことですか。

③ 北穂(ほだか)高山荘まであと五百メートルの岩場で、雨にふられました。[　]、冷たい風が谷底から吹き上げてきました。[　]、二人ははばまし合いながら、一歩〳〵山頂にある山荘を目ざしました。

④ 海は、魚や貝をとるために利用されてきました。[　]、塩をとるためにも使われてきました。

（中譯）

① 完成了下水道工程。[　]即使下雨也可高枕無憂。

② 你所許的願望，是多行正義呢？[　]多幹壞事呢？

③ 到北穗高山莊最後五百公尺的岩石地，被雨淋成落湯雞。[　]、冷風從谷底吹上來。[　]、兩人互相擁抱著，同時一方面，一步一步地朝位於山頂的山莊前進。

④ 海一直被人類利用來捉魚採貝。[　]、也一直被用來獲得食鹽。

十七、何謂連體詞？

1 連體詞是什麼

可以單獨構成文節，沒有活用，唯一的功能是接在名詞（體言）上面，來修飾名詞，既不能當主語，也不能當述語，具有上面這些特質的單字，就叫連體詞。

この山（這座山）　その道（那條路）

あの山（那座山）　件の人（前面提過的人）

いろんな国（各種國家）　ある所（某個地方）

請特別注意下列觀念：

「修飾著名詞的單字只有連體詞一種嗎？」「不對！」

凡是連體修飾語都可以修飾名詞，日文的連體修飾語計有下列九種：

①連體詞＋名詞　この学校（這所學校）

②體言＋の＋名詞　私の家（我家）

③副詞＋名詞　やや西（稍微西邊）

④副詞＋の＋名詞　たくさんの人（許多的人）

⑤動詞連體形＋名詞　本を読む人（看書的人）

⑥形容詞連體形＋名詞　高い山（高山）

⑦形容動詞連體形＋名詞
適当な温度（適當的溫度）

⑧助動詞連體形＋名詞
叱られる子供（被罵的小孩）

⑨補助動詞連體形＋名詞
走っている犬（在跑的狗）

同樣道理，如果有人問你「修飾用言的單字（連用修飾語）只有副詞一種嗎？」答案也是否定的，日文的連用修飾語計有七種。

①副詞＋用言　ゆっくり話す（慢慢地說）

②體言＋の以外的格助詞＋用言
日本へ行く（去日本）

③時間或數量名詞＋用言
昨日買った（昨天買）

④形容詞連用形＋用言
美しく咲く（開得很美）

⑤形容動詞連用形＋用言
上手に話す（說得很棒）

⑥活用語＋接續助詞＋用言
高くても買う（即使貴也買）

⑦活用語＋副助詞＋用言
できるだけ努力する（盡量努力）

2 連體詞共有幾種？

連體詞是用來修飾名詞用的。

①將「の」接在代名詞著名的「こ・そ・あ・ど」系統下面，就成一種連體詞

この（這個）・その（那個）・あの（那邊那個）・どの（哪個）

但「個」僅代表一種單位，可以依下面所接名詞而靈活改為「本、隻、棟、杯、瓶、張……」。

請試著將上述「この…」塡入「（　）木」看看。

②將「**な**」接在形容詞的語幹下面，也可構成一種連體詞。

大きな（大的）・小さな（小的）・おかしな（可笑的、奇怪的）

請試著將上述「大きな…」塡入「（　）本」看看。

③其他的連體詞形狀還有「**～た**」「**～る**」等由「助動詞た」和「動詞語尾る」的連體形借用過來的。

たいした（了不起的）・とんだ（意外的）
ある（某一）・あらゆる（一切的，所有的）

請試將上述連體詞「ある…」塡入「（　）こと」看看。

3 連體詞和形容詞如何區別？

小(ちい)さい花(はな)がある（形容詞）
小(ちい)さな花(はな)がある（連體詞）

兩句話的意思都是「有朵小花」。

①**找找看哪一個是活用語。**

有活用的「小さい」是形容詞。

小さい　（－かろ－かっ－く－い－い－けれ）

小さな　永遠都是這副德性，不會變化

② **將主語和修飾語的位置對調一下，另造一個句子。**

如果意思通順，則為「形容詞」。

小さい花がある。（有朵小花）

花が小さい。（花很小）（○）

小さな花がある。（有朵小花）

花が小さな。（×）

因為形容詞既可做「修飾語」又可做「述語」而連體詞只會做「修飾語」，一下子就漏出馬腳了。

4 連體詞和代名詞如何區別？

①「**～の**」的形狀是連體詞，而「**～れ**」的形狀是代名詞。

連體詞　この　その　あの　どの

代名詞　これ　それ　あれ　どれ

② **可以修飾名詞的是連體詞。**

下面可以接助詞的是代名詞。

この本（這本書）

その本（那本書）

（連體詞）

これは（這個）

それは（那個）

（代名詞）

これは美しい花です。（這是美麗的花）

この花は美しいです。（這朵花很美麗）

（高級文法）

上面二句中的兩個「です」形狀雖同，但意義用法完全不同。「花です」的「です」是「肯定助動詞」，可以用「だ」「である」代替。而「美しいです」的「です」是「美化助動詞」類似「ます」的功能，可以消失，不妨礙原意，「この花は美しい」，只是由「敬體」變成「常體」。

5 何謂「こ・そ・あ・ど」系統

「こ・そ・あ・ど」系統在「八、何謂名詞」的5代名詞章節已提過，它是爲了避免在文章中老是重複出現同一個名詞，而用「これ・それ・あれ・どれ」等單字來取代該名詞所代表的內容。

「こ・そ・あ・ど」系統是一種「指示代名詞」，依所指示的對象，是「東西、方向、位置」？的不同，所採用的字形也不同。

說話者指示存在於某空間或時間之事物時，若認爲必須提示該事物的名稱，才能讓對方明白所指示之事物爲何物時，要用上面剛提過的「連體詞」。不必再提該事物名稱便可明白者，就用此處介紹的「指示代名詞」。

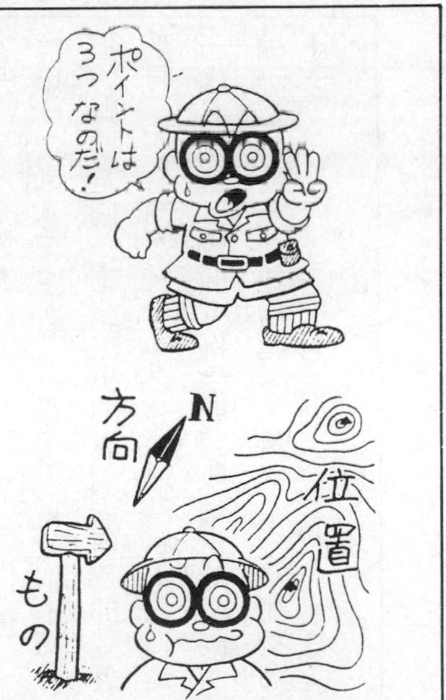

所指的對象有三種—物、方向、位置

① 指示代名詞有幾種？

根據指示者的位置，被指示的物體，以及該物體與在場聽話者之間的距離不同，所使用的指示代名詞也不同。

Ⓐ 用來指事物的指示代名詞

指示する人（指示者）　相手の人（聽話者）
近い（在身邊，距離很近）—「これ」
少しはなれる（稍微遠一點）—「それ」
遠い（相當遠）—「あれ」
不知道哪一個？（疑問句）—「どれ」

これは何だ。（這是什麼）
それは何だ。（那是什麼）
あれは何だ。（那邊那個東西是什麼）
どれですか。（是指哪一個東西呢？）

あ！それでありますか。
（啊！就是那本嗎？）
はい、この本ですが。（是的，就是這本書）
指的雖然是同一本書，但因說話者與書的遠近不同，而有「こ・そ」之分，同時「それ」是「代名詞」，後面可接格助詞或肯定助動詞，而「この」是「連體詞」，後面一定只能接名詞。

Ⓑ用來指示場所（位置）的指示代名詞

決定要選哪裏做爲午睡的地方呢？咪吆？
ここ？（這邊嗎？）　そこ？（那邊嗎？）
あそこ？（對面的屋頂上面嗎？）

Ⓒ用來指示方向的指示代名詞

蛍（ほたる）（螢火蟲）来（こ）い（来（く）る的命令形）
（螢火蟲快來吧！那邊的水太鹹啦！這邊的水很甜美的喔！）（你覺得怎麼樣？）
（我想不管哪一邊都一樣才對吧！他們想騙我們不懂日文呢！）
あっち（那邊）・こっち（這邊）
どっち（哪邊？）

Ⓓ指示事物、場所、方向的代名詞一覽表

	離自己近	離對方近	很遠	不知道
事物	これ	それ	あれ	どれ
場所	ここ	そこ	あそこ	どこ
方向	こちら こっち	そちら そっち	あちら あっち	どちら どっち

Ⓔ用來代表整個「詞」或「句」的指示詞

並非只有上述的指示「事物、場所、方向」的代名詞才可用來指示。另外還有一種專門用來代替「詞」或「句」的指示詞。其代表即為：

この　その　あの　どの

母（はは）が本（ほん）を買（か）ってくれた、その本は『おこりじぞう』という本だった。

（媽媽買書給我，那本書是一本叫做『生氣的地藏菩薩』）

その（那本）＝母が買ってくれた

（母親所買給我的）

如果我們把指示詞所代表的原文放回「その」的位置，就會得到一個意思完整，但稍嫌囉嗦的句子。看文章時，常常不知道「この、その…」究竟代表前面哪一段話，那就無法充分瞭解了。

Ⓕ指示詞所指的內容，位於文章中的哪個位置？

● **大多數就在該指示詞緊接的前面一句話中。**

因此，其要領就從前一句話開始找。若找不到，那麼再把範圍往前一句一句擴大，必可找到。

●「**これら・それら**」這些指示代名詞，**使指示的內容成為複數。これら**（這些），それら（那些），正如「this ↔ these」「that ↔ those」一樣。

（自我挑戰）

1 請由下列句子中，挑出連體詞來。

① その山に登ってはいけません。
② とてもおかしな本です。
③ あらゆる方法を使って解いてみなさい。
④ そこには、大きな家がある。
⑤ 小さな虫が鳴きはじめた。

2 下面各句中，若有連體詞的話，請挑出來。

① その道を進めば、村へ出られますよ。

② 泉は、とても静かな所にあります。

③ 富士山は、日本一高い山です。

④ あらゆる手段を使っても、勝たねばならない。

⑤ やや遠方にある松の木のそばに、私の家がある。

3 請練習將上面十個例句譯成中文。

十八、何謂敬語？

1 敬語的定義

對於長輩（包括職位比自己高的人）或不認識的人，表示**尊敬或禮貌**（誠懇、謙恭、客氣、慇懃、鄭重其事）**的心情**（態度）時，所使用的單字，謂之敬語。

表示「尊敬和鄭重」一定要發自內心，然後形之於色，包括說話的內容、語氣、聲調，才能配稱。

敬語通常可分成三種。

①**在心理上將對方高高抬起**（包括動作和名稱），**以表示尊敬之意的，叫「尊敬語」**

②壓低自己與自己有關的人之心理姿態，用**謙虛的態度**字眼來敍述己方的一切動作、行爲、名稱者，叫做「**謙讓語**」。

③對於和自己及別人毫無關係的事物，用一種鄭重其事的態度說出，以示**向聽話者表示敬意**，或表現自己有教養的一種用語，謂之「**鄭重語**」。

2 何謂尊敬語？

在心理上抬高對方的地位，以表示說話者之敬意時所用的一些特別單字叫做尊敬語。

(1)要如何才能提高對方的尊貴地位？

①凡是牽涉到話題中我們想拍他馬屁之人的動詞（談及想尊敬對象的行爲時），**把動詞改用另一組專門設計的尊敬動詞**。

—其一—

召し上がる　⇧食べる（吃）
ご覧になる　⇧見る（看）
なさる　⇧する（做）
くださる　⇧くれる（給）
賜わる　⇧与える（給）
いらっしゃる　⇧いる（在）
お気に召す　⇧気にいる（喜歡）

②對於話題中想尊敬之對象的動詞，**利用一種特定的格式**（公式），改變爲含有敬意的同義異形動詞。

—其二—

お（ご）―になる　お（ご）―です
お（ご）―なさる　お（ご）―くださる

お話になる。　⇧　話す
お読みになる。　⇧　読む
お立ちです。　⇧　立つ
お話なさる。　⇧　話す
お書きくださる。　⇧　書く

（您要品嘗一下嗎？）
（咪吆，好呀！）
不管是下列任何形式：
召し上がる。
お食べになる
お食べです
お食べなさる　お食べくださる
其實和「食べる」的意思完全一樣，「吃」而已，但猫（被尊敬者）的感覺可大不相同啦！

上述表示尊敬的句子中，其主語就是所要尊敬的那個人（長輩、長官）

(2)**要抬高對方的尊貴地位還有那些其他方法？**

①**在動詞未然形後面接尊敬助動詞，「れる」「られる」。**

発表(はっぴょう)される。（發表）
読(よ)み上(あ)げられる。（看完）

② **在形容詞、形容動詞上面加「お」「ご」。**

おやさしい（很溫和，很簡單）
ご立派(りっぱ)な方(かた)（很出色的人）

嗨！是的，請笑納…
猫沒看到食物，光是知道人們對牠畢恭畢敬，却不能體會眞正意思

③ **採用特別的稱呼法**

ぼっちゃん（少爺、公子）
あなたさま（您）
そちらさま（貴寶眷）
おたくさま（您家人）
お兄さま（賢兄）

3 謙讓語

把自己或和自己有關係的人**姿態**（心理地位）**壓低**，藉此凸顯抬高對方的身價，表示另一種形態的敬意，這類用語稱之爲謙讓語。

因爲這種表現並非抬高對方，而是讓自己壓低地位，有點**謙虛**、**遜讓**的味道，故又稱爲謙遜語。

「申し上げる（禀告、報告）」是「言う（說）」的謙讓動詞。因爲它是臣下自身的動作，故需加以謙讓。君王說：「再低一點」，結果，臣下挖個洞讓自己低於地面」，君王不好意思地說「嗯…」，換言之，謙讓語的精神就在於貶低自己，相對地就等於抬高對方。

(1) 要如何才能達到貶低自己，謙讓自己的目的？

①將自己的動作（動詞）**改用另一套專門表達謙讓的動詞**取代。

這麼一來，就能壓低自己的姿態，而讓對方感受被尊敬。

—其一—

会う　→お目にかかる（拜會）
言う　→申し上げる（禀告）
行く　→まいる（去）
食べる　→いただく（吃）
訪問する　→うかがう（拜訪）
見る　→拝見する（拜見）

（這個孩子最近不太一樣哩！）
（是啊！給人感覺的印象比以前好太多了呀！）

②用一種特定的格式來處理描述自己動作的動詞。

—其二—

お（ご）—する　お（ご）—申し上げる

お（ご）—いただく　お（ご）—致す

お知らせします。（稟告您）

ご案内します。（我來帶路）

ご案内申し上げます。（我來引導路）

お話しいただきたいと存じます。（有事想稟報）

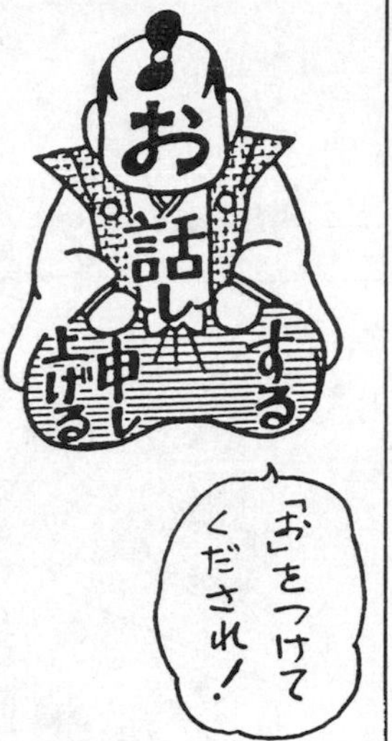

請加上「お」在動詞「話す」的連用形「話し」上面，下面再加「する」或「申し上げる」

●請不要忘了，謙遜句的主語，一定是說話者自己本人。

(2) 壓貶自己親人或與自己比較親密之人的方法，計有下列二種：

①壓低對人的稱呼法（對外人談及自己或家人）

自己　わたくし ➡ てまえ

私の親父もおふくろも健在です。（我的父母都還健在）

手前の不注意で何とも申し訳ありません。（由於我的不小心，十分抱歉）

これが私のせがれです。（這是小犬）

	當面稱呼	家內談及	對外談及	稱呼別人
父	おとうさん	おとうさん	ちち・おやじ	おとうさん
母	おかあさん	おかあさん	はは・おふくろ	おかあさん
夫	あなた・名前	名前	主人・うちの人	御主人
妻	おまえ・名前	名前	家内	奥さん
兄	（お）兄さん	（お）兄さん	兄	（お）兄さん
姉	（お）姉さん	（お）姉さん	姉	（お）姉さん
弟	名前（直呼名字）	名前	弟	弟さん
妹		（さん・ちゃん）	妹	妹さん
兒女		名前（さん・ちゃん）	むすこ 娘 せがれ	ぽっちゃん むすこさん 娘さん お嬢さん

② **壓低對事物的表達方式**

「事」指「動作或行爲」

あなたの論文を拝読しました。

（我拜讀過你的論文了）

「物」指「東西、物品」

粗飯を差し上げます。（請用便飯）

粗品でございますがお納めください。

（雖然是一些不值錢的東西，請笑納）

粗茶を一つ…（請喝一杯粗茶）

日本人要表示謙讓時，可以對自己的行爲或東西，用壓低抑貶的方式表達。

---

4 鄭重語

在抬高聽話者的地位之同時，並未同時壓低自己的尊嚴，專門用來對聽話者表達**直接的敬意**，同時兼具**美化**話題中所談及事物的功能，這類用語稱爲**鄭重語**。

(1) 鄭重的表現有那些手段?

①在句尾連接「**ます**」或「**です**」

ます —動詞句……動詞連用形＋ます

です
- 形容詞句…形容詞終止形＋です
- 形容動詞句…上手だ→上手です
- 名詞句……学生だ→学生です

（※請複習助動詞「ます」「です」）

特別注意「形容詞終止形」後面所加的「です」,「形容動詞だ→です」，這兩者和「名詞＋です」的「です」多出一個「肯定」的意義不同。

（先生，您的咖啡）（哇！多麼有禮貌又不失自尊的服務小姐啊）

② 改變用較正式的說法

こっち→こちら（這邊、這位、我）
きょう→本日（ほんじつ）（今天、本日）
すこし→少々（しょうしょう）（稍微）
ある→ございます（有）
許す（ゆるす）→ご免（めん）（請原諒）
この切符（きっぷ）は本日限り有効です。（此票限于本日有效）
少々お待ち下さい。（請稍候一會兒）

（稍微）（是難了一點）「ござる」是「ある、いる」的敬語，故「でござる」是「である」的敬語

③ 使用美化語

死ぬ（死亡）→なくなる（逝世）
うまい（好吃）→おいしい（美味可口）
めし（飯）→ごはん（餐）
便所（べんじょ）（厠所）→お手洗い（てあらい）（化粧室）

（眞是可口又美味的一餐呀！）

④ **連接含有美化作用的接頭語**

お美しい（美麗）

お菓子（點心、糖果）

お米（米）

ごはん（飯、餐）

ごほうび（獎品）

※加了「お、ご」之後，嗯…感覺眞好。

5 要如何才能正確地使用敬語？（原則）

① **對於自己人（家人、朋友等與說話者關係較密切的人）不能隨便亂用尊敬語或謙讓語。**

父が召し上がります（尊敬語）

←（父親吃）

いただきます（謙讓語）

父にうかがいます（謙讓語）

←（去向父親請教）

聞いて參ります

第一句聽話者是別人，當你談到自己方面的長者時不應該採用尊敬語，而應採謙讓語和鄭重語。第二句說話者就是動作的主語，而話題中之人是自家人「父」，故不必用謙讓語，只要用「問」的普通一般用語「聞く」和「去」的謙讓語「参る」，構成「聞いて参る」，再鄭重化即可。

② **敬語不要重複使用，以免太囉嗦**

先生がお風邪を引かれた。

←（老師感冒了）

かぜを召された

これはうちのサンプルですが試してごらん。

（這是我們的樣品請試試看）

若改用「お試しになってごらん下さい」就犯了敬語重疊的毛病了。

重複使用敬語反會弄巧成拙，造成錯誤

例如：

お送りして差し上げます（我給您送來）

→

お送ります

③ **對動物切忌使用敬語**

犬にエサを上げる。（給狗食物）

※對狗用敬語「上げる」，對朋友用「やる」，豈不是「人不如狗」嗎？

④ **「お」不要用得太濫**

不能亂加「お」的東西計有「動物、植物、蔬菜、草、樹、用品」

お大根（蘿蔔）（×）

お絵かき（畫家）（×）

おカバン（皮箱）（×）

⑤ **心裏明明想用尊敬語，千萬不要用謙讓語**

受付で伺ってください。（×）

（請在詢問台打聽）

受付でお尋ねになってください。（○）

どちらへ参られますか。（×）

（您要去哪裏呢？）

どちらへいらっしゃいますか。（○）

6 專門特別設計的一套尊敬語、謙讓語、鄭重語對照表

動詞的數量上萬，它們的尊敬語和謙讓語大都有特定的格式可以套用，例如「お～になる」「お～なさる」或「お～する」「お～いたす」，且「～」都爲『動詞的連用形』。但某些動詞改爲尊敬語和謙讓語時，要用另外不同形狀的字取代。

	尊敬語	謙讓語	鄭重語
行く・来る	いらっしゃる	まいる	行きます・来ます
言う	おっしゃる	申す(申し上げる)	言います
見る	ごらんになる	拝見する	見ます
食べる	めしあがる	いただく	食べます
問う・聞く	おたずねになる	うかがう	問います・聞きます
する	なさる	いたす	します
与える	くださる	※※	与えます
着る	めす	※※	着ます
もらう	※	いただく	もらいます
質問する	※	うかがう	質問します

※對於說話者是主詞的動詞，沒有尊敬語

※※對於對方當主語的動詞，沒有謙讓語

「□ます」的形式就是鄭重語

（自我挑戰）

1 請將下列劃—部份改爲敬語的說法。

① 校長先生は、今、どこにいますか。

② 明日、お宅へ行きます。

③ 冷めないうちに食べて下さい。

④ 図書館に行く道を聞きたいのですが。

⑤ 先生、何をしているのですか。

2 下列各句中，敬語的用法是否有誤，若有，請更正。

① 熱いうちにいただいてください。

② あなたのおっしゃられるとおりです。

③　先生がおかぜをひかれた。

④　小鳥にエサをあげなさい。

3 下面例句中的①～⑥裏面，請指出哪些是Ⓐ尊敬語Ⓑ哪些是鄭重語

これが、昨日、①おたずねになったあの本で②す。先生に③さしあげたいと思います。どうぞ、④ごらんになってください。

あっ、そうそう、母が一度⑤お目にかかりたいと⑥申しておりました。

自我挑戰的解答

13頁

1 ①③④⑤（②用「、」結束）

2 ①ぼくは／友達に／悪戯された。
②君が／※貸して／くれた／本は／とても／面白かった。
③メアリの／体は／傷や／痣だらけでした。
④山と／山の／間は／すばらしい／草原だった。
⑤たいへんだ！
※②亦可採「貸してくれた」

3 ①草原 ②ある ③いけません ④生きている

30頁

1 ①世界は／とても広い
②三人の駅員は／けっこう幸せ……
③一人ひとりが描くイメージは／十人十色…
④二ひきのかにの子供が／青白い水の底で…
⑤人物のすがたが／どんどんふくらんで…

2 ①花が・咲く
②雨まで・降ってきた
③三点は・ものです
④イメージは・十人十色である

3 ①親子の ②（古い）銀杏の
③（青白い）水の ④（赤く）咲いている
⑤とても（「世界は」是主語）

4 ①エベレスト山は ②（無主語）
③父と母が ④風まで ⑤作品は

40頁

1 Ⓐ①③ Ⓑ②④ Ⓒ無 Ⓓ⑤

2 ①・②⑦・③⑤・④・⑥⑧

3 ①述語 ②形容詞・形容動詞

③肯定　④動詞・形容詞

67頁

1 単句①⑤　重句②③　複句④

2 ①B　②D　③A　④C

103頁

1 ①右　②左　③右　④左　⑤右　⑥左
⑦右　⑧左　⑨右

2 ①ずじょう　②じめん　③はなぢ　④じぞく
⑤ことおう　⑥こうかい　⑦こうふく
⑧ほうりつ

3 ①②④⑥⑦

4 ①率(ひき)いて　②恐(おそろ)しい　③歩(あゆ)みよる
④滅(ほろ)(亡)ぼす　⑤別(わか)れて　再(ふたた)び　⑥全(まった)く
明(あき)らかな

119頁

1 有活用→生きる・高い・です
無活用→太陽・さらさら・花だん・はっきり
・この

2 動詞　形容詞

3 ①言う　②本　③ようだ　④虫

137頁

1 ①太陽・なみだ・君・先生・約束・とんび・
明日・晴れ　②山田　③ぼく　④こわ

2 ①日本　②特等　③山田　④あなた

3 咲い　くる

4 ①美しい／着物／を／着まし／た
②冬／の／夜道／を、／とぼとぼ／と／一人
／の／男／が／帰って／いく。

5 美しい　考える　読む　遠い

173頁

1 ①落ちる　②来る　③立ちすくむ　④読む
⑤投げる

2 ①治める　②続ける　③焼く　④起こす
⑤出す

3 き・き・きれ・きる

4 ①→Ⓑ Ⓓ Ⓖ Ⓙ
②→Ⓐ Ⓔ Ⓗ
③→Ⓒ Ⓕ Ⓘ

181頁

1 かっ・かろ・く・い

2 ③④（註：「らしい」爲助動詞）

188頁

1 だろ・で・に・だ

2 ひ弱だ・四角だ・真っ黒だ・暖かだ

253頁

1 ①B ②A ③C ④D

2 ①妹が兄につくえをよごされた。
（妹妹被哥哥弄髒桌子）
②バスが電車に追いこされた。
（公車被電車追上了）

296頁

1 ①C ②B ③C

2 ①C ②C（註：B最好視爲反問句）

3 ①被動 ②尊敬

302頁

1 ①ねえ・えっ ②ありがとう ③さようなら
④はい・えっ ⑤おっと

2 ①おや・へんだぞ
②こら、まて、そこの者

314頁

①だから ②それとも ③そのうえ けれども
④そして（それに）

322頁

1 ①その ②おかしな ③あらゆる ④大きな
⑤小さな

2 ①その ②無（静かな是形容動詞） ③無
④あらゆる ⑤無

3
①不准爬那座山。
②是一本非常可笑的書。
③請試著用所有方法解解看。
④在那裏，有一座很大的房子。
⑤小蟲開始鳴叫了。
①如果朝那條路走的話，就可以走出村子啦！
②泉水，位於極其安靜的地方。
③富士山是日本第一高山。
④不管採用任何一切手段，必須勝利。
⑤在稍微遠方處的松樹旁邊就是我家。

334頁

1
①いらっしゃますか　②うかがいます
③めしあがりください　④うかがいたい
⑤なさっている

2
①いただいて→めしあがって
②おっしゃられる→おっしゃる
③おかぜをひかれた→かぜをめされた

3
④あげなさい→やりなさい
Ⓐ→①④
Ⓑ→②

圖解日文法

定價：300 元

2005 年(民 94 年)8 月初版
本出版社經行政院新聞局核准登記
登記證字號:局版臺業字 1292 號

著　　者：尾崎多
譯　　者：楊德輝
發 行 人：黃成業
發 行 所：鴻儒堂出版社
地　　址：台北市中正區 100 開封街一段 19 號二樓
電　　話：(02)2311-3810・(02)2311-3823
電話傳真機：(02)23612334
郵 政 劃 撥：01553001
E —mail：hjt903@ms25.hinet.net

法律顧問:蕭雄淋律師

國家圖書館出版品預行編目資料

圖解日文法 / 尾崎多著 ; 楊德輝譯.
--初版.--臺北市 : 鴻儒堂 , 民 94
面 ; 公分

ISBN 957-8357-73-7(平裝)
1. 日本語言 － 文法

803.16 94013572